SINN UND FORM

BEITRÄGE ZUR LITERATUR

HERAUSGEGEBEN VON DER
AKADEMIE DER KÜNSTE

71. JAHR / 2019 / 6. HEFT

November / Dezember

SINN UND FORM

Redaktion: Postfach 21 02 50, 10502 Berlin, Akademie der Künste, Hanseatenweg 10, 10557 Berlin, Tel. 030/20057-2220, -2221 oder -2222, Fax 030/20057-2223, E-Mail sinnform@adk.de, www.sinn-und-form.de. ISBN 978-3-943297-50-8. ISSN 0037-5756. Anzeigenverwaltung: Agentur Hanne Knickmann, Römerstraße 45, 69115 Heidelberg, Tel. 06221/67342-50, Fax -51, www.kulturzeitschriften.net. Satz: Dörlemann Satz, Lemförde. Druck: Grafische Werkstatt von 1980 GmbH, Kassel. Printed in Germany. Der Chefredakteur ist v.i.S.d.P. Bei unverlangt eingesandten Manuskripten ohne beiliegendes Porto keine Rücksendung. Beurteilungen werden nicht gegeben. Auf den Textseiten erscheinen in der Regel keine Literaturangaben und Anmerkungen. Nachdruck eines Beitrages während der gesetzlichen Schutzfrist nur mit Genehmigung der Redaktion. Die Zeitschrift erscheint zweimonatlich. Jahresbezugspreis einschließlich Versand 45,00 € (Inland) und 60,00 € (Ausland). Einzelheft 11,00 €. Vorzugsabonnement für Schüler und Studenten 34,00 €.

Bestellungen von Abonnements und Einzelheften: tableau, Neumagener Straße 27, 13088 Berlin, Tel. 030/4236606, Fax 030/42850078, E-Mail tableau@t-online.de. Zuschriften, die den Inhalt betreffen, sind an die Redaktion, solche, die den Bezug angehen, an die Firma tableau zu richten. Das Abonnement kann spätestens sechs Wochen vor Ablauf des Bezugsjahres gekündigt werden. Die Kundennummer ist unbedingt anzugeben.

INHALTSVERZEICHNIS

GÜNTER KUNERT

AUS DEM BIG BOOK

3.6.17 Heute nacht habe ich den Brief einer Frau bekommen, wußte aber nicht, wer mir das geschrieben hatte. Auch war der Brief gedruckt, eine endlose Epistel, wie alle Texte, die ich erträume, dazu wie immer die vorlesende Stimme. Ein sehnsuchtsvolles Schreiben, Aufforderung, sie zu besuchen, und ob ich mich denn nicht mehr an sie erinnere? Waren die Sätze anfänglich noch zurückhaltend, platonisch, romantisch, so wurden sie mit jedem Wort leiblicher, ja, sexueller, bis zu vulgären Einladungen, ein Panorama körperlicher Angebote präsentierend. Und ebenfalls wie immer schwand langsam die Lesbarkeit, die Schrift verwischte sich, die Stimme wurde undeutlich, und ich drehte mich auf die andere Seite, um meine Ruhe vor derartigen Unzüchtigkeiten zu haben.
Eine lähmende Hilflosigkeit vor dem Weltgeschehen: Kriege, Aufstände, Hungersnöte, Zerstörungen, Korruption, eine Sintflut von Katastrophen aller Art findet man jeden Morgen vor der Haustür. Man resigniert. Der Glaube an eine positive Veränderbarkeit des alltäglichen Unheils, Rettung mit dem Anwachsen der Gefahr von erkennbaren und noch unbekannten Bedrohungen – der ist längst erloschen. Melancholisch denkt man an die schlechte, gute Zeit nach dem Kriege, als ein Aufbruch in eine wirklich neue Zeit denkbar schien und junge Leute, wie auch ich einer war, von Visionen und Phantasmen lebten, obschon das Brot knapp war oder vielleicht gerade deswegen. Wozu noch die Reflexionen, diese vergeblichen »Lageberichte«, alles Klagen und in Sätze gefaßtes Gejammer, wo doch die Sinnlosigkeit derartiger Unternehmen auf der Hand liegt. Man kann es nicht lassen, trotz besserer Einsicht. Ein Beichten im »stillen Kämmerlein«, ähnlich wie in jenem Märchen, da das kleine Mädchen seine Sorgen und Nöte in den Ofen spricht und von einem versteckten Prinzen gehört wird. Die Situation ist die gleiche, bloß der Prinz Publikum fehlt. Der amüsiert sich bei Fußballspielen, Radauveranstaltungen, dem Massenwahn hingegeben, und hat keine Zeit und keine Lust, sich um Wichtigeres zu kümmern. Vor langer Zeit, die mir wie die sprichwörtlich »kleine Ewigkeit« vorkommt, hatte ich ein Buch mit dem leichtfertigen Titel *warum schreiben?* veröffentlicht, der schon auf die Antwort »zwecks Selbsttherapie« hindeutete. Eine Frage, die selber immer fragwürdiger geworden ist und schließlich bei Kurt Tucholskys Definition endet. Es ist eine Treppe, schrieb er, es sind drei Stufen: schreiben, reden, schweigen. Soweit das Resümee eines Autors, das die Kapitulation vor dem unaufhaltsamen

Geschehen in der Welt signalisiert. Es demonstriert die Vergeblichkeit der Vernunft, deren Widerstandskraft, worauf Brecht noch setzte, inzwischen fast vergangen erscheint.
Auch der Terror ist eine moderne Erscheinung und ähnelt in nichts dem eindeutig politischen Terror, den die nazistischen Schlägerbanden vor 1933 in Deutschland, vor allem in Berlin, ausübten: deren Zielsetzung war klar: die Machtübernahme. Der islamische Terror ist weitaus diffuser, denn von Machtübernahme in einem europäischen Land kann keine Rede sein. Zweck ist die Störung des gängigen Bewußtseins vom Geschütztsein durch den bürgerlichen Rechtsstaat; die Verstörung der Bürger, ihre Verunsicherung. Und die Erzeugung von Mißtrauen gegenüber den islamischen Mitbürgern. Diese sogenannte Spaltung der Gesellschaft soll verhindert werden, was einem Sisyphosunternehmen ähnelt. Die Versuche werden immer aufs neue durch den abwertenden Begriff »Gutmenschentum« gekennzeichnet, aber was unter der Oberfläche der Gesellschaft tatsächlich schwelt, an Haß, Vorurteil, Fremdenfeindlichkeit, Ausländerantipathie, wissen wir gar nicht und ebenso wissen (und ahnen) wir nicht, ob und was sich insgeheim zusammenbraut. Ob da nicht schon in manchen Kämmerlein die Messer gewetzt werden? Solange die wirtschaftliche Situation einigermaßen stabil bleibt, bleibt auch der Terror wider den Terror aus. Aber wehe, wehe, es geht abwärts und wir nähern uns den Zuständen, wie 1933 gehabt. Dann öffnet sich das Tor zur Hölle. Wir Zukunftsblinden hoffen nur, daß es soweit nie kommt …
Polizisten nahmen die Verbrechensbekämpfung in die eigene, gewaltbereite Hand, um der Kriminalität ein für allemal Herr zu werden. Die schlugen Kriminelle einfach tot, folterten sie zu Tode, brachen ihnen die Finger, die Arme und Beine, zermarterten sie, stachen ihnen die Augen aus, ja, sie ließen keine grausige Art der »Bestrafung« aus. Zum Glück geschah dies alles heute nacht nicht in der Realität, doch in meinem Traum. In diesem las ich davon, Zeile um Zeile, und sah auch nur sehr schattenhaft das blutige Geschehen, das durch seine »Verschriftung« mir Schlafendem erträglich war. Ich nahm mir jedoch vor, künftig solche unerbetenen Träume abzubestellen und etwas Freundliches zu erbitten. Weiß nur nicht, an welche Institution ich mich wenden sollte.

18.6.17 In der Provence im Tal der Vézère herumspaziert. Große Einsamkeit ringsum. Nach längerem Wandern mitten im Irgendwo eine Kapelle, grauer Stein, gotisch, über der verschlossenen und verriegelten Eingangstür eine Baubo: jene Frauenfigur, die mit gespreizten Schenkeln dasitzt, ihre Vagina präsentierend, um den Teufel abzuschrecken. (Später zu Hause besorgte ich mir ein Buch über Herkunft und Verbreitung des Abwehrzaubers.) Wenige Schritte von der Kapelle entfernt in den Fels geschlagene Höhlungen, länglich, flach, Fächer zur Aufnahme von Toten, gewißlich älter als die Kapelle davor, durch kein Schild, durch keinen Hinweis Auskunft oder Aufklärung über Datum und Zeit der Benutzung gebend. Ein verwunschener Ort von großer Anziehungskraft. Wie eine Vorstufe zum Jenseits, einladend und unheimlich. Auf meine Fragen nach der Heimkehr konnte mir niemand etwas über diese einsame Stelle in dem verwilderten Wald Aufklärendes mitteilen, was ich jedoch nicht bedauerlich fand, denn just das Unwissen über solche Orte, das Verwunschene, das davon ausgeht, macht ja ihren Zauber aus. Abseits der öffentlichen Wege fand ich, der einsame Wanderer, hin und wieder und da und dort derartige steingewordene Rätsel, mal in England, mal in Frankreich oder Italien, auf Malta und selbst in meiner engeren Heimat. Es waren Anlässe für die Phantasie, für die Imagination, verbunden mit dem Empfinden, einer fernen Vergangenheit verbunden zu sein, eine Nähe zu spüren, von der sich nicht genau sagen ließ, worin sie denn eigentlich bestand.

24.6.17 Heute nacht sollte ich mich vor der Partei rechtfertigen. Eine finstere Reminiszenz an ein wirklich-unwirkliches Geschehen. Einstmals saß ich vor der Parteileitung des Schriftstellerverbandes und sollte meine ideologischen Verfehlungen gestehen. So ausgeliefert armseligen Tröpfen, die ohne das System nicht und nichts gewesen wären, redete ich mich heraus, was aber die Inquisitoren wenig befriedigte. Später zu Hause trank ich eine Flasche Calvados zwecks Sedierung und schlief traumlos, doch der entsprechende, damals verpaßte Traum kehrte nun doch zu mir zurück. Ich wachte mißgelaunt auf, in Erinnerung an die nicht nur für mich, sondern auch für die Anwesenden unwürdige Szene. Hinter dem allen zeigte sich eine eifernde, um Hunderte von Jahren verspätete Religiosität, die sich ihrer selbst nicht sicher ist. Mit dem Verschwinden ihres Staats traten auch diese Personen von der Bühne ab, über den Verlust ihrer Rollen klagend.

Niemand kommt mehr um, keiner stirbt oder erleidet einen tödlichen Unfall. Keiner verliert sein Leben, keiner ertrinkt oder stürzt mit dem Flugzeug ab, weil, immer wieder wiederkehrenden Pressemeldungen zu Folge, nur noch eine einzige Art und Weise des Daseinsendes Gültigkeit hat: die Betroffenen werden »in den Tod gerissen«. Diese martialische und brutale Methode soll vermutlich die Dramatik des Lebensendes anzeigen. Es hat aber seine schockierende Wirkung eingebüßt, weil es zur Standardformel geworden ist und damit auch seine Bildhaftigkeit verloren hat. Da immerzu jemand in den Tod »gerissen« wird, fragt sich der Leser irgendwann, welche numinose Macht dieses »Reißen« eigentlich bewerkstelligt? Es muß doch etwas Personales hinter dem Kraftakt stekken, eine geheime oder unheimliche Macht, deren Aktivität uns verborgen ist. Verständlich war noch die altertümliche Redewendung, daß der Tod jemanden aus dem Leben riß, weil die seit dem Mittelalter weitverbreitete Darstellung von Totentänzen als Illustration des Vorganges die Sache anschaulich machte. Diese Bebilderung ist annulliert, ungültig, wird nicht mehr gebraucht – nur das Reißen hat sich erhalten, der gewalttätige Akt, dem aber der Akteur verlorenging. So entstand eine leere Phrase, deren billige Rekapitulation dem Opfer den letzten Anschein eines individuellen Endes versagt.

In einem U-Boot oder einer Taucherkugel bin ich nie gewesen, und doch war ich unter Wasser. Nämlich in Australien in einem unterseeischen Gewölbe, in einem tiefgelegenen Aquarium voller Meeresbewohner, seltsame Gestalten, die langsam an den Panzerglasscheiben vorbeizogen. In einem gläsernen Tunnel schwammen Haie einem über dem Kopf, böseblickendes Getier; den Betrachter ängstigend: wenn jetzt die Decke reißen würde … Ist das der Reiz einer doch nicht ganz ernstzunehmenden Gefahr? Merkwürdig genug, daß man sich in eine Situation begibt, von der eine Bedrohung ausgehen könnte. Menschen werden von Unternehmen angelockt, die nicht ganz risikolos zu sein scheinen, als wollten sie ihren Mut, ihre eigene Standfestigkeit prüfen. Sie klettern ungeschützt auf hohe Berge, sie fahren mit dem Paddelboot um den Globus und fliegen in Spezialanzügen durch die Luft. Angstlust ist wohl das Schlüsselwort für Waghalsigkeit. Und ich frage mich, ob dieses Empfinden nicht die Ursache für viele Unternehmungen gewesen ist, für Expeditionen und Entdeckerfahrten, deren ungewisser Ausgang nicht abschreckend, sondern eher anziehend war. Außer Ruhm und Reichtum trieb es immer wieder Menschen, sich ihrem Schicksal auszusetzen und sich nicht von ihren Vorhaben abschrecken zu lassen. Immer aufs neue ein Aufbruch ins Unbekannte, auch wenn es, wie in meinem Falle, bloß ein Aquarium gewesen ist.

Forever young. Ein unausdenkbares Phänomen und doch ein Sehnsuchtsziel, befeuert von der Schönheitschirurgie, den Modemachern und den eigenen Träumen. In diesen ist man immer jünger als in der unbarmherzigen Realität, die uns mit Haarausfall, Zahnverlust, Atemknappheit und Impotenz ständig an das Alter, dem wir gnadenlos ausgeliefert sind, erinnert. Wir lieben die Filme unserer Jugend, weil wir angesichts der auf der Leinwand ungealterten Schauspieler unser eigenes Alter vergessen, und wir würden uns keineswegs wie Hans Albers in Erich Kästners »Münchhausen«-Film verhalten, der für seine vergreisende Frau Käthe Haack die eigene Unsterblichkeit aufgibt. Forever young! ist ein Gebot, dem wir unbewußt in unserem Leben folgen, indem wir kindlich werden (und auch kindisch), weil wir an Unternehmungen infantile Freude verspüren. Ist nicht das schnelle Auto, das Dahinrasen ein verwirklichter Wunsch jugendlicher Abenteuerlust? Wieviel Kindlichkeit steckt in dem Bungee-Springen am Gummiseil in die Tiefe, in dem Vergnügen am Fußballzirkus, beim Ausagieren aufgestauter Aktivität beim Seniorenlauf oder einfach beim Darts-Werfen. Schillers Diktum, der Mensch sei ein solcher nur wirklich beim Spielen, unterschlägt, daß solche unter der Bewußtseinsschwelle wirksame Kindlichkeit Gefahren in sich birgt, indem alles zum Spiel wird. Die Latenz zur Grausamkeit ist evident. Plötzlich ausbrechende Schlägereien vor Lokalen, hemmungslose Gewalt gegenüber Unbeteiligten, ja auch der Amoklauf entspringen einer Regression, einer Rückkehr ins frühe Stadium vor dem Erwachsenwerden. Aber manche Menschen werden das niemals. Daraus resultiert auch die emotionale Bindung an die Geräte und Apparate, die zu bedienen Befriedigung schafft. In den Bahnen beugen sich Leute (in der Hauptsache Männer) gebannt über ihre Taschencomputer, verschwinden dergestalt aus ihrer Wirklichkeit in eine Welt, die in den alten, grauen Zeiten von Märchen und Sagen dominiert wurde. Sie sind ganz bei sich, aber was ist das für ein Selbst, das da bei sich ist? Übereignet nicht der solchermaßen »Spielende« sein Ich an den Apparat in seiner Hand, auf seinem Tisch, in seiner Behausung? Schillers Formel mag einst Gültigkeit gehabt haben, ist aber heute wertlos. Denn jetzt ist der Spielende »außer sich«, adaptiert an den Apparat, dessen Funktionen er verinnerlicht, so daß bei Nichtbenutzung eine innere Leere entsteht, da die Sucht, außer sich zu sein, unbefriedigt bleibt. Und was aus Süchtigen werden kann, wissen wir nur zu gut: wandelnde Lemuren.

5.7.17 Erst im höheren Alter entdeckt man die frühen Spuren späterer Interessen oder gar Leidenschaften. Noch als Schulkind entdeckte ich in der illustrierten Zeitschrift »Koralle« eine über beide Mittelseiten sich ausbreitende Weltkarte, in der Orte mit vermutlich dort vergrabenen Schätzen eingezeichnet waren. Diese Karte war das richtige Instrument für meine Ausflüge, getrieben von bunten Phantasien, in denen ich selber zum Erforscher besagter Stätten wurde. Die Karte ging mit einem Luftangriff unter, und erst nach Jahren, als ich mich schon eine Weile für Archäologie interessierte, fiel sie mir wieder ein, als der erste Antrieb, jene mir fremden, unbekannten Plätze aufzusuchen. Wo auch immer ich hinreiste, selbst zu beruflichen Zwecken, nahm ich die Gelegenheit wahr, das nur in Bildern Erblickte in der Realität anzuschauen. Vor einer Lesereise nach Frankreich sprach ich in Ostberlin mit der Kulturattachée der französischen Botschaft, die mich mit einem Schreiben für die Präfekten der Republik ausstattete und um Hilfe für mich bat. Sonst hätte ich nie die bereits für das Publikum geschlossene Höhle von Lascaux betreten können. Bei meinen Englandtouren war ich zweimal in Stonehenge, ebenso an anderen Orten, auch in den Ruinen der sagenhaften Artusburg. Ich pilgerte zu den Begräbnisstätten der Etrusker in Caere, nach Ephesos und nach Gordion, wo Alexander der Große den namensbekannten Knoten zerschlug. Auf Malta stieg ich in die Tiefe einer in den Tuffstein geschlagenen Grablege. Selbstverständlich mußte ich durch die Straßen von Pompeji gehen und konnte Herculaneum nicht auslassen. Auch jüngere historische Überbleibsel habe ich aufgesucht: die Marienburg im einstigen Ostpreußen, Kurt Tucholskys Schloß Gripsholm, das Goldmachergäßchen in Prag und die Alt-Neu-Synagoge, auf deren Dachboden der legendäre Golem seine letzte Ruhestätte gefunden haben soll. So stapfte ich schweißtriefend auf der Halbinsel Yucatán durch die Ruinen der Maya-Kultur, kletterte klopfenden Herzens auf eine Pyramide und kaufte einem Indio kleine Fundstücke ab. Aber nicht allein die Lektüre und Träumereien der Kindheit hatten mir diese Sucht beschert: mein Vater ging sonntags mit mir in die Berliner Museen, ins Völkerkundemuseum, ins Pergamon-Museum, wo ich mit Schauder das düstere Löwentor von Babylon durchschritt und auf der breiten Treppe des Zeustempels herumturnte, ahnungslos, daß ich eines Tages just an der Stelle in Bergama, einst Pergamon, stehen würde, wo die Archäologen die Tempelteile geraubt hatten. Vieles von dem, was ich »in natura« zu sehen bekam, kannte ich aus Büchern und Magazinen und Zeitschriften, und es war jedesmal eine glückliche Wiederbegegnung, eine Art Wunder, was mir geschah, eine Befriedigung, die ich verspürte, ein außerordentlicher Moment außerhalb der Alltäglichkeit, da alles Bedrückende, Beängstigende, Banale und Bösartige sich zeitweilig auflöste. Momente eines anderen Lebens.

9.7.17 So voller Trauer und Wehmut war ich späterhin nie wieder, wie ich es als Kind gewesen bin bei der Lektüre von »Zäpfel Kern«. Damals kannte ich noch nicht Pinocchio, dessen Abenteuer meist heitere waren, während Zäpfel Kern, dessen Schicksal der Schriftsteller Otto Julius Bierbaum erzählte, sich keineswegs als heiter erwies. Der alte Holzschnitzer, der das Figürchen verfertigt hatte, litt unter dem Verlust der durch die Welt abenteuernden Schöpfung aus seiner Hand. Ich las und las mit Tränen in den Augen die Geschichte, an die ich heute keinerlei Erinnerung mehr habe. Und doch war, was mich so anrührte, wesentlich für mein ferneres Dasein. Soviel Schmerz wie über Zäpfel Kerns Geschick habe ich in der Wirklichkeit nicht mehr empfunden, obwohl ich ausreichende Gründe gehabt hätte. Als mein Onkel, zu dem ich ein besseres Verhältnis hatte als zu meinem Vater, auf der Straße eingefangen und deportiert wurde, erschütterte mich das nicht im gleichen Maße wie Zäpfel Kerns Leiden. Als mein Großvater die Aufforderung bekommen hatte, sich mit geringem Gepäck am Güterbahnhof Grunewald zwecks Abtransport Richtung Osten einzufinden, verabschiedete er sich von seiner Tochter, meiner Mutter: eine tränenreiche Trennung. Ich daneben hilflos, die Situation unerträglich findend, und spielte den beiden Menschen, die sich nie wiedersehen würden, eine plötzliche

Erkrankung vor, um sie voneinander abzulenken. Andere Abschiede standen mir noch bevor, doch keiner war so erschütternd wie dieser. Untergetauchte Juden, entfernte Verwandte, umherirrende Leute, die keine Hilfe, keinen Fluchtpunkt fanden, erschienen bei uns, blieben ein, zwei Nächte und zogen weiter, ahnungslos, daß es ins Nichtsein ginge. Was Wunder, daß mich die Luftangriffe nicht zu erschüttern vermochten, im Gegenteil mich befriedigten, ich insgeheim eine Genugtuung empfand, daß alle, die mir das angetan hatten, nun die Rechnung dafür präsentiert bekamen. Verluste materieller Güter ließen mich kalt. Meine Bücher, immerhin einige hundert, versanken im Bombenhagel, ohne daß mich das auch nur einen Moment bewegte. Alle Dinge, die abgefackelten Häuser, die zu Ruinen verwandelten Gebäude bewegten mich keinen Augenblick: das geschah zu Recht. Die Empfindungen waren erloschen. Auch künftig flackerten sie nur noch kurzzeitig auf, ferne Signale an einem dunklen Horizont. Ob Zäpfel Kern noch einmal die gleiche Wirkung auf mich hätte wie einst, ist zweifelhaft. Wahrscheinlich brächte er mit seinem Schicksal das der anderen Untergegangenen mit, als ein Todesbote aus einem ewigen Gestern.

23.7.17 Leere Räume bergen etwas Unbegreifliches, nämlich eine Anziehungskraft, gegen die man sich nicht wehren kann oder mag und die einen verlockt, sich ihr hinzugeben. So erinnere ich mich an die leeren Keller eines ausgebrannten Wohnblocks im Berliner Prenzlauer Berg, die ich mehrfach aufsuchte. An den Wänden hatten Leute sich verewigt, wahrscheinlich nur Männer, denn die Kritzeleien, unbegabter als jene der frühzeitlichen Höhlenbewohner, versuchten sexuelle Unternehmung darzustellen oder fäkalische Szenen. Dumpfer Geruch, Totenstille, aber ohne Tote, die es hier vielleicht auch gar nicht gegeben hatte. Ich fotografierte die Wände, ein Ethnologe der Moderne. Eine andere Gruft fand ich in den fünfziger Jahren des 20. Jahrhunderts in der Klosterstraße, wo das sogenannte »Graue Kloster« gewesen war. Nun nur noch Trümmer. Die zum einstigen Kloster gehörende Kirche bestand nur noch aus den Außenmauern, näher herangehend, konnte ich in das Kellergewölbe hinaussehen. Da unten lagen im Durcheinander Zinksärge, manche halb geöffnet, Mäuler einer mir fremden Vergangenheit, die den zu verschlingen drohten, der da hinuntersteigen würde. Ich zögerte und zögerte und brachte nicht den Mut auf, hinabzusteigen, was leicht gewesen wäre. Was hätte mich denn da schon erwartet? Knochenreste, vielleicht Stoffetzen, Staub und das übliche Memento mori. Ich bin selbst in unseren Hauskeller nur ungern hinabgestiegen, um Kohlen heraufzuholen. Das Dreivierteldunkel, das graue Dämmerlicht von dem spinnwebverhängten Fenster her versprach mir nichts Gutes. Trotz meiner Entdeckerlust war meine Furcht größer. Etwas verbarg sich doch in dieser Atmosphäre, etwas Numinoses, dem zu begegnen nicht ratsam gewesen wäre. Ich beeilte mich, den Kohleneimer zu füllen und zog mich eilig ans Tageslicht zurück, wo ich meinte, nicht länger beobachtet zu sein. Dagegen entstand fast so etwas wie ein Wohlgefühl in den stillen, ja lautlosen Treppenaufgängen alter Häuser. Ein Schweigen, das für sich sprach. Als wenn in diesen Aufgängen Spuren der einstigen Bewohner in den von Alter nachgedunkelten, verschmutzen Wänden zurückgeblieben wären. Ich fühlte mich manchmal versucht, das Ohr an eine der Wohnungstüren zu legen, um eine vielleicht vertraute Stimme aus der Vergangenheit zu vernehmen. Es waren doch immer solche Türen, meist braungestrichen, mit Leisten besetzt und das Türschloß von einem Metallrahmen mit Geschnörkel umgeben. Häufig waren in den Aufgängen die Treppenabsätze zum Hof hin mit Buntglasscheiben verschlossen, durch die gedämpftes, ungewisses Licht auf die Stufen fiel. So stieg ich vorsichtig Schritt für Schritt in eine andere Welt aufwärts, darauf bedacht, die überwältigende Ruhe nicht zu stören. Mir schien in diesem Schweigen ein atmosphärisches Jenseits zu bestehen, in dem die Gespenster einstiger Bewohner ahnbar waren. Selbst der dumpfe Geruch kam mir vor, als sei er Töpfen entstiegen, in denen ärmliche Speisen vergeblich auf Hungrige warteten. Auch ich war so ein Hungernder, der nach dem Gestern verlangte, das unerreichbar geworden war. Als die alten Häuser in der Keibelstraße nahe dem Alexanderplatz abgerissen wurden, kam ich mir wie beraubt vor. Nachdem nahe dem Spittelmarkt die letzten alten Bauten als Trümmerberge nackt und bloß dalagen, die Behausungen, in denen die Geschichte, in Personen verkörpert, wie etwa Michael Kohlhaas, gelebt und gelitten hatten. Nach der sozialistischen Tabula rasa mied ich die Gegend. Überall grinste mich Geschichtslosigkeit an, triumphaler Beton. Deshalb verzog ich mich später in eine Gegend, wo nicht die amtlich verordnete Geschichtslosigkeit, durch einige altertümelnde Kopien, etwa dem Torbogen vor dem Sitz des DDR-Staatsrates, besonders auffällig, die Ödnis einer, im wahrsten Wortsinne »platten« Erneuerung die Geschichtsleere beschwor. Im Ländlichen tröstet das Grün hinweg über das, was wir, was ich verlor, und wo nicht die Leere als Folge geschichtsträchtiger Katastrophen den verlorenen Enkel umfängt.

26.7.17 Wie Montaigne in seinem Turm, sitze ich in meiner Klause, im Haus von 1900, geschützt von dicken Mauern, plaziert im Gartengrün, umgeben von »landwirtschaftlichen Flächen«, sprich Feldern, physisch fern der Turbulenzen einer beschleunigt dem Abgrund zurasenden Welt. Wo auch immer man wohnt, entgehen kann man den Schreckensmeldungen nirgendwo und nie mehr. Selbst im fernen Dschungel zücken die einstigen Wilden ihr Handy und lassen sich Nachrichten über örtliches Unheil ins Ohr träufeln. Goethes »Fern in der Türkei, wo die Völker aufeinanderschlagen ...« ist uns auf den Pelz gerückt und quält uns mit Bildern von Not, Verfolgung, Krieg und Unheil en masse. Den friedlichen Abend, an dem man, sein Pfeifchen schmauchend, vor dem Hause sitzt und unbesorgt dem Ruf des Kuckucks lauscht – den Abend erleben wir nimmermehr. Nur manchmal, wenn man zuviel des Schlechten vernimmt, wünschte man sich doch eine friedlichere Epoche herbei, wohl wissend, daß Wünschen niemals geholfen hat. Waren denn andere Zeiten friedlicher? Falls man die vergangenen Jahrhunderte überblickt, findet man wenige Phasen ersehnter Friedlichkeit. Es war immer »etwas los«, nämlich der Teufel in der vielfältigen Gestalt von Menschenkindern, die nie erwachsen werden und die sich nicht »gut« zureden lassen. Also: Buen retiro, in irgendeinen Turm.

Willentlich oder unfreiwillig: wir leben unentwegt von der Vergangenheit. Von dem, was man uns gelehrt hat, von dem, was uns widerfuhr, von dem, was wir hörten, von allem, was gestern gewesen ist, während uns aus der Zukunft weder Rat noch Hilfe zuteil wird. Unentwegt vergleichen wir dies mit dem, das mit jenem, uns mit anderen, so daß man sich wie ein Zombie vorkommt, dem die eigene Substanz entzogen worden ist. Das Bewußtsein beginnt mit seiner Fütterung. Was da in einen hineingegeben wird, kann nicht zurückgewiesen werden. Das hilflose Tier wird sacht und sanft (manchmal unsanft) dressiert. Die unsichtbare (manchmal für den Psychiater erkennbare) unsichtbare Tätowierung. Und die Dressur hält ein Leben lang an, verstärkt das bisherige oder legt es still. Keineswegs zufällig taucht in Gesprächen älterer Leute das Wörtchen »früher« auf. Ob schlecht oder gut, es existiert nur ein früher, denn auch der gestrige Tag gehört bereits unter diese Rubrik abgelegt. Insofern erscheint einem der rabiate Versuch, einen »neuen Menschen« zu schaffen, als reiner Irrsinn. Denn er hieße ja, das, was das Individuum bewußt wie unbewußt aus seinem Gestern, aus dem Vorgestern, aus den Erfahrungen von Eltern, Großeltern, Vorfahren, imprägniert, meinetwegen »geprüft« hat, für null und nichtig erklären. Das Experiment am lebenden Objekt ist grandios gescheitert und wird es immer wieder. Die persönliche, private, allgemeine und als historisch zu bezeichnende Vergangenheit endet nie. Und sie meldet sich bei den Menschen, manchmal Völkern, gar Nationen ungerufen, um ihr (meist unheilvolles) Werk fortzusetzen oder zu vollenden. An mir selber merke ich, wie eine nicht mehr vorhandene Stadt, nämlich Berlin, mich aus dem Dunkel meiner Erinnerungen bedrängt und beschäftigt. Aber wie sie in mir steckt, ist sie für andere nie gewesen, ja, vielleicht war sie tatsächlich gänzlich anders, und nur ich, meine unruhige Psyche, hat sie in meinem Kopf umgestaltet und meinem Empfinden angepaßt. Ich sehe sie zwar deutlich vor mir, die alten Häuser, ihre stillen Treppenhäuser, die noch kopfsteingepflasterten Straßen, die klingelnde Straßenbahn, die kleinen Läden, sehe die alten Frauen in ihren Fenstern, die Arme aufgestützt, die langsam fließende Spree mit ein paar verlorenen Kähnen, die Litfaßsäulen, die vielen kleinen Kinos in den Seitenstraßen, es wäre möglich, aus einzelnen Fotografien eine Collage zusammenzuschneidern, doch inwieweit diese Anspruch auf vergangene Realität hätte, ist eine unbeantwortbare Frage, die ich nicht zu stellen wage, um diese Vedute vor den sogenannten inneren Augen nicht auszulöschen.

> »Unser Hafen« in
> Essen ist der erste
> Mensch-Tier-Friedhof
> in Deutschland.
> Von Luise Schendel

Äußerst passend zu dieser Meldung ist der nur allzu deutsche Spruch: »Seitdem ich die Menschen kenne, liebe ich die Tiere.« Es gibt wohl kein anderes Volk auf der Welt, das sich so wenig mag wie das deutsche. Von Hölderlins vernichtendem Urteil »So kam ich unter die Deutschen« bis Kurt Tucholskys »Deutsch bleibt deutsch, da helfen keine Pillen« hat diese disparate Ansammlung im Herzen Europas das eigene Urteil gesprochen. Schon lange vor dem Sturz in die finstersten Tiefen des Bösen, in die Partnerschaft mit einer Mörderbande, widersetzte es sich der bedrückenden Einsicht durch einen extremen Nationalismus. Man war sich seiner selbst nicht sicher, war ein zusammengewürfelter Haufen, bestehend aus allerlei germanischen Stämmen mit slawischen Inklusen. Ohne Völkerpsychologie (ein ohnehin fragwürdiges Geschäft) treiben zu wollen, läßt sich doch die Annahme nicht leugnen, daß diese Mischmaschbevölkerung ein besonderes Bedürfnis nach Selbstbestätigung hatte. Darum war wohl auch die besondere Betonung des Regionalen so etwas wie ein Ergebnis dieser Unsicherheit. Daß man Bayer war oder Ostfriese, Sachse oder Schwabe, das war nun mal ganz sicher; darin war man heimisch. Als winziger Bruchteil des Deutschen Reiches mußte man sich schon an ideologische Versatzstücke halten. Freilich erlebte man gewisse Enttäuschungen mit diesem Vaterland, dem man doch alles gegeben hatte, Blut und Leben, Ersparnisse und den moralischen Ruf. Ein Kennzeichen nach den Katastrophen des vorigen Jahrhunderts dominierte das Private. Merkwürdig doch, wie nach 1945 plötzlich der Heimatfilm, die Heimatliteratur Urständ feierte, wie die Kaffeetafeln und Würstchenbuden in den Fokus der Aufmerksamkeit rückten, wie die Lebensgeschichten vergangener oder gegenwärtiger Größen mehr Interesse weckten als die politische Lage im eigenen Hause. Diese Zeit, könnte man behaupten, war auch die Renaissance der Haustiere. Abgesehen von den Rassehundausstellungen und anderen Präsentationen von Säugetier und Co. wandte man sich dem sogenannten Begleiter des Menschen zu und nahm diesen ans Herz, weil ja von demselben keineswegs die Enttäuschungen zu erwarten waren, von denen man ein »Volks«lied singen konnte. Das Tier enttäuscht nie. Es ist berechenbar und treu, im Gegensatz zu Individuen, denen man, bewirkt durch die letzten historischen Erfahrungen, skeptisch begegnet. Das »Menschenbild« war schon lange ungültig geworden wie eine inflationäre Währung. Trotz besseren Wissens unterlag auch ich diesem »Trend«. Vermutlich stak in mir ein Überschuß an bindungsloser Zuneigung, durch negative Lebenserfahrungen gezügelt, eine Leerstelle, in die zufällig und unvermutet und unreflektiert die Katzen schlüpften, die dann mein ferneres Dasein begleiteten. Jeder Tierfreund wird mir zustimmen, daß der Umgang mit einer dem Homo sapiens ähnlich gearteten Natur dazu verführt, diese zoologische Nähe überzubewerten. Das Tier wird zum Partner, es wird zum Kind, es wird zum Tröster, es wird zum Arbeitgeber, zum Antreiber und, nicht zuletzt, zu einem die Umwelt abdämmenden Wesen, zu einem wirklichen Objekt der Liebe, die den Mut verloren hat, sich an einem anderen Menschen festzumachen. Ist das eine Novität, ein Ergebnis von Verfremdung und Vereinsamung? Wohl auch, aber wenn wir in die Frühzeit zurückblicken, beispielsweise in die Grüfte der alten Ägypter, und deren vielgestaltige Begleiter, sorgfältig mumifiziert wie sie selber, gerührt betrachten, dann wissen wir, daß unsere Sympathie für unsere Mitgeschöpfe eine alte Geschichte ist, die in unserer Gegenwart weitererzählt wird.

4.9.17 Als die nach Kriegsende angeordnete Ausgangssperre in Berlin wieder aufgehoben ward, wanderte ich (meist mit einem Freund) durch die nächtliche Stadt, das heißt durch den Ostteil. Von der Christburger Straße, einer schmalen, kopfsteingepflasterten, zur Greifswalder, über diese hinweg und dann die Elbinger hinunter auf die Spree zu und weiter in Richtung Treptow. Lange Wege, die uns, eifrig miteinander Welt- und Zukunftsprobleme erörternd, durch ein Dunkel führten, das von Gaslaternen wenig erhellt wurde. Es waren furchtlose Spaziergänge durch eine menschenleere Stadt, in der kein Auto fuhr und keine Straßenbahn. Ja, es kam uns niemals der Gedanke, gefährdet zu sein, wie denn auch, da wir, wie die meisten Leute, nichts besaßen außer unserer abgetragenen Kleidung. In den Seitenstraßen waren die Parterrewohnungen manchmal lichterhellt; man sah Personen wie in einem Stummfilm agieren, ohne zu wissen, wovon der beobachtete Vorgang handeln mochte. Insbesondere an lauen Sommerabenden stiefelte man gemächlich an Häuserreihen entlang, als wandele man zwischen Kulissen eines längst beendeten Stücks, dessen Agierende verschwunden waren oder hier nie gehaust hatten. Die Dunkelheit begünstigte den Himmel, dessen Sterne man leichthin sehen konnte, die Milchstraße, dieses ferne Band war über uns erkennbar, und die Luft roch an manchen Stellen nach kaltem

Rauch und feuchtem Mörtel. Mit dem Freund war ich d'accord, daß in einem unaufhaltsamen Morgen eine vollständige soziale Gleichheit herrschen würde, ausgedrückt beispielsweise durch eine gleichartige Bekleidung für jedermann, jederfrau. Obwohl uns die Unausweichlichkeit solcher Entwicklung absolut klar gewesen ist, empfanden wir doch ein gewisses Unbehagen, einen leichten Schauer während der Vision. Merkwürdigerweise war unsere Vorstellung von der künftigen Egalité auf Äußerlichkeiten, wie eben die Kleidung, beschränkt. Nach derlei Ausflügen in die stille, steinerne Welt schlief ich bis in den Vormittag hinein. Die Sonne tat ihre Pflicht und weckte mich, die Kastanie im Hinterhof ebenfalls und blühte gewaltig, sowie ein lauter Ruf aus der Vergangenheit und der unaufhaltbaren Gegenwart drunten erscholl: »Der Scherenschleifer ist da!« Man hätte meinen können, sich mit der Zeitmaschine von H. G. Wells in eine vergangene Epoche verirrt zu haben; als stünden das Unheil, Tod und Mord erst bevor. Einen glücklichen Moment lang ließ ich mir das von der friedlichen Situation einreden. Doch er hielt nicht vor, wie es den meisten glücklichen Momenten ergeht.

Ein schönes Mädchen, wie ich es vordem nie gesehen hatte. Nun begegnete es mir auf einer Familienzusammenkunft bei den Falckensteins im Berliner Scheunenviertel, wo man die Juden zusammengepfercht hatte. Ich war aufgeregt und flüsterte meiner Mutter ins Ohr, sie solle doch bei den Eltern der Schönheit anfragen, ob sie das so gar nicht mehr kindliche Wesen zu uns einladen könne. Die Einladung wurde angenommen, und ein paar Tage später wurde das Mädchen bei uns abgeliefert, mit der Ankündigung, es dürfe bis zum Nachmittag bleiben. Ich führte die wohl gleichaltrige Kleine ins Schlafzimmer, wir setzten uns auf den Boden und ich redete und redete, während sie schweigend zuhörte. Dann schlug ich ihr vor, das heißt, ich bat sie, ein paar kurze Hosen von mir anzuziehen, was sie auch willig tat, und ich bewunderte ihre schon nicht mehr kindlichen Beine. Worüber wir sprachen, weiß ich nicht mehr. Ich sah sie immer nur an, hingerissen von ihrem Aussehen. Ähnelte sie nicht einer der Filmschauspielerinnen, deren Autogrammfotos ich sammelte? Es dämmerte im Zimmer, es klingelte an der Wohnungstür, es wurde im Flur laut, mein Traum erhob sich und verschwand für immer. Draußen noch erregtes Reden, dann klappte die Wohnungstür. Tage später kam mit der Post meine Hose zurück, mit der Anmerkung, daß die Absenderin ein Loch im Hosenboden gestopft habe. Ein letztes Lebenszeichen, denn nur zu bald wurden Mutter wie Tochter Asche und für ewig unauffindbar.

LOUISE GLÜCK

TREUE UND EDLE NACHT

Gedicht

Meine Geschichte beginnt schlicht: Ich konnte sprechen und ich war froh.
Oder: Ich konnte sprechen, also war ich froh.
Oder: Ich war froh und sprach also.
Ich war wie ein helles Licht, das durch einen dunklen Raum gleitet.

Wenn es so schwerfällt anzufangen, denk nur, wie es sein wird zu enden –
Auf meinem Bett stellen Laken mit bunten Segelschiffen
Abenteuer (in Form von Erkundungsfahrten) in Aussicht
und das Gefühl sanften Schaukelns, wie in einer Wiege.

Frühling, und die Vorhänge flattern.
Eine Brise weht in den Raum, bringt erste Insekten.
Der Klang ihres Brummens wie der Klang der Gebete.

Einzelne
Erinnerungen aus großem Erinnerungsschatz.
Lichtpunkte im Nebel, mal erkennbar,
wie ein Leuchtturm, dessen eine Aufgabe
es ist, ein Signal zu senden.

Doch was ist der Zweck des Leuchtturms wirklich?
Dort geht es lang, sagt er.
Nicht: Ich bin dein sicherer Hafen.

Zu seiner Empörung teilte ich dieses Zimmer mit meinem älteren Bruder.
Um mich für mein Dasein zu bestrafen, hielt er mich wach, las
Abenteuergeschichten im gelben Schein der Nachtlampe.

Die Gewohnheiten von einst: mein Bruder auf seiner Seite des Bettes,
schweigsam, aber aus freiem Willen,
sein helles Haupt über seine Hände gebeugt, sein Gesicht verdunkelt –

Zu der Zeit, von der ich spreche,
las mein Bruder ein Buch, das er
die treue und edle Nacht nannte.
War dies die Nacht, in der er las, in der ich wach lag?

Nein – es war eine Nacht vor langer Zeit, ein See aus Dunkelheit,
aus dem ein Stein ragte, und aus dem Stein
wuchs ein Schwert.

Eindrücke kamen und gingen mir durch den Kopf,
ein schwaches Brummen wie von Insekten.
Wenn ich nicht meinen Bruder betrachtete, lag ich auf dem kleinen Bett,
    das wir teilten,
und starrte an die Decke – keinesfalls
mein liebster Teil des Zimmers. Sie führte vor Augen,
was ich nicht sehen konnte, den Himmel natürlich, aber schlimmer noch
meine Eltern, die in ihren weißen Reiseanzügen auf den weißen Wolken
    saßen.

Und doch war auch ich auf Reisen,
in diesem Fall unmerklich
von jener Nacht zum nächsten Morgen,
und auch ich trug einen besonderen Anzug:
einen gestreiften Pyjama.

Stell dir einmal einen Tag im Frühling vor.
Ein harmloser Tag: mein Geburtstag.
Unten drei Geschenke auf dem Frühstückstisch.

In einem Päckchen gebügelte Taschentücher mit Monogramm.
Im zweiten Päckchen Buntstifte sortiert
in drei Reihen wie ein Schulfoto.
Im letzten Päckchen ein Buch mit der Aufschrift *Meine erste Fibel.*

Meine Tante faltete das bedruckte Geschenkpapier;
die Schleifen wurden ordentlich aufgerollt.
Mein Bruder gab mir einen Riegel Schokolade
in Silberpapier gewickelt.

Dann war ich plötzlich allein.

Vielleicht besteht das Tun eines sehr jungen Kindes
im Betrachten und Zuhören:

Auf diese Art hatten alle zu tun –
Ich lauschte den unterschiedlichen Lauten der Vögel, die wir fütterten,
den Insektenvölkern beim Schlüpfen, den Kleinen,
die am Fenstersims entlangkrabbelten, und über mir

der Nähmaschine meiner Tante, wie sie
Löcher in einen Haufen Kleider bohrte –

Rastlos, bist du rastlos?
Wartest du, daß der Tag endet, daß dein Bruder zu seinem Buch zurückkehrt?
Daß die Nacht zurückkehrt, treu, edel,
und für kurze Zeit den Riß zwischen
dir und deinen Eltern repariert?

Dies geschah natürlich nicht sofort.
Indes kam mein Geburtstag;
irgendwie wurde der leuchtende Anfang
zur nimmer enden wollenden Mitte.

Mild für den späten April. Bauschige
Wolken über mir treiben bei den Apfelbäumen.
Ich nahm *Meine erste Fibel* zur Hand, wohl
die Geschichte zweier Kinder – ich konnte noch nicht lesen.

Auf Seite drei erschien ein Hund.
Auf Seite fünf war ein Ball – eines der Kinder
warf ihn höher als möglich schien, worauf
der Hund in den Himmel schwebte, um bei dem Ball zu sein.
So ging wohl die Geschichte.

Ich blätterte die Seiten um. Als ich zum Ende kam,
blätterte ich wieder zurück, so daß die Geschichte eine kreisförmige
Gestalt annahm
wie der Tierkreis. Mir wurde schwindelig. Der gelbe Ball

schien treulos, wie er gleichzeitig
in der Hand des Kinds und im Maul des Hunds zu Hause war –

Hände unter mir heben mich.
Sie hätten jedermanns Hände sein können,
eines Mannes, einer Frau.
Tränen fallen auf meine entblößte Haut. Wessen Tränen?
Oder standen wir im Regen, warteten, daß das Auto kam?

Der Tag bot keinen Halt mehr,
Risse taten sich auf im weiten Blau oder,
genauer gesagt, plötzliche schwarze Wolken
schoben sich über den azurnen Hintergrund.

Irgendwo in den weit zurückliegenden Gewässern der Zeit
legten meine Mutter und mein Vater
zu ihrer letzten Reise ab;
meine Mutter küßte zärtlich das neue Baby, mein Vater
warf meinen Bruder in die Luft.

Ich saß am Fester und widmete mich abwechselnd
meiner ersten Leselektion und
dem Verstreichen der Zeit, meiner Einführung
in Philosophie und Religion.

Vielleicht schlief ich. Als ich aufwachte,
hatte der Himmel sich verändert. Ein leichter Regen fiel,
machte alles frisch und neu –

Ich starrte weiter
auf die rasenden Vereinigungen von Hund
und gelbem Ball, ein Objekt,
das bald durch ein anderes ersetzt würde,
vielleicht ein weiches Spielzeug –

Und dann war plötzlich der Abend da.
Ich hörte die Stimme meines Bruders,
die sein Nachhausekommen kundgab.

Wie alt er schien, älter als am Morgen.
Er legte seine Bücher neben dem Schirmständer ab
und ging, sein Gesicht zu waschen.
Die Hosenträger seiner Schuluniform
baumelten unter seinen Knien.

Man macht sich kein Bild, wie erschütternd
es für ein kleines Kind ist, wenn
etwas Beständiges endet.

Die Geräusche, in diesem Fall aus dem Nähzimmer,
bohrergleich, doch sehr weit weg –

Verschluckt. Stille war überall.
Und dann in der Stille Schritte.
Und dann waren wir alle beisammen, meine Tante und mein Bruder.

Danach wurde zum Tee gedeckt.
Auf meinem Platz ein Stück Ingwerkuchen

und in der Mitte des Stücks
eine Kerze, zum Anzünden für später.
Wie still du bist, sagte meine Tante.

Es stimmte –
meinem Mund entschlüpfte kein Laut. Und doch
waren Laute in meinem Kopf, möglicherweise
als etwas weniger Genaues, Denken vielleicht,
obwohl sie mir in jenem Moment dennoch wie Laute erschienen.

Da war etwas, wo vorher nichts war.
Oder sollte ich sagen, daß da nichts war,
aber Fragen es beschmutzt hatten –

Fragen kreisten durch meinen Kopf; rotierten
in einer Art Ordnung, wie Planeten –

Draußen brach die Nacht herein. War dies
jene verlorene Nacht, sternenbedeckt, mondlichtbefleckt,
wie eine Chemikalie, die alles,
was man in sie eintaucht, bewahrt?

Meine Tante hatte die Kerze gezündet.

Dunkelheit überflutete das Land
und auf dem Meer trieb die Nacht
auf eine Planke geschnürt –

Hätte ich sprechen können, was hätte ich gesagt?
Ich vermute, ich hätte mich
verabschiedet, denn auf gewisse Art
war es ein Abschied –

Nun ja, was hätte ich auch tun sollen? Ich war
ja kein Baby mehr.

Ich fand die Dunkelheit beruhigend.
Ich konnte die blauen und gelben Segelboote
auf dem Kopfkissen schwach erkennen.

Ich war allein mit meinem Bruder;
wir lagen im Dunkeln, atmeten gemeinsam,
die tiefste Vertrautheit.

Mir war aufgefallen, daß die Menschen sich scheiden
in solche, die vorwärts streben,
und solche, die zurück wollen.
Oder man könnte sagen, solche, die weitergehen wollen,
und solche, die sich lieber auf ihrem Weg aufhalten lassen,
wie durch das lohende Schwert.

Mein Bruder nahm meine Hand.
Bald würde auch sie davonschweben,
doch in den Gedanken meines Bruders vielleicht
überdauern, indem sie unwirklich würde –

Nachdem man endlich begonnen hat, wie hört man wieder auf?
Ich nehme an, ich kann einfach darauf warten, unterbrochen zu werden,
wie im Falle meiner Eltern von einem großen Baum –
der Kahn hätte dann sozusagen
die Berge zum letzten Mal passiert.
So ähnlich, sagt man, wie einschlafen,
was ich hiernach tat.

Am nächsten Tag konnte ich wieder sprechen.
Meine Tante war überglücklich –
Meine Fröhlichkeit schien sich
auf sie zu übertragen, aber
sie hatte sie auch nötiger, mit ihren zwei Kindern.

Ich war mit meinem Grübeln zufrieden.
Ich verbrachte meine Tage mit den Buntstiften
(schon bald hatte ich die dunkleren Farben aufgebraucht),
obwohl was ich sah, so erzählte ich meiner Tante,
weniger eine faktische Darstellung der Welt war
als eine Vision ihrer Verwandlung
infolge der Reise durch die Leere meiner selbst.

So ähnlich, sagte ich, wie die Welt im Frühling.

Wenn nicht in meine Gedanken über die Welt vertieft,
malte ich Bilder von meiner Mutter,
für die meine Tante Modell stand
und auf meine Bitte
den Zweig einer Maulbeerfeige hielt.

Was das Rätsel meines Schweigens betrifft:
Mich machte ratlos
weniger der Rückzug meiner Seele
als ihre Wiederkehr, da sie mit leeren Händen kam –

Wie tief sie reicht, diese Seele,
wie ein Kind im Kaufhaus,
das seine Mutter sucht –

Vielleicht ist sie wie ein Taucher,
mit gerade genug Sauerstoff im Tank,
um die Tiefe für ein paar Minuten zu ergründen –
dann schicken ihn die Lungen zurück.

Aber etwas, da war ich mir sicher, widersetzte sich den Lungen,
womöglich ein Todeswunsch –
(Ich verwende das Wort *Seele* als Kompromiß).

Natürlich stand ich auf eine Art nicht mit leeren Händen da:
Ich hatte meine Buntstifte.
Auf andere Art ist das mein Punkt:
Ich hatte Ersatz akzeptiert.

Es fiel mir schwer, die hellen Farben zu benutzen,
die übriggebliebenen, obwohl sie meiner Tante natürlich lieber waren –
alle Kinder, fand sie, sollten lichten Gemüts sein.

Und so verstrich die Zeit: Ich wuchs
zu einem Jungen heran wie mein Bruder, später
zu einem Mann.

An dieser Stelle sollte ich mich verabschieden. Es hat sich wohl erwiesen:
Es gibt kein vollendetes Ende.
Tatsächlich sind Enden endlos.
Oder vielleicht gibt es, hat man erst begonnen,
nur noch Enden.

Aus dem Englischen von Uta Gosmann

KORNELIA KOEPSELL

KLOPSTOCK ALS LEHRER

Wenn ich meine Gedichte im kleinen Kreis oder vor Freunden vorlese, taucht immer wieder die Frage auf, warum ich auch ältere Formen verwende. Einige Zuhörer sehen das kritisch und werfen mir Rückwärtsgewandtheit vor, anderen bin ich nicht avantgardistisch genug, während wieder andere mein Formbewußtsein schön finden und davon ergriffen sind. Angeregt durch solche Diskussionen und weil dieses Thema von allgemeinem Interesse ist, möchte ich meine Gedanken zur Bedeutung metrischer Aspekte in der Lyrik darlegen.

Vielleicht sollte ich vorausschicken, daß mich schon in der Jugend die Form bestimmter Gedichte, vor allem deren Rhythmus, besonders angesprochen hat. Damit hängt es wohl auch zusammen, daß der erste Dichter, der mich neben den Romantikern faszinierte, Klopstock war. Später kamen Hölderlin, Mörike sowie Rilke und Nietzsche hinzu, insbesondere ihres Formenreichtums und ihrer Musikalität wegen. Hier möchte ich vor allem auf Klopstock eingehen, weil er für mich ein Lehrmeister war. Ich habe zuerst seine Rhythmen studiert und gelernt, in Rhythmen zu denken. Mir hat auch seine manchmal schwerverdauliche Exaltiertheit gefallen, die Begeisterungsfähigkeit und anrührende Seltsamkeit, aus der ich nicht schlau wurde. Seine Dichtung war in den siebziger Jahren noch weniger »zeitgeistig« als heute und ich habe es als angenehm empfunden, daß sie so gar nicht zu »Where have all the flowers gone« paßte, welches der bewunderte Klassenkamerad auf der Gitarre spielte.

Friedrich Gottlieb Klopstock (1724–1803) hat sich traditionellen metrischen Zwängen unterworfen, um mit ihrer Hilfe einen Prozeß bisher unerhörter Dynamik freizusetzen, der weit in die Zukunft wies und durch den die deutsche Sprache im Fundament erneuert wurde. Mittlerweile, viele Jahre nach meiner ersten Begegnung mit ihm, kenne ich auch seine poetologischen Texte sowie die teilweise sehr ausgefuchsten Experimente und Argumentationen. Aber darauf möchte ich in diesem Essay nicht eingehen. Ich möchte vielmehr an Beispielen zeigen, wie mutig und avantgardistisch Klopstock mit der Form arbeitete und was dabei herauskam.

Die folgende Strophe ist die sechste von neunzehn Strophen einer seiner berühmtesten Oden, »Der Zürchersee« aus dem Jahr 1750. Sie fällt in ihrer auffälligen Konstruktion aus dem Gedicht geradezu heraus.

»Hallers Doris«, die sang, selber des Liedes wert,
Hirzels Daphne, den Kleist innig wie Gleimen liebt;
Und wir Jünglinge sangen
Und empfanden wie Hagedorn.

Da es von dieser Bootsfahrt briefliche Berichte gibt, unter anderem von Klopstock und Hirzel, kann man dieses Ereignis einigermaßen rekonstruieren. Etwa sechzehn bis achtzehn Personen, Freunde und Freundinnen des Dichters, fuhren über den Zürichsee, ein heiteres Gesellschaftsereignis mit Gesang, Gedichtlesungen, Liebeleien und viel Wein. Hirzels Frau Doris, hier metonymisch als Daphne bezeichnet, sang das Lied »Doris« des Dichters Haller von 1730. Klopstock hat auch gesungen, und zwar die Lieder Hagedorns. Interessant ist nun aber, welche von Klopstocks Freunden in der Strophe erwähnt werden und welche nicht. Die Dichter Haller, Hagedorn, Kleist und Gleim sind nämlich auf der Bootsfahrt gar nicht dabeigewesen, während anwesende Teilnehmer nicht vorkommen. Warum ist das wichtig? Bevor ich diese Frage beantworte, will ich zunächst einige Überlegungen zur Metrik dieser Ode vorausschicken.
Was geschieht hier? Formal gesehen haben wir es mit einer von Klopstocks nachgedichteten antiken Odenformen zu tun. Diese Oden bestehen aus einer festgelegten Abfolge von Hebungen und Senkungen (das heißt, einer Betonungsfolge), die von Strophe zu Strophe wiederholt wird. Die hier verwendete asklepiadeische Strophe ist besonders spannungsvoll, weil sie eine ungewöhnliche Häufung von aneinanderstoßenden Betonungen (Hebungsprall genannt) aufweist. Die ersten beiden Zeilen enthalten in der Mitte zweimal einen Choriambus (– v v –) und damit einen Hebungsprall. Weitere werden durch Hebungen am Ende des ersten und am Anfang des zweiten Verses erzeugt sowie am Ende des zweiten und am Anfang des dritten Verses.
Warum hat Klopstock nicht eine andere Odenform gewählt, zum Beispiel die alkäische Ode, deren Betonungsfolge keinen einzigen Hebungsprall hat und deren Hebungen und Senkungen sich für das Ohr harmonischer aneinanderreihen? Wäre durch sie der Gleichklang des freundschaftlichen Zusammenseins nicht viel besser erfaßt worden? Gewiß, aber das war offenbar nicht seine Absicht. Klopstock wollte eine hohe Spannung, und damit ein Maximum an Gefühlsaufwallung erzeugen. Durch einen Hebungsprall werden die beteiligten Wörter besonders hervorgehoben. Man muß nämlich jedes Mal bei einem Hebungsprall eine kleine Pause machen, die Stimme neu ansetzen und dann wieder anheben. Es handelt sich im Grunde um einen komplexen Vorgang, den man intuitiv wahrnimmt, auch wenn man nicht darauf achtet. Durch einen Hebungsprall werden außerdem die nachfolgenden Absenkungen stärker wahrgenommen.

Die komplexe metrische Struktur der asklepiadeischen Ode verbindet Klopstock nun mit einer ebenfalls komplexen grammatischen Konstruktion, die sich erst durch genaue Analyse entschlüsseln läßt. Das Subjekt des Satzes ist nicht »Hallers Doris«, sondern »Hirzels Daphne«, die Hallers Lied »Doris« singt, während das Pronomen »den« sich auf »Hirzel« bezieht. Durch den Einschub »selber des Liedes wert« wird das Verständnis zusätzlich erschwert. Aufgelöst wird die syntaktische Mehrdeutigkeit erst im Verlauf der Strophe. Das zugrundeliegende Metrum und die gewagte Grammatik verbinden sich zu einer rasanten Konstruktion. Dadurch wird Verwirrung erzeugt, der Boden des Verstandes beginnt zu schwanken, und es bleiben eigentlich nur die Namen der Freunde als »Rettungsanker« übrig. Ihre Namen sind hervorgehoben durch lautliche Verweise wie Alliteration (Hirzel, Hagedorn, Haller) und Assonanz (Kleist, Gleim und Hagedorn, Doris). Klopstock webt einen lautlichen Freundschaftsteppich, wodurch auch die abwesenden Freunde in das Gedicht einbezogen werden. Die durch das Schwanken der Vernunft gestärkte Einbildungskraft kann sich das Abwesende vorstellen, der Idealzustand der Freundesversammlung ist in der Sprache verwirklicht.

Klopstock führt uns in der hier ausgewählten Strophe einen metrisch-syntaktisch-lautlichen Tanz der Wörter vor Augen (oder Ohren), der dazu dient, die übermäßige Zwanghaftigkeit der Vernunft zu untergraben und die Einbildungskraft tanzen zu lassen wie die Wörter. Man könnte vermuten, er habe auf der Bootsfahrt zu viel Wein getrunken und teile uns nun seinen Rausch mit. Die schräge Grammatik, die Spannung von Worten, die auf andere Worte verweisen, die Klänge – dies alles reißt den Hörer mit (dieses Gedicht sollte deklamiert werden) und erzeugt eine Trunkenheit, die im Gesang endet. Auf der inhaltlichen Ebene geht es um die Empfindsamkeit des Dichters im Kreis seiner Freunde, um das gegenseitige, gesteigerte Gefühl eines außergewöhnlichen Augenblicks der Gemeinschaft, die im Rausch und im Gesang adäquaten Ausdruck findet. Die Dichter finden sich im Gesang, so wie das Gedicht sich im Tanz der Wörter findet. Freundschaft ist ein hoher Wert, der unser ganzes Sein bestimmt und damit alle »Seelenkräfte« einbezieht.

Den Tanz der Wörter im »Sylbenmaß«, also die Betonungsverhältnisse, bezeichnet Klopstock als »Mitausdruck«. Die Betonungsverhältnisse drücken also für sich selbst betrachtet etwas aus, das mit Worten nicht sagbar ist. Klopstock fand hierfür in seiner Schrift »Von der Darstellung« das folgende Bild: »Überhaupt wandelt das Wortlose in einem guten Gedicht umher, wie in Homers Schlachten die nur von wenigen gesehenen Götter.« Durch den Mitausdruck wird die inhaltliche Botschaft dem Gefühl vermittelt, noch bevor der Verstand analysieren kann, was er hört. Es ist der Psychologe Klopstock, der hier spricht und der die Hörer seiner Oden sensibilisieren will für die Wahrnehmung ihrer Empfindungen und die der anderen, der Freunde. Der Mitausdruck, der sich in allen metrischen Formelementen zeigt, ist unmittelbare, man könnte auch sagen, unbewußte Wirkung auf die Psyche. Diese wird in bestimmter Weise bewegt und erlebt sich selbst als fühlend und mitfühlend. Paradoxerweise wird dieser zarte, seltsam unbestimmbare Übertragungsprozeß gerade durch die Rationalität der Form ermöglicht, die im Kontrast zu sich selbst die empfindsamen Seelenkräfte freisetzt. Wie vielseitig sich die asklepiadeische Strophe verwenden läßt, zeigt das folgende Beispiel aus dem achtzehnstrophigen Gedicht »Bardale« (1747/71), das auf einer elegischen Verbindung von Form und Inhalt beruht. Hier die letzte Strophe:

Wars nicht, Fanny, der Tag? wars nicht der zwölfte May,
Als der Schatten dich rief? wars nicht der zwölfte May,
Der mir, weil ich allein war,
Öd' und traurig vorüberfloß?

In diesem Gedicht geht es wieder um ein Beziehungsthema, diesmal aber steht der Verlust im Vordergrund. Bei Fanny handelt es sich um Klopstocks Cousine Maria Sophia Schmidt, in die er unglücklich verliebt war. Sie wird als Nachtigall angesprochen, der Titel »Bardale« ist eine Neuschöpfung für das Wort »Aedon« (altgriechisch für Nachtigall), den das Gedicht ursprünglich trug. Der 12. Mai ist wohl das Datum der endgültigen Trennung.

In diesem Gedicht haben wir dieselbe metrische Situation: zwei Hebungen in der Mitte der ersten beiden Zeilen und zwei weitere Hebungspralle über Versenden hinweg. Warum aber, könnte man auch hier wieder fragen, verwendet Klopstock für die elegische Darstellung einer Verlusterfahrung eine hochgradig gespannte Metrik? Nun, ich denke, er wollte die traurige Erfahrung als Gemütsbewegung darstellen, die sich im Kontrast entfaltet. Eine sanftere, weichere Strophenform hätte das schmerzlich Aufwallende, das Aufbegehrende, ja den Aufschrei seines Gefühls nicht wiedergegeben. Es besteht eine Widerständigkeit zwischen dem aggressiven Schlagen des Taktes und der Ergebenheit in die Einsamkeit oder, etwas pathetischer gesagt, zwischen Liebe und Tod.

Die Gespanntheit des Gefühls wird in den beiden ersten Versen überzeugend und emotional mitreißend dargestellt. Die syntaktischen Zäsuren fallen in die Mitte des Hebungspralls, wo man ja stimmlich neu ansetzen muß, und außerdem wird durch den gleichen Anfang der beiden Vershälften eine Wiederholung erzeugt, die den Ausdruck verstärkt. Im Zusammenhang mit der bangen Frage wird so eine starke Beunruhigung ausgedrückt. Die Wiederholung des zweiten Teils des ersten Verses im zweiten Vers verstärkt diesen Effekt.

Auf der lautlichen Ebene arbeitet Klopstock vor allem mit dem Vokal a, der durch verschiedene Reime und Assonanzen Sinnbeziehungen stiftet (»Tag, wars«, »als, wars« sowie: Fanny, Schatten, May), der aber auch die untergründige Spannung der Odenform überspielt und damit zu einer elegischen Stimmung beiträgt. Da der Buchstabe a leicht auszusprechen ist, entsteht ein Gefühl von Passivität. Die fast durchgängige a-Tonalität der Strophe erinnert an Schmerzlaute (ah), Klagelaute (ach) oder Rufe nach der Mutter (mama). In den letzten beiden, metrisch ruhigeren Versen wird das Gefühl herabgestimmt in eine Verzweiflung, die sich auch in der vokalischen Behandlung ausdrückt (ö, ü).

Es ließe sich noch vieles zu den Details der Oden Klopstocks sagen, aber mir geht es darum, beispielhaft zu zeigen, welche Vielschichtigkeit eine solche Dichtung erreichen kann und welche schöpferischen Möglichkeiten sie eröffnet. Wie aus den vorhergehenden Ausführungen deutlich wurde, ist die Verwendung einer vorgegebenen oder modifizierten Metrik ein formaler Zwang, dem man sich unterwirft, ein Korsett, in das man sich hineinzwängt. Man kann sich an dieser Stelle fragen: Warum sollte man das tun? Eine Antwort darauf ist, daß die Metrik etwas aussagt und daß sie einen Gefühlsausdruck erzeugen kann, der ohne sie so nicht möglich ist. Man kann aber in der Beantwortung dieser Frage noch einen Schritt weiter gehen. Vielleicht braucht eine starke, hochsensible und überaus empfindsame Phantasie einen Gegenpol, eine Begrenzung, damit es nicht zum Überschwang und zur Überdrehtheit kommt. Ich denke in diesem Zusammenhang an Nietzsches Unterscheidung von Apollinischem und Dionysischem. Durch die freibestimmte Setzung eines apollinischen Maßes wird die dionysische Übersteigerung des Gefühls aufgefangen. Beide Elemente tragen zu einem dynamischen Schaffensprozeß bei, der sich nur deswegen in seiner vollen Spannung entfalten kann, weil durch die Stabilität der Metrik eine gewisse Beruhigung der »Seelenkräfte« wiederhergestellt wird.

Klopstock war vielleicht einer der ersten wirklichen Psychologen in der deutschen Literatur, jedenfalls war er der erste, der die psychologische Wirkung von Sprachelementen auf das Gefühlsleben systematisch untersuchte. Bemerkenswert ist, daß es ihm nicht darum ging, seine eigenen Gefühle auszudrücken, sondern darum, im anderen Menschen Gefühle hervorzurufen. Dies bedeutet, daß er sein Gegenüber aus respektvoller Distanz wahrnahm, um dann den Spalt zwischen Menschen zu überbrücken und den Versuch zu unternehmen, das fremde Gemüt in Bewegung zu setzen. Was sollte ein Poetologe nach Klopstock vor allem tun? In seiner Schrift »Zur Poetik« heißt es: »Er bemerkt die Eindrücke, welche Gedichte von allen Arten auf ihn, und auf andre machen, das heißt: er erfährt und sammelt die Erfahrung Andrer.«

Diese Distanz muß Klopstock auch sich selbst gegenüber empfunden haben, denn er hat immer wieder Gedichte geschrieben, in denen er seinen aktuellen Gefühlszustand in die Zukunft versetzt und sich von dieser aus sein gegenwärtiges Gefühlsleben vorstellt. Wie sehr er sich der zwischenmenschlichen Fremdheit trotz seiner oft enthusiastischen Empfindsamkeit bewußt war, zeigt die folgende Äußerung: »Ich lebe in der Welt, als ob sie eine aufgeräumte Gesellschaft guter Freunde wäre, die sich zusammengefunden hätte, um guter Dinge zu sein. (…) Ich weiß wohl, daß die Welt keine so muntere Gesellschaft ist, deren Mitglieder eins das andere zu vergnügen suchten; ich aber suche doch aufrichtig, und mit einem solchen Verlangen alles, was in meinem Vermögen steht, zu dem Vergnügen aller Menschen beyzutragen, und mit einer gleichen Redlichkeit in der Welt zu leben, als ob sie eine solche Gesellschaft wäre.« (Der Jüngling, 1747)

An den antiken Metren und Versformen hat Klopstock sich mit großer Beharrlichkeit abgearbeitet, und zwar bis ins kleinste Detail. Sein Ziel war die Erneuerung der deutschen Sprache. Im Blick auf die Vorbilder Homer, Milton und Luther wollte er sie ausdrucksstärker machen und so verfeinern, daß sie den unterschiedlichsten psychischen Zuständen gerecht werden kann. In seiner Arbeit, die sich in den poetologischen Schriften verfolgen läßt, hat er sich zunehmend von den antiken Vorbildern gelöst und sich immer stärker an der gesprochenen deutschen Sprache, das heißt an der Wirklichkeit orientiert. Anstelle der abstrakten antiken »Versfüße« arbeitete er mit sinntragenden sprachlichen Einheiten, die er »Wortfüße« nannte. Dadurch war er in der Lage, die sogenannten Freien Rhythmen in die deutsche Sprache einzuführen.

Mit unglaublicher Begeisterung hat er die psychologische Wirkung der Wortfüße zu systematisieren versucht, wobei er fast schon in den Bereich der experimentellen Psychologie vorgestoßen ist, wie sie später Werner von Helmholtz (1821–1894) betrieb. Dieser hat die Zusammenhänge von sinnlichem Reiz und physiologischer Reaktion untersucht und damit die Psychologie mitbegründet. Aber zurück zu Klopstock. Als Beispiele vergleiche ich hier die Wortfüße »die Sturmwinde« (v – – v) und »Wonnegefühl« (– v v –) bezüglich ihrer psychologischen Empfindung von Schnelligkeit. Vom ersten Versfuß »die Sturmwinde« meinte Klopstock, das Ohr müsse ihn trotz gleicher Silbenzahl als langsamer empfinden, den zweiten Wortfuß »Wonnegefühl« dagegen als schneller. Der Leser mag ausprobieren, wie er den Unterschied wahrnimmt.

Offenbar konnte Klopstock die abstrakten Metren-Schemata innerlich hören wie ein Musiker eine Partitur. Als charmantes Beispiel führe ich hier eine Textstelle aus der Schrift »Vom deutschen Hexameter« an: »Wenn Plato die Füße so: v v v – – v v v v, oder so: – – v – v v v – folgen läßt, so ist es schön und gesangsmäßig, (…) wenn man dies aber so: v v v – v – – v –, oder so: v v – v – – v – v veränderte; so würde man ihm alle Anmut nehmen, die allein in der Stellung der Füße, aber nicht in dem Sinne, auch nicht in den Worten liegt.«

Die Übung des Rhythmus hat Klopstock sein ganzes Leben lang betrieben, bis er es sich leisten konnte, auf bereits bestehende Versmaße zu verzichten und die »Freien Rhythmen« einzusetzen. Diese neuartigen Gebilde ohne jede Vorschrift wirken in ihrer Dynamik bei ihm manchmal so entfesselt, als wollten sie den viel späteren Expressionismus vorwegnehmen. Ich will dies an einem weiteren Gedicht mit dem Titel »Die Welten« (1764) zeigen. Nachdem sich Klopstock in den ersten Strophen die Großartigkeit Gottes und die Weiten der Welten vergegenwärtigt hat und sich bange fragt, wie er hinaufkommen solle zu den »ewigen Hügeln«, wendet sich das Gedicht plötzlich einem Seemann (als »Pilot« bezeichnet) zu und endet dann folgendermaßen:

> Donnernder rauscht der Ozean als du, schwarzer Olymp!
> Krachend stürzet der Mast!
> Lautheulend zuckt der Sturm!
> Singt Todtengesang!
>
> Der Pilot kennt ihn. Immer steigender hebst, Woge, du dich!
> Ach die letzte, letzte bist du! Das Schiff geht unter!
> Und den Todtengesang heult dumpf fort
> Auf dem großen, immer offenen Grabe der Sturm.

Hier wird das Erschrecken eines Weltendes in abgehackten, unvollständigen Sätzen, Ausrufungszeichen, Hebungsprallen, lautmalerischen Worten beschworen, so daß man unmittelbar in eine strudelige Stimmung gerät und den Boden unter den Füßen zu verlieren droht wie im »Trunkenen Schiff« Rimbauds. Und im Unterschied zur ebenfalls freirhythmischen Ode »Die Frühlingsfeier« von 1759 endet dieses Gedicht nicht versöhnlich, sondern es bleibt beim Bild des abgrundtiefen Schreckens. Die dynamische Behandlung der Sprache gewinnt hier eine Eigenständigkeit, die schon auf die später proklamierte Autonomie der formalen Elemente der Sprache gegenüber ihrem Inhalt verweist bzw. darauf, daß die Form zum Inhalt wird.

Nach diesen Ausführungen und beispielhaften Erläuterungen möchte ich wieder auf meine Ausgangsfrage zurückkommen: Was bringt die Beschäftigung mit den metrischen Aspekten der Dichtung heute noch? Ich denke, uns steht ein unglaublich reiches Wissen über Sprache und verschiedene Arten des Gedichteschreibens zur Verfügung. Schon die Sumerer haben vor fast viertausend Jahren Verse geschrieben, welche mit dichterischen Mitteln konstruiert wurden, die wir heute noch verwenden. Wir haben uns die Tradition der Griechen und der Römer zu eigen gemacht, wir haben die romanischen Troubadours kennengelernt, die mit Reimen arbeiten, wir haben die Diskussionen der Linguisten zur Kenntnis genommen, wir haben die Sprache als in sich selbst bewegtes System achten gelernt, wir haben verstanden, daß die Sprache ein komplexes, niemals ganz zu begreifendes Wesen ist, mit dem wir immer falsch reden, weil es sich entzieht, wir mißtrauen der Sprache, wir trauen ihr zu sehr, wir verzweifeln an der Sprache, wir lieben sie und können ohne sie nicht leben. Die Theorien und Normen, die wir uns über Dichtung im Laufe vieler Jahre gemacht haben und noch machen, sind immer richtig und zugleich falsch, vor allem vergessen wir viel zu oft, daß wir von einem Fortschrittsmodell ausgegangen sind, das fragwürdig ist, und daß die sogenannten Avantgarden, eine sehr kriegerische Einrichtung, an ihr Ende gekommen sind. Wir können dichten, wie wir wollen, wir dürfen dichten, wie wir wollen, und wissen nicht wohin.

Ich bin bei meinen Überlegungen von Klopstock ausgegangen, weil ich zuerst bei ihm in die Schule gegangen bin. Aber ich habe in jahrelanger Übung mein Ohr auch an Dichtern wie Hölderlin und Mörike geschult. Und Nietzsches Dionysos-Dithyramben sind ohne Klopstocks Vorarbeiten vielleicht gar nicht zu denken, ebensowenig wie die rhetorisch-gestischen Gedichte von Bertolt Brecht.

Im Grunde ist jede Form ein Mitausdruck im Gedicht, und ohne Form gibt es kein Gedicht. Was wollen wir aber, wenn wir dichten? Wir leben in einer Zeit, in der die Sprache immer mehr dazu verwendet wird, Konflikte, Widersprüche, Ambivalenzen und Komplexität auszublenden oder zumindest abzumildern. Da wir ohne Sprache nicht denken können, verflacht auch unser Denken, und da wir ohne Sprache unsere Gefühle nicht verstehen können, wird auch der Ausdruck von Gefühlen immer unlebendiger, die Schattierungen, die feinen Abtönungen, die sensiblen Regungen verschwinden. Die Fixierung auf die reine Gegenwart läßt die Vergangenheit verschwinden und damit auch das Behütende der Tradition, es verschwinden unsere Herkunft und unser archetypisches Wissen von uns selbst.

Scheinbar leben wir in einer Zeit vielfältiger Diskurse, aber eben nur scheinbar, denn viele der aktuellen Debatten, die man nicht als Gespräche bezeichnen kann, bieten aufgrund ihrer moralisierenden Schwarzweißmalereien keinen Raum mehr für die Komplexität einer entfalteten Menschlichkeit. Gedichte müssen diese Verflachungen hinterfragen und intellektuell sowie emotional vielschichtig sein. Mir dient der Rhythmus oder das metrische Versmaß als Folie, die ich mit dem Vokabular unserer heutigen Zeit überziehe, es hilft mir, eine Distanz zu gewinnen zur Gegenwart und sie dadurch schärfer zu sehen, so wie ein chthonisches Wesen, eben aus mythologischem Schlummer erwacht, die heutigen Erdenmenschen betrachtet.

THOMAS BÖHME

FONTANE GELÄNDE

Gedichte

FONTANE GELÄNDE
(Der Stechlin)

Pferdedampf, Sand spritzt auf, Wasser stäubt.
Immerhin führt auch ein Weg um den See.
Das Schloß ist schon etwas heruntergekommen.
Was man obendrein wahrnimmt
sind Wetterfahnen & Tabakanbau.

Die Erinnerung hat ihre eigene Melodie.
Nichts geschieht ohne den Segen Gottes
und beinahe nichts ohne den Alten von Sanssouci.
Was hat Preußen denn hochgebracht? –
Zucht & Kartoffeläcker!

Zwischen Wäscheleinen & Gartenstühlen
läßt sich Bismarck so gut wie Bebel zitieren.
Die Frauen sind ihrer Zeit meist ein wenig voraus.
Nun, auch dafür findet sich eine Erklärung:
Das Neue wählt sich halt gern einen schönen Mund.

Im Prinzip aber hält man sich an die Kleiderordnung.
Wo die Kirche im Dorf bleibt, dürfen selbst die Pastoren
über die Stränge schlagen. (Ja, das wendische Blut!)
Und gar die märkischen Bienen: Sie, unbekehrbar
summen munter nach Heidenart.

Katechismus als Exerzierreglement:
Damit läßt sich kein Blumentopf mehr gewinnen.
Muß man deswegen gleich die Fahne wechseln?
Nee, laß das mal, Engelke, der rote Hahn steigt
noch früh genug aus den Fluten.

DIE MITTE

Raum geben. Mitte ist überall
wo wir Mitte empfinden.

Als ich die Birke einpflanzte
dort am Fuße des Hügels
wo sich Hase & Elster begegnen
stand die Sonne schon tief.

Der Hügel ist, nebenbei bemerkt, nichts
als ein Haufen aus Erde & Lehm
längst von Wildgras & Buschwerk erobert
hier am Ende der Sackgasse mit dem Heimatgeruch.

Raum geben. Die kleine Emmauskirche von Heuersdorf
jetzt in Borna, im Schatten der großen Schwester St. Marien
setzt Erinnerung frei, läutet Heimatverlust.

Ihrem fadenscheinigen Läuten
folgt auf brustschwacher Orgel
»Mitten wir im Leben sind«
was das Sterben mit einschließt.

Raum geben. Mitte ist überall
wo nach allen Richtungen die Entfernungen gleich sind.
Auch der Mensch braucht
um Mensch zu sein, eine Mitte.
Stellt ein Schild auf mit Namen *Heimat*.

Mit der Birke hatte ich Pech.
Gezählt, scheint es, sind ihre Tage.
Schon tief stand die Sonne
als ich heut ihr Dahinwelken sah.

Leichtfertig aber nennen wir Handlungen ohne Verstand.
Leichtfertig war es, ihren Mittelpunkt neu zu verhandeln.

Niemand kann sagen, ob die Mitte
des Universums nicht nur ein lichtloses Loch ist
von dem alles wegstrebt
bis die Finsternis mit sich selbst übrigbleibt.

DER MALER IM MOOR
(Otto Modersohn)

Die Erde eingedunkelt & so zerfurcht
wie Gesichter auf den späten Bildnissen Rembrandts.
Das gealterte Licht überzieht
die unergründlichen Tiefen mit Firnis.

In den Stiefeln des Malers steht Wasser.
Eben schaut er zwei Kindern nach; barfüßig
huschen sie über den morschen Steg.

Er muß sie bannen samt ihren schwarzen Füßen
ehe der düstere Moorwald sie schluckt.
Weiß er denn, ob sie wiederkehren?

Er könnte sie auch mit Bastschuhen
oder mit Holzpantinen versehen:
die Milchmagd vor ihrer Häuslerkate
das Mädchen, das mit der Birke verwächst.

Eigentlich malt er doch lieber Bäume als Menschen.
Er spürt es, sie brauchen ihn nicht.
Aber dort, wo sie fehlen, geraten die Fenster
unter den Reetdächern ihm wie glimmende Augen.

DER HERBST DES KENTAUREN

Die Novemberlibellen sind müde geworden.
Flügellahm landen sie auf dem Frottee-
stoff eines liegengebliebenen Handtuchs.
Das Handtuch ist ausgebleicht und ragt hell
aus dem gelben Laub der Ufersträucher hervor.
Der knochige Pferdemensch schreitet auch
jetzt noch durchs Wasser. Mit seinen Hufen
wirbelt er Sand auf & Kies. Manchmal redet er
mit sich selbst. Um sein bärtiges Kinn tanzen
Mücken im Licht. Die Sonne indessen hält sich
nicht mehr mit Kleinigkeiten auf. Schon mittags
verschwindet sie hinter den hohen Wipfeln
der Böschung. Die Engel des Waldes tragen

zu ihrem Federkleid derbe Schuhe. Sie müssen
stets auf der Hut sein vor den Fallgruben, die
den Hügel durchlöchern wie Schweizer Käse.
Wenn sie einmal dem alten Kentauren begegnen
blicken sie scheu zur Seite. Sie dürfen ihm ja
nicht sagen, daß er bald vor dem HErrn steht.

BLUTMOND

Der Wind treibt Blütenstaub vor sich her.
Die Hitze des Tages staut sich in allen Räumen.
Die Mauern stöhnen. Über der Geisterstadt
ist der volle Mond aufgestiegen. Seine Farbe
erinnert an Bilder von Turner. Kein Meer
weit & breit, nur ein paar aufgetakelte Lichter
an schwankenden Masten. Von den Scheiterhaufen
hinter den Bretterzäunen weht der Geruch
des verkohlten Fleisches & kalter Asche.
Am Fenster steht der greise Großinquisitor
einer Vision Dostojewskis entstiegen. Seine Augen
sind blutunterlaufen. Er spricht mit sich selbst
und mit jedem Satz geht sein Atem schwerer.
Der Mond hat ihn in seinen Bann geschlagen.
Er kann sich nicht abwenden vom zahnlosen
Grinsen dieser spiegelverkehrten Ketzervisage.

ERNST OSTERKAMP

GOTTFRIED KELLERS BERLIN

Niemals ist eine *damnatio memoriae* zierlicher in Kraft gesetzt worden, als dies Gottfried Keller mit Züs Bünzlins irrlichternder Rede auf die Städte dieser Welt in seiner Novelle »Die drei gerechten Kammacher« gelang. Denn sie hätte ihm die Gelegenheit geboten, auf zwanglose Weise den Namen der Stadt in seiner Novellensammlung »Die Leute von Seldwyla« zur Geltung zu bringen, in der sie geschrieben worden ist. Lang ist die Reihe der Städte, mit deren Aufzählung Züs die drei Kammacher über den ihnen drohenden Abschied von Seldwyla hinwegzutrösten versucht; fast alle europäischen Hauptstädte sind darunter, vom erdbebengefährdeten Lissabon im äußersten Westen bis zu Constantinopel, wo der Sultan herrscht, »von türkischem Glauben«, im äußersten Osten, aber auch kleinere Städte wie Augsburg und Genf werden genannt, und die Reihe findet ihren rhetorischen Abschluß und Höhepunkt naturgemäß im »schönen Zürich«: »alles schöne Städte«! Aber eine fehlt in dieser Reihe: Berlin. Man darf von Züs Bünzlins wirrer Belesenheit erwarten, daß ihr der Name dieser Stadt nicht ganz verborgen geblieben ist und daß ihr deren Bedeutung einigermaßen vor Augen steht. Und deshalb kann diese Abwesenheit nur zweierlei bedeuten: zum einen, daß Berlin nicht zu den schönen Städten gezählt werden darf, und zum anderen, daß sie sich von seiner Nennung nicht den geringsten Trost verspricht, selbst für die verdrehtesten Kammacher nicht. Beides dürfte dem Urteil des Autors der Novellen entsprochen haben, und so löschte er das Gedächtnis an die Stadt, in der er fast sechs Jahre lang gewohnt und die produktivste Phase seiner Werkentwicklung erlebt hatte, mit heiterstem Vernichtungswillen in seinem Text aus, noch bevor er selbst sie verlassen konnte. Zugleich signalisiert diese Auslöschung etwas schriftstellerisch noch Fundamentaleres: die Auffassung des Autors, daß es zwischen seinen Texten und dem Ort, an dem sie entstanden sind, nicht die geringste Verbindung gibt. Berlin soll für sein Schreiben von keiner Bedeutung gewesen sein, weder für den »Grünen Heinrich« noch für die »Leute von Seldwyla«. Aber war dies wirklich so?

Solche ostentativen *damnationes memoriae* sind immer ein Hinweis darauf, daß sich das Verhältnis zwischen dem, was vergessen werden soll, und dem, der zu vergessen trachtet, besonders intensiv und komplex gestaltet haben muß. Gewiß scheinen Kellers Briefe zu bestätigen, daß es sich bei seiner Beziehung zu der Stadt, in der er seine bedeutendsten Werke schrieb, um ein Nicht-Verhältnis von sprödester wechselseitiger Unzugänglichkeit gehandelt haben muß, denn in ihnen ist Berlin der Name eines gesichts- und charakterlosen Unorts und einer unglückseligen Schreibquarantäne. In sechs Jahren wird nicht eine einzige lokale Architektur erwähnt – mit Ausnahme der als »Polkakirche« firmierenden Matthäikirche in der Nähe des Tiergartens, die in einem Gedicht, in Parallele zur Beschreibung der Ludwigstraße im »Grünen Heinrich«, die architektonischen Auswüchse des Historismus zu illustrieren bestimmt ist, und der Akroterfiguren auf dem Dach des Schauspielhauses, die Keller von seiner ersten Wohnung im dritten Stock des Hauses Mohrenstraße 6 aus sehen konnte, in einem frühen Brief an Hermann Hettner: als symbolische Repräsentanten des Theaters, das er sich damals noch als Dramatiker zu erobern hoffte. Kein Museumsbesuch wird geschildert, kein Hörsaalerlebnis nachgezeichnet, keine Militärparade, kein Volksfest erwähnt, kein Theaterinnenraum skizziert, die zahlreichen Fabriken, die den blechernen Himmel der Stadt längst eintrübten, würdigt er keines Wortes, und die Innenräume all der Gasthäuser, Cafés und Kaschemmen, die er besucht hat, beläßt er in Finsternis, Straßennamen tauchen nur im Falle seiner Wohnanschriften Mohrenstraße und Bauhof auf. Mit einem Wort: Aus der inneren Topographie seiner Briefe läßt sich nur in den seltensten Fällen erschließen, daß sie in Berlin geschrieben worden sind. Der sieben Gedichte umfassende Zyklus »Aus Berlin«, dessen diskreten politischen Gehalt jüngst Peter Sprengel erschlossen hat, huldigt im ersten Gedicht »Wilhelm von Humboldt's Landhaus am Tegelsee« der klassisch-humanistischen Tradition, von der sich das Preußen der Restauration seit drei Jahrzehnten entfernt hatte, und konnte dies auch deshalb tun, weil Schloß Tegel weit vor den Toren der Stadt lag. Ein Gegenbild zu diesem Berlin und Preußen, »Wo Krongewalt herrscht allerwärts«, entwirft der Zyklus auch in seinem letzten Gedicht »Im Tiergarten« am Beispiel eines von Keller, der sich im ersten Vers einen »Fremden hier zu Lande« nennt, besonders gern besuchten Parks.

Sonst aber ist es, als habe der Dichter systematisch die Stadt, in der er lebte, aus seiner Wahrnehmung ausgeblendet, weil ihn ohnehin nur Verlegerwillkür, Stipendiatenunglück und Schulden an sie fesselten. Wenn Keller in Berlin nicht in zwei literarischen Salons empfangen worden wäre, wenn er nicht lose Verbindungen zu einer Handvoll von Schriftstellern hätte knüpfen können, wenn er sich schließlich nicht noch mit so viel Macht wie Ohnmacht in eine von Anbeginn hoffnungslose *liaison d'amour* verrannt hätte, die sich nur imaginär in Gestalt eines Rendezvous mit einem Löwen bewältigen ließ, dann hätte jedenfalls Emil Ermatinger das knapp vierzig Seiten umfassende Berlin-Kapitel seiner Keller-Biographie, das immerhin sechs entscheidende Lebensjahre umspannt, nicht annähernd füllen können; die Stadt selbst spielt in ihm kaum eine Rolle.

Noch einmal: Kann es tatsächlich so gewesen sein? Hat Keller sich in Berlin nur aufgehalten, um dort erfolglos seine theatralische Sendung und erfolgreich ein erzählerisches Schreibpensum abzuarbeiten, das ihn zugleich daran hinderte, auch nur das geringste Interesse für seine urbane Umgebung aufzubringen? Ich halte diese Annahmen, die bis heute die Urteile der Biographen prägen, für verfehlt – für realitätsfern schon deshalb, weil Kellers künstlerische Sensibilität für urbane Raumkonstellationen und sein kritisches Urteil gegenüber Architekturen dafür viel zu ausgeprägt waren. Er wird also das steinerne Berlin in der architektonischen Spannweite von Schinkels Schauspielhaus und dem Alten Museum bis zu den modernen Mietshäusern mit ihren Hinterhöfen, auf deren Wohnungsangebot auch er angewiesen war, sehr genau gekannt haben; er wird die Geräusche, Gerüche und optischen Sensationen einer Stadt mit knapp einer halben Million Einwohner auf vielfältige Weise in sich aufgesogen haben. Tatsächlich hat ihn sein Modernitätsbewußtsein im selben Sommer 1851, als er gegenüber seinem Verleger Vieweg über »diese trübselige Berlinerzeit« klagte, eine »Novelle in Berlin« konzipieren lassen, die in einem »Miethhause« spielen sollte und deren erotische Verwicklungen auf der Anonymisierung der Lebensverhältnisse in der Wohnsituation einer modernen Großstadt basieren sollten; das klingt fast frühnaturalistisch. Wer solche Texte entwerfen konnte, verfügte über eine genaue Wahrnehmung komplexer urbaner Konstellationen.

An dieser Stelle sei eine persönliche Bemerkung gestattet: Das Verhältnis zwischen Kellers schriftstellerischem Schaffen und seinen Berliner Lebensverhältnissen und Stadterfahrungen, das nach dem Zeugnis der schriftlichen Überlieferung so desolat erscheint, irritiert mich seit dem Zeitpunkt, als mir zu Bewußtsein kam, daß sich seine letzte hiesige Wohnung am Bauhof 2 befand, also am heutigen Hegelplatz; hier wurde der vierte Band des »Grünen Heinrich« abgeschlossen, hier entstanden in rascher Folge die Novellen des ersten Bandes der »Leute von Seldwyla«. Da die westliche Seite des Hegelplatzes heute von den modernen Gebäuden des Germanistischen Instituts der Humboldt-Universität eingenommen wird, durfte ich zwölf Jahre lang mit dem Gedanken leben, daß wenige Meter unter meinem Büro »Romeo und Julia auf dem Dorfe« entstanden sei oder doch zumindest entstanden sein könnte, und das schärft notwendigerweise den Blick für die urbanen Rahmenbedingungen der Werkgenese. Denn wer an dieser Stelle gelebt und geschrieben hat, mußte – mehr noch als im Falle von Kellers ersten beiden Domizilen in der Mohrenstraße – über eine derart intensive und selbstverständliche Stadterfahrung verfügen, daß sie in seinen Briefen nicht mehr eigens thematisiert zu werden brauchte; mit anderen Worten: Die Abwesenheit von Berlin in Kellers Briefen ist ein Ausdruck der permanenten Präsenz des Stadterlebnisses. Auch wenn er sich in seiner Wohnung, um dort zu schreiben, eingeigelt haben sollte, konnte er an diesem Ort gar nicht umhin, intensiv am Großstadtleben teilzunehmen: unmittelbar hinter der Friedrich-Wilhelms-Universität mit ihrem regen studentischen Milieu, fünf Minuten Fußweg entfernt von Schinkels Altem Museum, knapp zehn Minuten entfernt vom Schloß und von der Bauakademie, von der Oper und der Akademie der Wissenschaften Unter den Linden, und selbst unter den Bedingungen geruhsamster Kurzbeinigkeit ließ sich vom Bauhof aus der Gendarmenmarkt mit dem Schauspielhaus mühelos in einer Viertelstunde erreichen. Es ist hier gar nicht die Frage, ob Keller all diese Institutionen besucht oder genutzt hat, es geht vielmehr darum, daß er sich ganz selbstverständlich, sobald er die Wohnung verließ, durch das Zentrum des politischen, gesellschaftlichen und intellektuellen Lebens bewegte – so selbstverständlich, daß es ihm nicht in den Sinn kam, etwas davon in seinen Briefen verlauten zu lassen. So gesehen, ist sein Schweigen über Berlin geradezu ein Ausdruck der Intensität seiner Stadterfahrung. Es mag ja sein, daß er sich in Berlin oft einsam und unglücklich gefühlt hat, aber zum einen geht das bis heute vielen Neuberlinern so und zum anderen dürfte ihn dies keineswegs daran gehindert haben, das Großstadttreiben schon deshalb intensiv und aufmerksam wahrzunehmen, weil es gar nicht anders ging.

Ich gebe ein Beispiel: Das erste große Bauvorhaben, das nach den Plänen Friedrich Wilhelms IV. realisiert worden ist, war das Neue Museum auf der vom König als »Freistätte für Kunst und Wissenschaft« ausgewiesenen Spree-Insel. An dem Bau wurde ab 1843 gearbeitet, und er wurde 1855 zeitgleich mit Gottfried Kellers »Grünem Heinrich« abgeschlossen. Der Autor erwähnt diesen modernsten, aufgrund seiner revolutionären Eisenkonstruktion auch technisch ehrgeizigsten Museumsbau der Jahrhundertmitte an keiner Stelle, aber dies kann nicht bedeuten, daß ihn dies Projekt nicht interessiert oder daß es ihn nicht tief beeindruckt hätte. Viel wahrscheinlicher ist das Gegenteil. Von seiner nur in zweihundert Meter Distanz gelegenen Wohnung am Bauhof aus konnte er die über dem Kupfergraben sich erhebende klassizistische Westfassade von August Stülers dreistöckigem Bau sehen, und der herüberklingende Baulärm dürfte ihn oft genug bei der Niederschrift seiner Texte gestört haben. Daß er dies selbst dem unmusischsten Auge imponierende Gebäude nirgends erwähnt, heißt also nur, daß er täglich mit ihm gelebt hat und daß es ihm so gegenwärtig war, daß er nie auf den Gedanken kam, es in seinen Briefen zu evozieren.

Man wird also annehmen dürfen, daß Gottfried Keller viel stärker und intensiver am Leben der Großstadt teilgenommen hat, als seine Zeugnisse dies vermuten lassen – viel positiver vor allem, als er es mit seinem ein Preußen-Stereotyp variierenden Wort von der »Korrektionsanstalt« festzuschreiben scheint, »die ihm vollkommen den Dienst eines pennsylvanischen Zellengefängnisses geleistet«

habe, eine Wendung, durch die Emil Ermatinger sich zu dem Resümee berechtigt fand, Berlin sei Kellers »strenge Leidensschule, sein Bußort und seine Gramspelunke« gewesen. War es tatsächlich nur das? Man muß schon deshalb daran zweifeln, weil sich der Begriff »Korrektionsanstalt« in einem Ende 1854 geschriebenen Brief an den Republikaner Ferdinand Freiligrath, der sich unter Preußen ohnehin nichts anderes als ein Zuchthaus vorstellen konnte, findet, dort aber in einem Resümee seines damals bereits fünf Jahre umfassenden Aufenthalts ins Positive gewendet wird, weil Keller damit dem Empfänger zu erklären versucht, daß er nun endlich durch schriftstellerischen Fleiß festen Boden unter den Füßen gewonnen hat: »ich lebte hier wie in einer Büßerzeit und Verbannung, welche um so tief fressender war, als sie nicht etwa die Folge meiner Taten, sondern vielmehr meiner Untaten war. Es gibt aber auch keinen besseren Bußort und Korrektionsanstalt als Berlin, und es hat mir vollkommen den Dienst eines pennsylvanischen Zellengefängnisses geleistet, so daß ich in mich ging und mich während dieser ausgesucht hundsföttischen Jahre zu besseren Dingen würdig machte; denn wer dergleichen anstrebt oder sonst kein Esel ist, der befindet sich hier vollkommen ungestört und sich selbst überlassen.« Der ernste Scherz dieses Rückblicks auf seine »fruchtbringende Leidensschule« beruht darauf, daß er seine Korrektionsanstalt »pennsylvanisch« nennt und sie so mit den Glaubenserfahrungen der Quäker verbindet: Es hatte also seinem eigenen Urteil zufolge der Buß- und Leidensschule bedurft, damit nach langem, fruchtlos vertanem Warten endlich der Geist in ihn fahren und ihn mit jenem inneren Licht erfüllen konnte, das ihn zu seinem Beruf als Schriftsteller und damit zu einem Leben in gesellschaftlicher Verantwortung finden ließ, wie es dem sozialen Ideal der Quäker entsprach. Ein positiveres Bekenntnis zur Notwendigkeit der entbehrungsreichen Jahre ist also gar nicht denkbar, und dies schließt zugleich Kellers unsentimentales Einverständnis mit der Notwendigkeit der Einsamkeit in der Großstadt ein: Wer Schriftsteller werden will, der befindet sich in Berlin »vollkommen ungestört und sich selbst überlassen«.

Gewiß sollte, wer die Einsamkeit fürchtet, auch heute noch die Großstadt meiden, aber Keller hat sie eben nicht gefürchtet, sondern geradezu als eine Ermöglichungsbedingung für seine schriftstellerische Existenz definiert; am 22. September 1850 schrieb er an Freiligrath, daß er in Berlin »in einer totalen Abgeschiedenheit lebe, stumm und nüchtern wie eine Schildkröte«. Und bereits am 29. Mai 1850 hatte er Hermann Hettner mitgeteilt: »Sonst befinde ich mich insofern wohl hier, als man ungestört und anhaltend für sich sein und arbeiten kann, der großen Einsamkeit wegen in der großen Stadt.« Wer die Großstadt für sich als Ort der produktiven Einsamkeit definiert, unterläuft schon damit alle sentimentalen Sozialstereotypen der Biographik, und wer als Feuerbachianer,

wiederum in einem Brief an Hettner, von seiner »gottvergessenen Einsamkeit« in Berlin spricht, rechnet ohnehin nicht mit dem Mitleid seines Lesers. Im übrigen entspricht alles, was Keller in seinen Briefen über die Notwendigkeit seiner urbanen Einsamkeit sagt, dem an die Schriftsteller seiner Epoche gerichteten Imperativ zur produktiven Selbstisolation und zur Distanz zum Zeitgeist, der als »Fabula docet« den in Berlin entstandenen »Apotheker von Chamouny« beschließt: »Ungeschmack ist Hofes Sitte, / Wo das Laster König ist; / In der Mitte der Verkehrten / Lernet wieder einsam sein!« Einsam in der Mitte der Großstadt: die Schreibsituation des modernen Dichters.
Das Beispiel des Briefes an Freiligrath, in dem Berlin mit einem »pennsylvanischen Zellengefängnis« verglichen wird, führt vor Augen, daß, wer dieser Lebensrealität und Stadterfahrung Kellers näherkommen will, immer den Zeitpunkt der Niederschrift seiner Briefe und vor allem deren Adressatenbezug im Auge behalten sollte. Drastische Wendungen wie diejenige, Berlin sei ein »Saunest«, finden sich vor allem in den Briefen an Mutter und Schwester, und sie haben dort die Funktion, das schlechte Gewissen des erfolglosen Autors durch die Suggestion zu entlasten, es gehe ihm hier keineswegs besser als den in Zürich für ihn Darbenden, und wenn er in einem Brief an Wilhelm Baumgartner von »diesem verdammten Sandhaufen« spricht, dann entspricht dies der kaltschnäuzigen Rhetorik, wie sie zwischen engen Freunden nicht selten ist, und klingt im übrigen schon ziemlich berlinisch. Auf der anderen Seite lassen sich positive Bemerkungen über seine Lage in den späten an Mutter und Schwester gerichteten Briefen ebensowenig zum Nennwert nehmen wie die vorangegangenen pauschalen Verwerfungen der Stadt: Der »Grüne Heinrich« habe ihm »sogar in Berlin, wo es Hunderte von Schriftstellern gibt, in ganz heiklen und nobeln Kreisen eine schmeichelhafte Anerkennung verschafft« (10. April 1854). »Übrigens bin ich in dem großen Berlin geachtet und komme in sehr anständige Häuser, und die Herren Zürcher werden mich wohl auch noch achten lernen, wenn ich schon bisher kein Geld hatte.« (13. Juni 1854) »Hier in Berlin gelte ich als ein ordentlicher Kerl, und alle Leute sagen mir, ich solle hier bleiben.« (15. Februar 1855) Dies sind Sätze, die primär zur Streuung unter den Zürcher Notabeln und Stipendiengebern gedacht waren und im übrigen der Mutter signalisieren sollten, er könne, falls sie ihm mit Vorwürfen auf die Nerven gehe, auch ohne weiteres in Preußen bleiben; über die tatsächliche Anerkennung des Schriftstellers Gottfried Keller in Berlin aber besagen sie nur wenig.
Wenn ich nun im folgenden nach den produktiven Faktoren seiner Berliner Einsamkeit frage, dann geht es mir darum, einige literaturgeschichtliche Konstellationen in den Blick zu nehmen, die sich gerade hier auf Kellers schriftstellerische Produktion günstig auszuwirken vermochten. Die erste dieser Konstellationen

läßt sich auf die Pointe bringen: Von 1850 bis 1855 war Berlin die Hauptstadt der Schweizer Literatur. In diesen Jahren schrieb hier unter großen inneren Mühen und schwierigsten äußeren Bedingungen ein junger Schweizer Autor den bedeutendsten Roman, der im 19. Jahrhundert in Berlin entstanden ist (ein Satz, den ich im vollen Bewußtsein der Tatsache formuliere, daß wir in diesem Jahr auch den 200. Geburtstag Theodor Fontanes feiern), und einige seiner schönsten Erzählungen. Und in diesen Jahren erschienen in einem Berliner Verlag auch die Romane eines zwei Jahrzehnte älteren großen Schweizer Erzählers, der hier besonders erfolgreich war und die höchsten Honorare erzielte, die in dieser Zeit für Romane gezahlt wurden. Die Konstellation Gottfried Keller – Jeremias Gotthelf ist eine Berliner Konstellation; sie hat spezifisch berlinische Voraussetzungen, wie schon die Beobachtung zeigt, daß die erste der vier großen Gotthelf-Kritiken Kellers unmittelbar vor seiner Ankunft und die anderen drei in der Stadt selbst entstanden sind. Um diese spezifischen Voraussetzungen erfassen zu können, ist es nötig, einen Blick auf die Situation der Berliner Literatur zur Zeit von Kellers Aufenthalt zu werfen.

Am 28. Januar 1849 schrieb Keller aus Heidelberg an seinen Freund Johann Salomon Hegi, er könne »in Deutschland eine Menge der wichtigsten Bekanntschaften schließen«: »ich bin auf dem eigentlichen Platze der Literatur, welcher ich mich einzuverleiben zur Lebensaufgabe machen muß«. Er spielte, wie aus dem Brief an Hegi hervorgeht, schon zu dieser Zeit mit dem Gedanken, von Heidelberg nach Berlin zu gehen, also aus der Provinz in die Metropole als »dem eigentlichen Platze« vor allem der dramatischen Literatur. Nur: Als er im April 1850 den Plan tatsächlich umsetzte, befand sich die Stadt in der beklemmendsten literarischen Dürrephase ihrer Geschichte. Diese hatte sich bereits in der politischen Stickluft der vierziger Jahre angekündigt und bildete sich vollends im repressiven Klima nach dem Scheitern der 48er-Revolution aus. Als 1840 Friedrich Wilhelm IV., der künstlerisch hochbegabte »Romantiker auf dem Thron«, endlich die Königswürde übernahm und von großen Hoffnungen begrüßt wurde, waren die künstlerischen Innovationspotentiale der Berliner Romantik in Malerei, Architektur und Literatur längst erloschen, und produktive Neuentwicklungen fort vom epigonalen Idealismus hin zu den realistischen Strömungen Westeuropas vermochten sich in den beiden Jahrzehnten seiner politisch zum Gottesgnadentum zurückgewandten Herrschaft nicht zu entfalten. Kellers Berlin war deshalb bei aller äußeren Betriebsamkeit literarisch eine weitgehend trostlose Einöde. Die letzten Vertreter der klassisch-romantischen Kunstperiode wie Bettina von Arnim, Karl Varnhagen von Ense und Joseph von Eichendorff hatten sich – Arnim und Varnhagen links, Eichendorff rechts – in ihre politisch-publizistischen Schmollwinkel zurückgezogen, während die führenden Autoren der mittleren und jüngeren Generation weggingen und ihre Freiräume in der Provinz oder in nicht-preußischen Ländern suchten: Karl Gutzkow als der Titan des realistischen Zeitromans in Dresden, wo auch Berthold Auerbach mit herkulischer Schwäche Dorfminiatur auf Dorfminiatur häufte – Keller hat beide dort 1855 kennengelernt –, und selbst Willibald Alexis, der Meister des vaterländischen Romans, war, entnervt von der preußischen Zensur und enttäuscht über den Ausgang der 48er-Bewegung, längst ins thüringische Arnstadt ausgewichen. Auch das Theater konnte im Zeichen politischer Repression nicht recht gedeihen: Klassikerpflege, Historienschinken, Komödien und »daily soaps« prägten das Repertoire; die größten dramatischen Talente, Franz Grillparzer, Johann Nestroy und vor allem Friedrich Hebbel, residierten ohnehin in Wien. Als sein dortiger Bekannter Johann Nepomuk Bachmayr, der Schöpfer des Volksdramas »Der Trank der Vergessenheit«, aus dem sich die Nachwelt in seinem Fall reichlich bedient hat, enttäuscht über seine Berliner Mißerfolge nach Österreich zurückgereist war, schrieb Keller im Februar 1851 zwar forsch an Hettner: »Es tut mir nur leid, daß er wieder in das verfluchte Wien zurück mußte, wo die Leute gar nichts von der Welt wissen. (...) Er hat in seinem Wien eben nicht Gelegenheit gehabt, sich zu kultivieren, da die Kerle dort alle selbst Quer- oder Dummköpfe sind.« Aber diese Sätze zeigen nur, wie wenig dieser Neuberliner mit den theatralischen Verhältnissen in Wien vertraut war und wie sehr er damals noch die Qualität des Theaters seiner Wahlheimat überschätzte, und deshalb urteilte er über Wien so, wie Berliner wohl nicht nur in diesen Jahren über Wien zu urteilen pflegten. Die produktivsten Biotope des literarischen Lebens waren allenfalls die literarischen Vereine, wie der berühmte Tunnel über der Spree, in denen mancher Kleinmeister zu ephemerer Berühmtheit aufstieg. Das größte poetische Talent in diesen Zirkeln, denen etwas entschieden Philiströses anhaftete, war der junge Theodor Fontane, dem seine frühen Balladen und Feldherrenlieder bereits einigen Ruhm eingetragen hatten, der sich aber – »er scheint ungefälliger, launenhafter und preußischer als je zu sein« – für Keller als unzugänglich erwies. Letzterer hat den Tunnel auch nur einmal besucht, und sein einziger Beitrag zu dessen poetischer Geselligkeit blieb ein dichterisch zwar wenig ambitioniertes, kritisch dafür aber um so aussagekräftigeres »Wrumb«, wie er noch 1878 an Paul Heyse schrieb.

Dabei hatte er, der im literarischen Leben noch kaum Erfahrene, in der Berliner Szene zunächst durchaus nach Halt und Orientierung gesucht; anders ist die enge Bindung Kellers an Christian Friedrich Scherenberg 1851/52 nicht zu begreifen – wobei der zwei Jahrzehnte ältere Scherenberg gewiß auch einige Zeit als Vaterfigur herhielt. In seiner Prominenz repräsentiert sich die ganze Literaturmisere während Kellers Aufenthalt. In dieser Zeit der politischen Repression, in der wenig gewagt wurde und deshalb Fontanes dem friderizianischen Generalstab huldigende Feldherrenlieder noch als poetische Glanzerscheinungen gelten durften, traute sich Scherenberg immerhin an große Schlachtengemälde aus preußisch-patriotischem Geist. Sein 1849 erschienenes »vaterländisches Gedicht« »Waterloo«, gewidmet »Preußens Fahnen!«, zog in einem poetischen Terrain, in dem es wenig zu bewundern gab, die Anerkennung weitester literarischer Kreise – vom preußischen Hof bis zu Fontane, dem späteren Biographen Scherenbergs – auf sich, und zwar nicht allein aus stofflichen Gründen, obgleich der Ablauf der Schlacht von Waterloo sich durch viele spannungsgesättigte Situationen und unvermutete Umschwünge auszeichnet, sondern auch aufgrund der formalen Bewältigung des Geschehens in einem Großgedicht in Blankversen, in dem sich lyrische, dramatische und erzählerische Elemente durchdringen und das als monumentale Ballade den Leser bis zum letzten Vers in Bann zu ziehen vermag.

So fern Keller dies »vaterländische Gedicht« thematisch gestanden haben dürfte, so genau hat er diese poetischen Qualitäten vor dem Hintergrund der aktuellen Berliner Kleinmeisterei doch erkannt und vor allem präzise herausgespürt, welcher Dramatiker in dem Schlachtenepiker steckte. So erwählte er sich in Berlin, wo es keine großen Dramatiker gab, ausgerechnet Scherenberg als Lehrmeister seiner theatralischen Ausbildung: »Ich bin überzeugt, daß dieser Mann einer der größten Poeten der nächsten zwanzig und letzten zwanzig Jahre ist. Er hat viel dramatische Einsicht und Erfahrung, und wahrscheinlich werden wir einige Zeit zusammen halten und arbeiten, wobei es noch zustatten kommt, daß ihm hier die Türen offen stehen. So geht es in der Welt!« So schrieb Keller am 29. August 1851 an Hettner. Aber so ging es eben nicht in der Welt, auch wenn ihm Hettner begeistert zustimmte, auch er »schwärme« für »Waterloo«. Es ging deshalb nicht, weil es in Scherenbergs thematisch und formal enger Welt aus dem Geist der militärischen Glorie Preußens für Kellers eigene Projekte keine literarischen Anknüpfungspunkte gab, und so lockerte sich denn auch seine wohl engste Verbindung mit der literarischen Welt Berlins nach nicht allzu langer Zeit.

Damit aber war die Stadt für ihn in künstlerischer Hinsicht ein Totalausfall und eben nicht der »eigentliche Platz der Literatur«, den er sich erhofft hatte. In den Jahren, in denen er hier seinen »Grünen Heinrich« schrieb, repräsentierte Berlin, pointiert gesagt, eine leere Mitte, während sich alle poetischen Innovationen in Fortführung der Tendenzen der Biedermeierzeit an der Peripherie anbahnten und vollzogen, in der Provinz und an den Rändern des deutschen Sprachraums von Husum bis Lützelflüh. Gerade deshalb konnte der große Einzelgänger Keller in Berlin seine ideale, seine produktivste Schreibsituation finden: weil die Stadt seine schriftstellerische Entwicklung in keiner Weise förderte, hinderte sie ihn auch in keiner Weise daran, künstlerisch seinen eigenen Weg zu gehen. Dazu gehörte aber auch die Entdeckung, daß sein literarisch-kulturell-politisches Bezugssystem in der Schweiz lag; in Berlin bildete Keller sich also nicht nur zum großen Erzähler, sondern vor allem zum großen Schweizer Erzähler aus, der nie mehr auf den Gedanken kommen sollte, Novellen in Mietshäusern spielen zu lassen. Denn Kellers Berlin war die, so seine sehr berlinische Prägung, »pfiffige Weltstadt«, deren beliebtester und erfolgreichster Romancier ein Schweizer war. Ohne das Vorbild Gotthelfs, das ihm vor Augen führte, daß man hier gerade dann zum berühmten Autor werden konnte, wenn man Berlin als Thema ignorierte und über die Schweiz schrieb, ist Kellers Berliner dichterische Entwicklung nicht zu denken. Es war diese Stadt, die ihn mit dieser zugleich positiven wie negativen literarischen Orientierungsfigur ausgestattet hat; man wird darin ihre folgenreichste Wirkung auf den Erzähler Keller erkennen dürfen.

Gottfried Keller kam zu einer Zeit nach Berlin, in der die Gotthelf-Mode hier ihren Höhepunkt erreicht hatte. Schon vor der Revolution 1848 war das Engagement des Verlegers Julius Springer für den Schweizer Schriftsteller im restaurativen Preußen auf große Resonanz gestoßen, und nach deren Scheitern mußte der Erfolg seiner Romane in Berlin schon deshalb weiter wachsen, weil Gotthelfs Angst und Mißtrauen gegenüber der großen Stadt durch die Ereignisse der Erhebung, deren Akteure liberale Repräsentanten einer demokratischen Stadtkultur waren, bestätigt schienen. Was konnte in dieser Situation für eine politisch verstörte urbane Leserschaft attraktiver sein als Gotthelfs trotz seiner Stilisierung zum »Volksschriftsteller« vor allem an sie adressierte Propagierung der Bauernkultur als natürlichem Antipoden der Stadt? Was konnte für postrevolutionäre städtische Leser plausibler sein als die Schilderung der christlichen Möglichkeiten einer dörflichen Bauernwelt, »die die liberalen Städter und die kapitalistischen Unternehmer zu zerstören im Begriff« waren (Friedrich Sengle)? Was konnte die erzählerische Plausibilität dieser restaurativ-utopischen Gegenwelt stärker steigern als ihre topographische Auslagerung in eine entlegene und doch greifbare Realität, in der gerade noch und auch schon nicht mehr dieselbe Sprache gesprochen wurde wie in Berlin? Was konnte die Leser stärker anziehen als die Imagination einer abseitigen, der Dynamik urbaner Modernisierungsprozesse weitgehend entzogenen Welt, in der christliche Ethik, Fleiß und Ordnungswille noch einigermaßen kalkulierbare Lebensläufe zu ermöglichen schienen? Was konnte die christlich-konservativen Ideale des preußischen Herrscherhauses zuletzt klarer bestätigen, als daß sie mit denen des von Gotthelf idolisierten Schweizer Großbauerntums identisch waren? Schließlich baute man in diesen Jahren in der Nähe des Potsdamer Schlosses Neubabelsberg eine Kolonie von Schweizerhäusern. Mit einem Wort: Gotthelf war der Berliner Autor der Stunde – und weil er es war, geriet er nach der Amtsunfähigkeit Friedrich Wilhelms IV. 1857 in Preußen ebenso rasch wieder aus der Mode.

Wenn man sich nach den Gründen dafür fragt, weshalb Kellers Braunschweiger Verleger Vieweg über sechs Jahre hinweg die nahezu unbegreifliche Geduld aufbrachte, auf der Grundlage eines schmalen Exposés auf die Fertigstellung eines großen Romans zu warten, den ihm ein völlig unbekannter, nicht einmal mehr ganz junger, in Berlin lebender Schweizer Autor vertraglich zugesichert hatte, dann kann die Antwort nur lauten: weil er sich einen zweiten Jeremias Gotthelf erhoffte, mit dem er den deutschen Literaturmarkt insgesamt, den preußischen insbesondere, erobern konnte: einen Schriftsteller, dessen Werk weitgehend in der Schweiz spielte, der den dörflichen Raum erzählerisch zur Geltung brachte und der wie Gotthelf nervös auf die politisch-gesellschaftlichen Entwicklungstendenzen und Spannungen der Zeit zu reagieren vermochte, ohne dessen sich zunehmend verhärtendes restaurativ-illiberales Weltbild zu teilen. Denn das reformorientierte Herzogtum Braunschweig stand den Tendenzen des politischen Liberalismus sehr viel näher als das restaurative Preußen, und daß er das gleiche auch von seinem neuen Autor erwarten durfte, konnte Vieweg ja bereits dessen Exposé entnehmen, in dem zweimal versichert wurde, der Roman werde trotz all seines Erfahrungs- und Weltgehalts kein »Tendenzbuch« werden. Kurz, Vieweg erhoffte sich einen so produktiven wie erfolgreichen Romancier, der ein neuer Gotthelf und ein Anti-Gotthelf zugleich sein sollte: letzteres insofern, als er als freiheitlich gesonnener Schweizer die politischen Orientierungen und Hoffnungen des liberalen Bürgertums zur Geltung bringen konnte, gegen die sich Gotthelf erbittert wehrte und denen doch die Zukunft gehörte.

Daß Vieweg auf den Richtigen gesetzt hatte, darüber belehrten ihn Kellers große Gotthelf-Kritiken aus seiner Berliner Zeit, die mit größter politischer Sensibilität – »denn heute ist Alles Politik«! –, aber auch Liberalität die in den Romanen dieses Autors entfalteten »demagogischen Fähigkeiten« und dessen Neigung, »ein moralisches Scheiterhäufchen unter den Füßen Andersdenkender« anzuzünden, der Kritik unterzogen, ohne dabei jedoch je am erzählerischen Ausnahmetalent des Romanciers zu zweifeln, dessen exzeptioneller Charakter ihm in der literarischen Brache Berlins mit besonderem Nachdruck vor Augen treten mußte. 1852 schrieb er am Ende der dritten Kritik: »Es herrscht eine solche Unfruchtbarkeit und Öde auf dem Acker deutscher Gestaltungskraft daß man nur ungern eine so schöne ursprüngliche Fähigkeit abscheiden sieht.« Als Gotthelf 1854 dann doch plötzlich starb, ließ Keller seine vierte Kritik konsequent in eine abschließende Würdigung dieses »großen epischen Talents oder, wie man will, Genies« münden.

Vielleicht hat nichts so sehr den Abschluß des »Grünen Heinrich« befördert wie Gotthelfs Tod; nun mußte der vierte Band tatsächlich geschrieben werden, denn jetzt war der Platz auf dem literarischen Markt endlich frei für denjenigen, der nach dem Wunsch des Verlegers Gotthelfs Nachfolger hätte sein sollen. Freilich nur hätte sein sollen! Denn andererseits wußte Vieweg 1854 längst, daß er doch nicht auf den Richtigen gesetzt hatte: einmal, weil Keller gegen Gotthelfs Tendenzschriftstellerei in klassisch-romantischer Tradition unbeirrt an der Autonomie des Ästhetischen festhielt, zum anderen, weil seine subtilen Seelenschilderungen nie die Zugkraft für ein breites Lesepublikum erreichen konnten, die Gotthelfs politisch-moralisch klar geordnete Erzählwelt auszuüben vermochte, zum dritten, weil sein Produktionstempo an dem der Gotthelfschen Romanfabrik nicht zu messen war, zum vierten schließlich, weil Keller bereits angekündigt hatte, nie wieder einen Roman schreiben zu wollen. Das alles ändert aber nichts daran, daß dem Autor des »Grünen Heinrich« in Berlin als schriftstellerisches Rollenmodell unter seinen Zeitgenossen nur Gotthelf vor Augen stehen konnte. Von ihm konnte er ex negativo auch lernen, was er wirklich wollte: eben »kein fades Tendenzbuch« zu schreiben und dennoch in der Darstellung des Lebenswegs eines Menschen, »dem es nicht gelingt, die Verhältnisse seiner Person und seiner Familie im Gleichgewicht zu erhalten«, und der deshalb auch »unbefähigt« ist, »im staatlichen Leben eine wirksame und ehrenvolle Stellung einzunehmen«, erzählerisch die Prinzipien des politischen Liberalismus zur Geltung zu bringen. Und so schrieb er, kaum war der »Shakespeare des Dorfes« abgetreten, in Berlin am Bauhof »Romeo und Julia auf dem Dorfe«.

Aus der Wahrnehmung des Schriftstellers Gottfried Keller mußte in dieser literaturgeschichtlichen Konstellation die Stadt von Anbeginn verschwinden. Was dies in ästhetischer und thematischer Hinsicht bedeutet, macht man sich am besten durch die Erinnerung daran bewußt, daß Berlin in der Zeit von Kellers Aufenthalt eben nicht nur die Metropole der politischen Restauration, eines brutalen Polizeiregiments und eines die ermattete Romantik ablösenden historistischen Stilsynkretismus war, sondern auch eine der technisch modernsten Städte Europas mit einer avancierten Industriekultur. Gewiß hat Berlin Keller gerade aufgrund seiner völligen Verschiedenheit von den Städten seiner Heimat dazu verholfen, seinen schriftstellerischen Blick ganz auf seine innere Schweiz zu heften. Das aber hat ihn zugleich daran gehindert, die Modernität der Großstadt um ihn her als literarische Herausforderung zu akzeptieren und ihr einen schriftstellerischen Reiz abzugewinnen; wenn ich es recht sehe, finden sich in keinem seiner Briefe spezifische Großstadtwahrnehmungen oder urbane Modernitätserfahrungen. Es ist aber ausgeschlossen, daß er die technisierte Lebenswelt, auf die er in Berlin – deutlich anders als ein Jahrzehnt zuvor in München – stieß, nicht wahrgenommen hat, und so darf man sich fragen, ob es ihn nie gereizt hat, die Realität der Moderne zum Gegenstand seiner Texte zu machen, oder ob dies so im Widerspruch zu seinem Poetizitätsverlangen stand, daß er sie deshalb aus seiner Wahrnehmung ausblenden mußte. Wenn er sich dieser urbanen Gegenwart tatsächlich als Autor hätte stellen wollen, dann hätte er nach einer anderen Orientierungsgestalt als Gotthelf Ausschau halten müssen. Tatsächlich stand eine mit ungeheurer Sensibilität und Faszination für das moderne großstädtische Leben ausgestattete Gegenfigur schon bereit, als Keller in die preußische Hauptstadt kam, nämlich Karl Gutzkow. Keller hatte dessen Schaffen vom Beginn seiner Berliner Zeit an fest im Blick.

Ich erlaube mir an dieser Stelle ein längeres Gedankenspiel. In welcher inneren Abschottung von seiner urbanen Umgebung Kellers Texte entstanden, wird sofort erkennbar, wenn man sich vor Augen führt, daß nur fünfzehn Minuten Fußweg entfernt von jenem Schreibtisch, an dem »Romeo und Julia auf dem Dorfe« entstand, das Berliner »Feuerland« begann. »Feuerland« hieß im Volksmund das hinter dem Oranienburger Tor sich entfaltende riesige Industriegebiet, das sich seit den vierziger Jahren überaus dynamisch an der heutigen Chausseestraße als Maschinenbauerviertel entwickelte und von dort allmählich in den Nordwesten der Stadt wucherte, bis es zu Ende des 19. Jahrhunderts auf Höhe der heutigen Siemensstadt weitgehend zum Stillstand kam. Gleich hinter dem Oranienburger Tor lag Borsig's Eisengießerei und Locomotivenbauanstalt, die vom Eisenbahnboom und dem ihn begleitenden Wirtschaftsaufschwung der vierziger und fünfziger Jahre gewaltig profitierte; 1854, als Gottfried Keller am vierten Band des »Grünen Heinrich« zu arbeiten begann, lieferte Borsig allein 67 der vom Staat Preußen in diesem Jahr angeschafften 69 Lokomotiven und feierte im selben Jahr mit der gesamten Belegschaft den Bau der 500. Lokomotive. Um 1850 erhoben sich 15 gewaltige Schornsteine über den Borsig-Werken, drei große Dampfmaschinen hielten die Produktion in Gang, rund 1200 Gießer, Schlosser, Kupferschmiede, Monteure – keineswegs Proletarier, sondern eine vorzüglich ausgebildete Handwerkerelite – arbeiteten damals bereits auf dem Fabrikgelände. Auf den Nachbargrundstücken siedelten sich in rascher Folge weitere Großunternehmen an: die Maschinenbauanstalt von Franz Anton Egells, die Eisengießerei von Friedrich Wöhlert, die Waggonbau-Fabrik von F. A. Pflug und viele andere. Während Keller am »Grünen Heinrich« schrieb, stieg Berlin zum Maschinenbauzentrum nicht nur Preußens, sondern ganz Deutschlands auf, und Keller hatte nicht die geringste Möglichkeit, dies zu ignorieren: Die Rauchschwaden der Fabriken dürften oft genug weit über den Gendarmenmarkt hinweg in die Fenster seiner im dritten Stock gelegenen Wohnung in der Mohrenstraße geweht worden sein, und am einen Kilometer Luftlinie vom Oranienburger Tor entfernt gelegenen Bauhof dürfte »Feuerland« über seine olfaktorische Präsenz hinaus sich auch akustisch oder sogar optisch in Form eines nächtlichen Wetterleuchtens immer wieder bemerkbar gemacht haben. Nichts davon ließ Gottfried Keller in seine Texte dringen, wie er auch die städtebaulichen Konsequenzen, die der Berliner Industrieboom nach sich zog, die Entstehung großer Mietskasernen in Moabit und im Berliner Norden, nicht an sich und seine Texte heranließ.

Der Eisenbahnbau prägte damals nicht allein die industrielle, ökonomische und kulturelle, sondern auch die politische Entwicklung Preußens; er gehörte zu den entscheidenden Auslösern für die Revolution von 1848. Denn Friedrich Wilhelm IV. war eben nicht nur der »Romantiker auf dem Thron«, sondern auch geradezu besessen vom Eisenbahnbau und den mit ihm verbundenen Möglichkeiten für die ökonomische Entwicklung und die politische Einheit Preußens. Zu seinen ehrgeizigsten Vorhaben gehörte der Bau der Ostbahn, die als erste Staatsbahn Berlin mit Königsberg verbinden sollte: ein Projekt, dessen Finanzierung sich aufgrund der enormen Höhe des erforderlichen Anlagekapitals als außerordentlich schwierig erwies. Als der Vereinigte Landtag 1847 die vom König geforderte Zustimmung zur Aufnahme einer Staatsanleihe verweigerte und sie an die Einlösung des vom König nicht erfüllten Verfassungsversprechens band, löste dies eine politische Konfrontation aus, die sich rasch auf das Volk ausweitete. Erst im Dezember 1849 konnte die Finanzierung der Ostbahn gesetzlich geregelt werden; fortan beschäftigten das rasche Voranschreiten des Baus der neuen Bahnlinie und insbesondere der spektakulären Brücken über Weichsel und Nogat Politik und Öffentlichkeit in Preußen. Keller hat inmitten dieser von den politischen und technischen Problemen des Eisenbahnbaus im wahrsten Wortverstand aufgeheizten Atmosphäre sechs Jahre lang gelebt und geschrieben und trotz seiner politischen Sensibilität nichts in die poetischen Welten seiner Texte eindringen lassen. Wirklich gar nichts? Nun ja: Immerhin läßt er am Ende der grandiosen Zürcher Bewegungslandschaft, die den »Grünen Heinrich« eröffnet, sich doch einen »Schienenweg« durch die »Grundfelsen«, über denen sich Burg Stein erhob, bohren, und immerhin darf Heinrich Lee einen Teil seiner Reise nach München mit der Eisenbahn zurücklegen. Das ist aber auch schon alles.

Schriftsteller, die für ein Jahr von Paderborn nach New York ziehen, kehren in der Regel mit einem New-York-Roman zurück, und auch die Beispiele für Schriftsteller, die für einige Zeit aus der Schweiz nach Berlin wechseln und dann mit Berlin-Texten zurückkehren, sind keineswegs selten. Bei Gottfried Keller ist das anders; er hat sich der Modernität der Großstadt als Erzähler bewußt entzogen. Daß er sich nicht für sie interessiert, daß er sie abgelehnt und deshalb gezielt ignoriert hat, halte ich bei einem politisch-kulturell derart aufgeschlossenen Autor für völlig undenkbar, und auch wenn er lieber im Tiergarten spazierengegangen ist, muß er dennoch, fasziniert von dieser ihm fremden Welt »Feuerlands« und der modernen Soziotope, zu Beginn seiner Berliner Zeit erwogen haben, sich ihr literarisch zuzuwenden. Wenn er sich dennoch schriftstellerisch nicht darauf eingelassen hat, dann wohl nicht allein deshalb, weil er thematisch durch den Vertrag mit Vieweg vorerst auf die weitgehend vormoderne Welt seines Romanprojekts eingeschränkt blieb, sondern weil ein anderer die Geheimnisse der Großstadt Berlin vor ihm als Gegenstand des modernen Romans entdeckt hatte: Karl Gutzkow, der genau zu der Zeit, als Keller seine Ausbildung zum Dramatiker anzutreten versuchte, seine Laufbahn als Dramatiker aufgab, um zum Protagonisten des avantgardistischen Zeitromans zu werden. Man darf annehmen, daß sowohl der Gattungswechsel des berühmten Autors als auch seine thematische Entscheidung für ein gewaltiges Zeitpanorama Keller im Hinblick auf seine eben begonnene literarische Karriere entschieden irritiert haben, denn beides stand im Gegensatz zu seinen eigenen künstlerischen Entscheidungen. Kaum war er in Berlin angekommen, erschien der erste Band von Gutzkows »Die Ritter vom Geiste«, und so mußte er befürchten, die Dynamik der Moderne könnte bereits über sein eigenes Romanprojekt hinweggegangen sein, bevor er sich ganz darauf eingelassen hat. Die vielfachen Lähmungen seiner Schreibenergie, die die Niederschrift des »Grünen Heinrich« begleiteten, mögen auch in dieser Furcht ihren Grund gehabt haben.

Keller las den ersten Band der »Ritter vom Geiste« sofort nach dessen Erscheinen und formulierte seinen Lektüreeindruck in einem Brief an Hermann Hettner vom 16. September 1850; es ist, wenn ich recht sehe, das positivste Urteil über eine literarische Neuerscheinung in seiner gesamten Berliner Korrespondenz: »Gutzkows neuer Roman oder der erste Teil desselben hat mir sehr gefallen, obgleich er etwas liederlich geschrieben ist. Es sind sehr treffende und feine Zeit- und Charakterschilderungen, und er zeigt seine Meisterschaft im Beobachten. Ich glaube, es wird ein bedeutendes Werk sein, wenn die mannigfaltigen Anlagen gleichmäßig fortgeführt werden, und wird eine Lücke in unserer Literatur ausfüllen.« Respektvoller kann kein Autor über das Werk eines anderen Schriftstellers urteilen, wobei Kellers Respekt aus dem Bewußtsein stammte, daß Gutzkow das Wagnis auf sich nahm, die einzig sinnvolle Alternative zu seinem eigenen Romanprojekt, den großen panoramatischen Zeitroman, zu realisieren und damit eine »Lücke in unserer Literatur« auszufüllen. Er stellte sich mit seinem Roman, der auf dem Tempelhofer Feld oberhalb der großen »Königsstadt« beginnt, die in den »Rittern vom Geiste« niemals Berlin heißt, den komplexesten Modernitätserfahrungen der Epoche und tat dies in Kellers Augen mit »Meisterschaft« in der Beobachtung und Treffsicherheit und Differenziertheit in den »Zeit- und Charakterschilderungen«; über die komplexe Komposition des »Romans des Nebeneinander« konnte er damals noch nicht urteilen. Die gern zitierten hämischen Strophen über den »großen Tintendrachen« Gutzkow im »Apotheker von Chamouny«, die vor allem von dessen Kritik der »Leute von Seldwyla« 1856 veranlaßt waren, und manche anderen späteren Urteile über die »Ratte« Gutzkow, die freilich immer auf dessen Charakter und nicht auf dessen Werk zielten, haben vergessen lassen, mit welcher Bewunderung sich Keller anfangs über »Die Ritter vom Geiste« geäußert hat. Wer nun einwendet, dies Urteil habe ja nur dem ersten Band gegolten, also einem noch nicht erfüllten Versprechen, dem ist zu entgegnen, daß Keller, der in Berlin viel gelesen und wenig geschrieben hat, sicher auch die folgenden acht Bände las und im übrigen sein positives Urteil über das Werk nie widerrief, ja 1859, als Gutzkows zweiter neunbändiger Zeitroman, »Der Zauberer von Rom«, zu erscheinen begann, sich auch diesen vornahm, schon weil ihn dessen Problemgehalt, Religion und Konfession als gesellschaftsbildende und politisch wirksame Kraft, interessieren mußte. Von hier laufen die Linien weiter bis zu Kellers eigenem späten Versuch auf dem Gebiet des Zeitromans, zu »Martin Salander«, insbesondere was die Zeichnung der negativen Charaktere in diesem problematischen Buch betrifft. Wer das alles wiederum nur auf das Vorbild Gotthelfs zurückführen möchte, sei daran erinnert, daß Keller schon in seiner zweiten Gotthelf-Kritik vom März 1851 nur einen einzigen anderen zeitgenössischen Autor in eine positive Parallele zu diesem setzte: »Für Charakterisierung der politischen Tröpfe in den obern Regionen, der unklaren und eigensüchtigen Gemüter von feinerm Korne, leistet in neuerer Zeit Gutzkow Ausgezeichnetes in seiner merkwürdigen Durchdringungs- und Anempfindungskunst.«

Gutzkow als Virtuose der Durchdringungskunst moderner Lebenswelten: Selbst wenn Keller sich in seiner Berliner Zeit den Modernitätserfahrungen in einer technisch avancierten und sozial hochkomplexen Großstadt als Autor hätte stellen wollen, wäre der Weg schon dadurch verstellt gewesen, daß ihm ein anderer vorangegangen war und die Lücke in der deutschen Literatur durch seine Kraft zur Disposition über gewaltige Stoffmassen, durch Meisterschaft in der Charakterisierung, durch die Kunst der Durchdringung komplexer sozialer Konstellationen geschlossen hatte. Natürlich hat Keller das industrialisierte Berlin gesehen und gekannt, gewiß hat er auch »Feuerland« betreten, aber all dies hatte Gutzkows Totalitätsverlangen zu dem Zeitpunkt, da der Schweizer es wahrnahm, bereits schriftstellerisch abgearbeitet, und so konnte er im vierten, fünften und sechsten Kapitel des vierten Bandes der »Ritter vom Geiste« die ersten großen erzählerischen Vergegenwärtigungen der Wohnverhältnisse in Berliner Mietskasernen und im elften Kapitel überdies eine Beschreibung der Borsig-Werke finden, die hier »Willing'sche Maschinenfabrik« heißen:

»Am Tage, da rauscht es, lärmt es und tobt es auch hier. Da steigen schwarze Wolken aus zehn thurmhohen Schornsteinen, die Eisenhämmer dröhnen aus den gewaltigen Werkstätten, in den Glühöfen siedet es, der große Ventilator, mit dem gegen hundert Schmiedefeuer zu lichterloher Glut geblasen werden, stößt ächzende, singende Töne aus und zu dieser Musik der menschlichen Arbeit und des die Materie bewältigenden Gedankens wiehern die Rosse, die die hier gebauten Locomotiven in die entferntesten Gegenden achtspännig führen, um Kunde zu geben von der gewaltigen Thätigkeit vereinter Menschenhände und der gefesselten Naturkräfte.«

So der Beginn von Gutzkows langer Beschreibung der Industrieanlagen und der sie steuernden Planungsbüros im Nordwesten der »Königsstadt«. Das war Berlin: erzählt mit der stilistischen Rücksichtslosigkeit eines Berserkers der Stoffvertilgung, der in zwei Jahren neun Bände seines Zeitromans ausstieß, während Keller sechs Jahre brauchte, um in vier Bänden eine verfehlte Jugendgeschichte zu erzählen. Damit war Berlin für ihn literarisch besetztes Gelände. Kein Wunder also, daß Keller angesichts des herkulischen Erzähltalents, mit dem Gutzkow die ganze Welt der Moderne auf über siebzig Hauptfiguren verteilte, sich von den neuen Stoffen, die eine moderne Großstadt bereitstellte, abwandte und auf eine Hauptfigur und auf das beschränkte, was er wirklich kannte: seine eigene Jugendgeschichte. Man mag sich freilich den Schreck nicht vorstellen, der Keller ergriffen haben muß, als Gutzkow 1852 auch noch sein hinreißendes Erinnerungsbuch »Aus der Knabenzeit« vorlegte, das er gewissermaßen zur Erholung von den »Rittern vom Geiste« geschrieben hatte; er hatte so ganz nebenbei auch noch das thematische Feld besetzt, das Keller in seinem Roman zu bearbeiten gedachte. Der Schauplatz von Gutzkows kulturhistorisch eminent gehaltvollen Erinnerungen lag übrigens nur knapp hundert Meter von Kellers letzter Berliner Wohnung entfernt: dort, wo sich heute die Nordostecke der Berliner Staatsbibliothek an der Dorotheenstraße befindet.

So entschieden Gotthelf und Gutzkow über das Kellersche Schreibprogramm in Berlin: Während der eine ihn auf seine innere Schweiz hin orientierte, hinderte ihn der andere daran, sich schriftstellerisch der Modernität der großen Stadt zu öffnen. Die doppelte Prägung durch die beiden großen Erzähler führte dazu, daß Berlin – einige kleine Gedichte abgerechnet – in Kellers Werk keine Rolle spielte. Dafür konnten in seinem »pennsylvanischen Zellengefängnis« der »Grüne Heinrich« und »Die Leute von Seldwyla« entstehen, und dafür sollte man Berlin immer dankbar sein.

Ein Epilog. Zu den nachdrücklichsten Wirkungen Berlins auf Keller gehören sicher die einiger Berliner Frauen. Dabei denke ich nicht an erster Stelle an Betty Tendering, denn diese unglückselige Geschichte trägt nichts für Berlin

Spezifisches an sich; in sie, die im übrigen keine Berlinerin war, hätte sich offensichtlich jeder oder jede verlieben können, und um damit unglücklich zu werden, mußte man nicht 1,50 m groß sein. Ich denke vielmehr an jenen Typus geistig hochgebildeter und literarisch aktiver Frauen, den Keller dort kennenlernte und der ihn offensichtlich bei aller Ambivalenz faszinierte: Frauen, die in der klassisch-romantischen Tradition nach dem Vorbild Rahel Varnhagens und Bettina von Arnims erzogen worden waren und deren liberales Bildungsideal in das Berlin der politischen Restauration hinüberretteten, indem sie es offensiv lebten, was auch Verstöße gegen die sozialen Konventionen einschloß: Frauen also wie Ludmilla Assing, Lina Duncker und Fanny Lewald. Es war dies ein entschieden moderner Frauentypus, wie er um 1850 nur in einer liberalen Stadtkultur erwachsen konnte, und dafür, daß Keller den Austausch und die Nähe dieser modernen Frauen suchte, gibt es viele Zeugnisse, nicht zuletzt seine erstaunlich entspannten Briefwechsel mit Ludmilla Assing und Lina Duncker. Ich denke, daß diese Begegnungen und Gespräche in Kellers poetischer Imagination entschieden fortgewirkt haben. Vergessen wir nicht, daß er sich in Berlin nicht nur zu einem großen Erzähler, sondern vor allem auch zu einem Erzähler starker Frauen entwickelt hat, von der sinnlich-sittlich überwältigenden Präsenz der Judith bis zur mütterlichen Erziehungsstrenge der Regel Amrain. (»Frau Regel Amrain und ihr Jüngster« werden wohl nur wenige unter ihre Kellerschen Lieblingserzählungen rechnen, aber die Novelle bildet doch auch sein entschiedenstes Bekenntnis zum politischen Liberalismus, das er im restaurativen Berlin niedergeschrieben hat.) Und vergessen wir nicht, daß Heinrich Lees Schicksalsspruch aus dem »Cherubinischen Wanders-Mann« des Angelus Silesius: »Blüh‹ auf, gefrorner Christ! Der Mai ist vor der Thür: / Du bleibest ewig todt, blühst du nicht jetzt und hier« ihm im Roman von Dortchen Schönfund »mit einem wie verliebt zitternden durchaus weltlichen Ausdruck ihrer schönen Stimme« zugesungen wird, von Keller aber aus jenem Exemplar des Angelus Silesius zitiert wurde, das einst Rahel Varnhagen gehörte, von ihr mit zahllosen Anstreichungen versehen worden war und ihm von Karl Varnhagen von Ense 1853 in Berlin geschenkt wurde. Man wird in Dortchen Schönfund eine Berlinerin sehen dürfen, eine späte Nachfahrin der Rahel, und der Wunsch, von einer derart geistig unabhängigen, lebenspraktischen und intellektuell aufgeschlossenen Frau sein Leben in geordnete Bahnen lenken zu lassen, bleibt dem Roman bis in seine letzten Seiten eingezeichnet.

Wie sehr dieser Frauen-Typus Gottfried Keller über seinen Berliner Aufenthalt hinaus faszinierte, will ich abschließend anhand eines Briefes illustrieren, den er am 5. Juli 1857 aus Zürich an Ludmilla Assing gerichtet hat. Assing wird in der Keller-Biographik leider ein wenig *terre à terre* behandelt: sehr zu Unrecht, denn sie gehört zu den politisch und literarisch wagemutigsten Frauen der zweiten Jahrhunderthälfte; ihre Editionen aus dem Nachlaß ihres Onkels Karl Varnhagen von Ense, vor allem der das konservative Preußen schockierende Sensationserfolg der zwischen zwei Altliberalen, Varnhagen und Alexander von Humboldt, geführten Korrespondenz, wurden mit erheblichen Freiheitsstrafen geahndet, denen sich Assing nur durch die Entscheidung für das Exil entziehen konnte.

Im Jahre 1857 legte sie ihr erstes Buch vor; es war das Portrait einer starken Frau: »Gräfin Elisa von Ahlefeldt, die Gattin Adolphs von Lützow, die Freundin Karl Immermann's. Eine Biographie«. Gräfin Ahlefeldt hatte einen der ungewöhnlichsten weiblichen Lebensläufe der ersten Jahrhunderthälfte: Vermögendem dänischem Adel entstammend, hatte sie gegen den Willen ihres Vaters den Husarenmajor Adolph von Lützow geheiratet, der in den Befreiungskriegen als Führer eines legendären Freicorps zu nationaler Berühmtheit aufstieg; nach ihrer Scheidung lebte sie ab 1827 zwölf Jahre lang mit dem sechs Jahre jüngeren Dichter Karl Immermann zusammen, ohne in dessen Heiratswünsche einzuwilligen; nachdem Immermann sie 1839 verlassen hatte, um eine sehr viel jüngere Frau zu heiraten – eine Entscheidung, die zwar Elisa, aber nicht Immermann überlebte, er starb im Folgejahr –, ging sie nach Berlin und führte dort einen kleinen Salon; sie starb 1855, als Keller Berlin verließ. Er hat sie persönlich nicht kennengelernt, aber insbesondere aus Erzählungen Ludmilla Assings viel über ihr Leben erfahren. Als sie ihm ihr im damals beliebten Life-and-letters-Verfahren geschriebenes Buch geschickt hatte, erinnerte er sich in seinem Dankesbrief daran, daß er »aus Ihrem freundlichen Munde manches Bedeutsame über dies reiche, wie von einem großen melancholischen Dichter erfundene Frauenleben« wußte.

Ein Frauenleben, »wie von einem großen melancholischen Dichter erfunden«: Man erkennt schon an dieser Formulierung, wie Keller, dem Melancholie keineswegs fremd war, innerlich am Leben Elisa von Ahlefeldts weiterschreibt. Tatsächlich wird jeder Leser von Assings schönem Buch auch heute noch spüren, wieviel die Autorin verschweigen mußte und wie wenig seelische Tiefenschärfe sie dem Lebensbild der Freundin aus Gründen der Diskretion und der Konvention verleihen durfte – Rücksichten, von denen der große Erzähler Günter de Bruyn im Jahre 2012 befreit war, als er die Lebensgeschichte der Gräfin Elisa neu erzählte. Rücksichten, die aber auch Keller schon 1857 für sich nicht gelten ließ, als er das Lebensbild fasziniert las und die vielen Lücken, die es lassen mußte, mit der Kraft seiner poetischen Imagination zu schließen suchte. Sein Dankesbrief an Assing gehört deshalb auch zu seinen schönsten Briefen überhaupt. Nie wieder hat er so euphorisch für ein Buch gedankt. Und er hebt

von Anbeginn das Poetische und Romanhafte des Lebenswegs der Gräfin Elisa hervor: »Ihr Buch unterrichtet, bildet und läßt zugleich eine Stimmung zurück, wie nach dem Genuß eines tiefsinnigen wohlgeschriebenen Romanes.« Und nun schreibt er über Seiten hinweg an diesem Roman weiter, indem er ihm eine abgründige psychologische Tiefenstruktur verleiht, eine moderne Psychologie der Liebe, die jede romantische Seelenverschmelzung ausschließt: »Daß Elisa keinen Instinkt hiefür hatte« für die Abwesenheit »echter Frauenliebe« bei Lützow, »sondern das Eis liebte, ist freilich auch *ihre* tragische Schuld, wie denn überhaupt ein unverhohlenes ganzes und ausgestaltetes Liebesleben nirgends ersichtlich wird. (…) bei den tief romantischen übrigen Grundzügen vermehrt gerade dieser Mangel an brennenderer Farbe den dämonischen Eindruck, als ob diese sämtlichen bedeutenden Gestalten, Helden, Feen und Dichter, Eisherzen in der Brust, mit einem Feuer spielen, an dem diese Herzen sich vernichten.«
Die Psychologie der Liebe in der modernen Großstadt: Eisherzen, die mit dem Feuer spielen und daran zugrunde gehen. Gottfried Keller hatte einiges davon in Berlin erfahren. Die Stadt lag nun fast zwei Jahre hinter ihm. Erst jetzt beginnt er eine Berliner Geschichte zu erzählen.

DURS GRÜNBEIN

KARTENGRÜSSE AUS DEM DRITTEN REICH

Gedichte

POSTPLATZ, DREISSIGER JAHRE

An eine Frau in Döbeln schreibt ein Mann
Grüße aus dem schönen Dresden.
Nebenbei: Du scheinst ja gestern
abend sehr müde gewesen zu sein!
Du, ich mag Deine grauen Augen so sehr.
Der Dresdner Postplatz, Momentaufnahme,
hält als Erinnerung her: Ein Gewimmel
von Menschen in dunklen Mänteln,
über Verkehrsinseln, Gleisanlagen hinweg.
Lieferwagen blockieren die Hauseingänge,
eine Straßenbahn fährt durchs Bild,
Dämmerstunde. In wenigen Minuten
gehen die Leuchtreklamen an.
Pulsierende Stadt, in jedem einzelnen
pocht eine Hauptschlagader, das Herz.
Anne, willst Du mich wiedersehen?
Dein Heinz

PALAIS AM ZOO

Schwarze, blitzblank polierte Tische,
die Fenster mit Tüllgardinen verhüllt,
draußen glänzt der Asphalt vom Regen.
Ein Polizeimotorrad rauscht vorbei,
von den Reifen sprüht feiner Dunst.
Eine Frauenhand, grazil angewinkelt,
weiß wie ein Schwanenhals,
hält ein Likörglas – Reklame der Zeit.
Drinnen sitzt schweigsam ein Mann
in schwarzer Uniform. Er schreibt:

»Die herzlichsten Glückwünsche,
zum Geburtstag, teurer Kamerad,
sendet SS-Unterscharführer T.«

Kinder, es war einmal ein Palais!
Palais am Zoo: Tanz-Tee und Tango-Bar,
Jazzmusik bis weit nach Mitternacht,
Berliner Sause, *meeting point* der Roués.
Nun war die Stille, unheimliche Stille,
mit Händen zu greifen, so groß,
so groß, daß man das Summen der Fliegen
in den Gardinen als Höllengetöse empfand.

FELDPOST, WARSCHAU

Meine liebe Mama! Seit letzten Montag
sind wir nun hier. Es ist bitterkalt (März).
Gestern ein Bummel durch die Stadt,
die nichts Schönes mehr hat.
Bis 7 ist Ausgang, um 8
muß alles von der Straße sein.
Es wimmelt noch von Juden hier.
Dreiviertel der Stadt sind zerstört.
Alles gut sonst. Bald geht es hinaus,
Du weißt, wohin. Herzlich Dein Willi

Die Karte zeigt, grau vorm Himmelsgrau,
das Gebäude der Telefonzentrale:
ein verschachtelter Stahlbetonbau.
Hier hat sich Wehrmacht verschanzt
jahrelang, bis der Aufstand kommt,
bis zum Vormarsch der Russen.
Zuletzt steht auch dieses Gebäude
zerschossen, mit leeren Fensterhöhlen.
Von Willi seither kein Zeichen mehr.

STRANDBAD WANNSEE

August 1942

Sind das die Badefreuden der Toten?
Wir atmen wieder Berliner Luft,
schreibt ein Herr Meyer nach Bamberg.
Wieder ist Sonntag, wir sitzen am Wannsee,
nur diesmal im engsten Familienkreis.
Reichlich Betrieb: der schmale Uferstreifen,
übersät mit Liegestühlen und Badetüchern,
platzt aus den Nähten, so wie manche
der Schwimmanzüge, der Turnerhosen.
Noch immer die Zille-Welt, nun aber sachlich,
mit Flaggenständer und Zigarettenautomat.
In vorderster Reihe
halten Strandkörbe die Stellung.
Ein langer Steg führt hinaus auf den See.
Es ist Sommer, der Krieg geht ins dritte Jahr.
Am anderen Ufer, hinter der Front
verschwiegene Villen, Tennisplätze
und Tummelplätze der Goldfasane,
Orte für so manche Geheimkonferenz.

BERLIN UNTER DEN LINDEN IM FESTSCHMUCK

8. August 1936

Liebe Irma!
Also, ich kann Dir sagen: Berlin
interessiert mich nicht die Bohne!
Bin jetzt schon zwei Tage darin
umhergelaufen. Leute gib es
allerdings massenhaft hier,
mehr als im schönen Wien.
Gruß Deine Ilse

Ein Gewimmel Unter den Linden,
Reichsadler thronen auf Pylonen,
die Menschen irren durch einen Fahnenwald,
Damen in weißen Sommerkleidern,
Herren in brauner und schwarzer Uniform.
Dreispurig geht der Verkehr,
vom Brandenburger Tor angesogen,
und brandet zurück Richtung Alexanderplatz.
Ein strahlender Sommertag hat
Die Leinwand vom Himmel gerissen:
Wolken wie Breker-Athleten, Thorak-Heroen.
Olympiawetter. Berlin grüßt die Welt.

BERLIN, HAUS VATERLAND, UNLESERLICH

13. August '44

Liebste Erika!

Mutter …
das Päckchen …
ausführlicher Brief …
Letzter schöner Sommertag …
Dein Hans

MARTIN KESSEL

»VERSUCHEN WIR, AM LEBEN ZU BLEIBEN«

Briefe aus Berlin 1933–44

Der städtische Robinson und sein Dämon der Idylle. Eine Vorbemerkung

Man könne inmitten Berlins »als städtischer Robinson« wie in einer Wildnis leben: Als Martin Kessel diese aphoristische Bemerkung 1948 veröffentlichte, fand er damit das existentielle Bild für eine Daseinsform im Schutt, für das Leben in der untergegangenen Reichshauptstadt. Ein Schiffbruch zu Lande, eine beginnende, ein halbes Jahrhundert dauernde Insellage und die Fraglichkeit eines Überlebens im »unfreiwilligen Exil«, wie der Kritiker Friedrich Luft die Nachkriegszeit nannte – all das umfaßt die Robinsonade inmitten Berlins. Kessel prägt diese Denkfigur noch im Krieg, in der hier erstmals abgedruckten Briefauswahl aus den Jahren 1933 bis 1944, die mit dem Bild des Durchbruchs auf den städtischen »Meeresgrund« schließt, wie Kessel dieses Leben in einer Stadt am Nullpunkt später nannte. Werner Heldts malerische Stilleben haben jenes Lebensgefühl im Wrack der Stadt, das auch Kessel mit seinen Aphorismen und Essays umkreist, sinnfällig ins Bild gesetzt: Es gibt kaum Menschen in dieser *ville morte*, nur vereinzelt Kähne, eremitenhafte Scherbengänger im Schutt.

Kessel lieferte den geistigen Proviant für diesen Gang durch die Ruinen, eine Moralistik, die beides sein wollte: Vademecum gegen Verrohung und sokratischer Anstoß, das Erlebte nicht ad acta zu legen, wohl wissend, daß gerade die Flucht ins Vergessen allzumenschlich ist: »Wir tragen eine funkelnde Wildnis in uns, die Wildnis des Vergessens.« In der Katastrophenidyllik der stillgelegten Zentrale Berlin erspürte Kessel bereits das »vergletscherte Schweigen«, in das die Deutschen sich einsargten. Gleichwohl stellte er im Sinne Friedrich Nietzsches auch die Frage nach den Grenzen emotionaler Berühr- und Belastbarkeit: »Die rabiate Totalvernichtung dringt nicht mehr zum Herzen«, konstatiert er in seinem aphoristischen Kompendium »Gegengabe« (1960). Das Vergessen, so heißt es in einer Miniatur mit dem Titel »Sanatorium der Wildnis« (1970), sei nach traumatischen Erfahrungen nur durch eine »Kur des Stumpfsinns« zu erkaufen. Ein feinsinniger Autor wie Kessel wußte, daß die Hornhaut des Vergessens, jene mit dem Überleben oft einhergehende Desensibilisierung, Gift für alles Schöpferische ist, gerade für die Literatur. So heißt es über den schmerzhaften, jedoch notwendigen Rückweg zu den Quellen eigener Erfahrung: »Nicht vergessen darfst du, um gelebt zu haben.«

Ganz im Zeichen solcher Schadensaufbewahrung steht diese Aphoristik, die darin einen Gedanken Nietzsches aus seiner »Fröhlichen Wissenschaft« (1882) über die Tücken der Überlieferung aufgreift. Denn Kessel war sich, wie der letzte Brief dieser Auswahl zeigt, seiner Rolle als Hermes und Überlieferungsfigur ebenso bewußt wie seines Schicksals, daß er womöglich in Vergessenheit geraten sollte. Doch die Ströme der Überlieferung haben ihr eigenes Maß und so hinterließ dieser Wahrheitszeuge seine Deutungssplitter. Gerade auf sein Werk und dessen Stellung zwischen den Epochen mag insofern Nietzsches Wort zutreffen: »Die Vergangenheit ist vielleicht wesentlich noch unentdeckt!«

Martin Kessel gehört hierbei zu jener von der Literaturgeschichte vernachlässigten Generation der um 1900 Geborenen, die von totalitären Erfahrungen besonders heimgesucht wurde und sich mitunter in ihre unheilvolle Zeugenschaft verstrickte. Es war eine verlorene Generation, eine, die der »Teufel geholt« hatte, wie Wolfgang Koeppen 1962 anläßlich seiner Rede zur Verleihung des Büchnerpreises bemerkte. Zu ihr zählten Peter Huchel, Koeppen selbst, Marie Luise Kaschnitz und Hermann Kesten; mit den beiden letzteren war Kessel freundschaftlich verbunden. Sein bekanntestes Buch ist der Roman »Herrn Brechers Fiasko« (1932), der für ihn selbst zu einem solchen wurde. Dessen Sujet hatte er als Phänomenologe des Pflasters, wie er in einem Brief an Siegfried Kracauer bekannte, »von den Straßen« Berlins gesammelt. Der Roman fiel ob seines unruhigen Geisteswitzes, seines strapaziösen Stils durch, der den Zug zur aphoristischen Pointe bereits erkennen ließ. Ein Stil, der es in Kauf nahm, Leseerwartungen auf die Probe zu stellen. Aber er wurde ihm auch zum gefährlichen politischen Desaster, wie der hier abgedruckte erste Brief nach der »Machtergreifung« von 1933 deutlich macht. Gerade ob seiner geistigen Wendigkeit wurde der Autor des Brechers, im Zeichen zunehmend gleichgeschalteter Kritik, als »noch jüdischer als ein Jude« diffamiert und abgelehnt. Daß Kessel dies überhaupt in einem Brief aufgriff, deutet auf seine parodistische Natur und seinen unabhängigen Geist hin. Seine ethische Haltung bestand darin, sich noch im Moment der Bedrängnis seine Freiheit zur Komik zu bewahren.

Kessel wurde 1924 mit einer Arbeit über Thomas Mann promoviert und war mithin das, was man einen *poeta doctus* nennt. Er war kein publikumswirksamer Schriftsteller, sondern einer, der in die Literatur hineinwirkte, den vor allem Kollegen schätzten, wie Briefe in seinem Nachlaß von Thomas Mann über Alfred Döblin bis Heimito von Doderer belegen. Das deutete sich schon in seinem ersten Gedichtband »Gebändigte Kurven« (1925) an, in dem die Großstadt als überwältigende Erscheinung durchs lyrische Ich fährt wie einst die Straßenbahn durch den Leib von Rilkes Brigge. Der Lyriker und Kritiker Oskar Loerke bemerkte 1927 in einer Besprechung dieses Bandes, daß Kessel die Großstadt nicht nur illustriere, sondern daß sie bei ihm regelrecht mitspreche. Mit ihm sei einer aufgetaucht, der den Poeschen »Mann der Masse« kenne, ein Autor, der die Stadt im Wort vollziehe. So einer dürfe kein »gebürtiger Berliner« sein, wie Loerke über den Autor schrieb, welcher aus der sächsischen Provinz nach Berlin gezogen war. So einer müsse, um seine scharfe Auffassungsgabe zu behalten, ein vertrauter Fremder, ein Außenseiter im Innenraum der Stadt bleiben. Damit traf Loerke einen wichtigen Punkt: Wir dürfen annehmen, daß Kessel seinerseits, in seinem Essay »Gogol und die Satire«, ein Stück Selbstbeschreibung mit der Aussage liefert, der satirische Exzentriker nach Gogol stehe niemals im Zentrum des Geschehens, sondern spreche von den Rändern her. Überdies scheint ein Gutteil von Kessels Figurenpersonal dessen berühmtem »Mantel« entstiegen zu sein. Der Satiriker-Moralist – das belegen alle Romane Kessels – lebt vom Spannungsverhältnis zwischen Zentrum und Peripherie. Er hat eine tiefe Ahnung von den komischen Ambivalenzen des Lebens und kennt seine eigene Veranlagung zur »Wollust der Angst«. Er entdeckt ein dämonisches Berlin, wie schon E. T. A. Hoffmann oder Walter Benjamin vor ihm, seine Alltagsidyllen sind vom Grauen durchzogen.

Spätestens mit der Eskalation des Krieges hat Kessel nicht nur etwas vom drohenden Gang zum Äußersten gespürt, sondern dies in Form einer Kassiberliteratur, einer Form des verdeckten Schreibens, wie Dolf Sternberger dies später nannte, auch zum Ausdruck gebracht. Eine fast burleske Anspielung findet sich im zweiten hier abgedruckten Brief an seine Frankfurter Freunde, die Eickemeyers, wo er über seinen Gedichtband »Erwachen und Wiedersehen« (1940) sagt, darin sei zwar manch »burschikoses«, aber ansonsten alles »die reinste natur«. Gerade die Naturlyrik war im Nationalsozialismus ein oft gewähltes allegorisches Mittel des verdeckten Schreibens. So heißt es im Gedicht »Romantischer Abend«, ein »blutiger Besen« gehe durch die Stadt, in der »Trauernde im Nebel ruhn« – eine mögliche Anspielung auf Pogrome und Deportationen. Und wie eine Flaschenpost an die Zukunft heißt es in der Coda: »Manches wird die Welt einst lesen / wenigen offenbart sich's gleich.«

Der »teufel« sei bei ihm los gewesen, schreibt Kessel in dem Brief vom 28. März 1940, nachdem er von einem Mitarbeiter seines vormaligen Braunschweiger Verlags Vieweg denunziert worden war. Dort hatte er seinen an die Schauerromantik erinnernden Künstlerroman »Die Schwester des Don Quijote« sowie den Essayband »Romantische Liebhabereien« (beide 1938) veröffentlicht. In letzterem spricht er wieder von Nietzsche, dessen »Übermensch« von einer skrupellosen Kulturpolitik »fälschlicherweise zur Attrappe erhoben und ausgemünzt wurde«. Deutlicher kann man sich kaum gegen seine Indienstnahme durch den Nationalsozialismus verwahren. Aber den Ausschlag für die Denunziation beim Propagandaministerium gab womöglich etwas anderes, nämlich das Schlußgedicht der Sammlung »Erwachen und Wiedersehen« mit dem bezeichnenden Titel »Hohe Bereitschaft«, in dem auf riskante Weise der Aufruf zum Tyrannenmord angedeutet wird: »Bei soviel Opfern, soviel Blut / als Pfand, das im Gedächtnis ruht«. Den günstigen Augenblick – »ihn gilt's nicht zu versäumen«. Es war wieder Loerke, der in einer Rezension mit seinem Geistesverwandten Kessel Zwiesprache hielt und dessen Sinn fürs »Zeitgefühl« lobte. Loerke, eine der wichtigsten Stimmen der inneren Emigration in Berlin, schrieb in seinem Gedicht »Der Steinpfad«: »Und meine Gegenwart ist Scham.« Daß es aber ausgerechnet der mit der Zensur des Bandes beauftragte Mann im Propagandaministerium war, den Kessel ironisch für »gar nicht übel« befand und der offensichtlich nicht viel Aufhebens machen wollte, hatte selbst eine satirische Note, die die Erwartung unterlief. Diese Wendung offenbart zugleich einen tiefernsten Zug, den der deutsch-britische Essayist und Lyriker Michael Hamburger nach dem Krieg auf den Begriff der »demons of conformism« brachte, auf die sich jede totalitäre oder autoritäre Herrschaft stützt und die im Falle des Nationalsozialismus auf vorauseilenden Gehorsam setzte. In diesem Falle jedoch, das ist die Ironie, wurde er von einer höheren Stelle abgefangen. Damit wird Kessels heikle Zeugenschaft um so deutlicher: Denn er wußte, wie Konformismen entstehen und was für Unheil sie gebären. Er sollte nach dem Krieg erleben, wie diese zum Argument der Selbstentlastung, zu Tarnkappen des Jedermann wurden.

Kessels Schilderung in dem Brief wirkt so, als befände er sich in einem Schelmenroman, und die bedrohliche Zeit könne ihm nicht wirklich etwas anhaben. Daß dem nicht so war, sondern daß er sich in einer Art Schutzmantel verbarg, deutet der spätere Essay »Vom Geist der Satire« (1947) an. Darin heißt es, die Haltung des Lächerlichen gehöre ins Clair-Obscur des Allzumenschlichen, nicht zuletzt in Zeiten existentieller Bedrängnis. So sprach für Kessel im Satirischen – in seiner an Helmuth Plessner erinnernden anthropologischen These – immer Angstvolles mit. Das satirische Bewußtsein, das sich im Grenzaffekt des Lächerlichen Luft verschafft, sei selbst Ausdruck einer Krise: Denn gerade in Grenzsituationen werde der Ernst abgewertet, um sich die existentiell zudringliche Wirklichkeit buchstäblich vom Leibe zu halten. Der Mensch verstehe es, »lächerlich zu werden aus purer Angst«. Kessel, der durch einen Unfall nur ein Auge besaß, war somit als ein Versehrter in der Sphäre des Menschlichen ein überaus hellsichtiger Zeuge.

Der mutigste und weitblickendste Essay aus der NS-Zeit trägt den unscheinbaren Titel »Die Patenschaft der Vergangenheit« (1938), in ihm schreibt Kessel gegen den Gegenwartsopportunismus aus »Zynismus und Gewagtheit« an. Bemerkenswert ist, daß hier einer zugibt, ein »schlafloses Wesen« geworden zu sein angesichts der sich auftürmenden »Gebiete von Schuld und Gewissen«. So deutlich wie kaum je sonst benennt Kessel hier die Machenschaften des NS-Regimes und mahnt: »Jenes machiavellistische Widerspiel, das aus Diplomatie das Verbrechen heiligt, jene Forderungen von Opfern an Blut und Leben, jener Blick aufs Ganze über den Einzelnen weg – wie sollte dies zu verantworten sein und vor wem, wenn nicht vor der Instanz einer höheren und späteren Gerichtsbarkeit.« Wer sich fragt, wo das Gewissen der Literatur, ihre aufrichtige Zeugenschaft, zu finden gewesen sein mag, kann hier fündig werden. Für den aufmerksamen Leser wird bereits jene Kippfigur sichtbar, als die Kessel das Nachkriegsberlin sah: ein Ort, der immer wieder vom Idyllischen ins Schreckliche umschlägt. Wer also die Vergangenheit dem Vergessen überlasse, der begehe eine »Amputation« am Zeitsinn des Menschen und zugleich an dessen ethischem Vermögen. Wer hingegen sein inneres moralisches Empfinden vom Einspruch der Überlieferung berühren lasse, für den könne das »Vergangene als Widerstand« gegen die Zumutungen seiner Zeit einstehen. Es ging Kessel darum zu zeigen, daß die Einsicht in unsere Verstrickung in die Zeitläufte nicht ohne ethische Konsequenz bleiben darf.

An dieser Haltung scheint auch die Erfahrung des großen Luftangriffs im November 1943 nichts geändert zu haben, der weite Teile des Neuen wie des Alten Westens südlich des Tiergartens in ein Trümmerfeld verwandelte. Gleichwohl ist eine Gemütsverwandlung vom Satirischen zur tragischen Gefaßtheit merklich angesichts der das Fassungsvermögen sprengenden Zerstörungen. Auch Kessel stockt nun der Geisteswitz. Es scheint, als habe die sich in der Mitte der Stadt ausbreitende Leere seine Ahnungen furchtbar bestätigt. Diese »leere Zentrale«, die sich vor ihm als städtischem Robinson vom Fehrbelliner Platz bis Stadtmitte ausbreitete, war nur die manifeste Form eines *locus terribilis*, der ihm das zeitgenössische Berlin atmosphärisch schon zuvor gewesen war. Die pulsierenden »Konzentrationspunkte« der Stadt, die er in »Herrn Brechers Fiasko« noch beschrieben hatte, waren zu gespenstischen Kratern implodiert. Es war zudem eine Implosion des geistigen Berlin, verbrannte doch vor seinen Augen in Gestalt des Romanischen Cafés das »Haus der Literatur« aus Weimarer Tagen. So geht dieser Trümmerflaneur wie Nietzsches »toller Mensch« durch die Ruinen und versucht die grauenvolle Leere, an der seine Mitmenschen nur schweigend und wie anästhesiert vorbeischleichen, zu begreifen. In der Mitte herrsche Totenstille: »Menschen stehen herum, ziehen in nicht allzu dichten Strömen aneinander vorbei, es fällt kein Wort.« Ähnlich wie Felix Hartlaub und Friedo Lampe versuchte Kessel diese apathische Stimmung wenn nicht zu überwinden, so doch zum Ausdruck zu bringen. Der Luftkrieg hatte – mit einem Wort aus Karl Friedrich Borées Roman »Frühling 45« – eine gigantische »Vakuole« ins Herz der Stadt geschlagen. Kessel beschreibt ihn nun als ein Herausfallen aus allen Orientierungsachsen, mit dem das Erleben nicht mehr Schritt hält: »Ich weiß einfach nicht, wie ich das

mitteilen soll«. Nicht zufällig, sondern aus innerer Not griff Kessel auf die kleine Form zurück, um wenigstens »einige Fäden in der Hand zu halten«, wie er in seinem Brief an seinen Freund Richard Gabel bekannte. So wurde der Aphorismus zum Sinnbild komprimiertester Erfahrung im Zeichen der Daseinsnot: »Wo jeder Tag der letzte sein kann, gewinnt der Augenblick eine unendliche Größe.«
Nach dem Krieg trat Kessel vor allem als Aphoristiker und Essayist in Erscheinung, abgesehen von dem Roman »Lydia Faude« (1965), den er noch in der NS-Zeit begonnen hatte und der ihm, in der Anlage zwischen den Epochen stehend, wieder zum Publikumsfiasko werden sollte. Von der Titelfigur heißt es darin, ganz in Sinne einer Allegorie Nachkriegsberlins, daß sie zwar Vergangenheit habe, »vielleicht mehr, als sie bewältigen kann, aber sie lebt nicht mit ihr, sie strebt von ihr fort. Sie lebt in bezug auf eine Art Fata morgana, es ist alles Wüste.« Als Aphoristiker genoß Kessel einen legendären Ruf in den Feuilletons. Er sei der »Eremit in Berlin«, schrieb ein Kritiker 1963 in der Frankfurter Allgemeinen Zeitung, quasi ein Zarathustra von Wilmersdorf, der zu seiner Zeit und zu literarischen Gruppierungen auf Abstand ging. So gewann er als Außenseiter dem *genius loci* der Stadt auch im Nachkrieg Entscheidendes ab: Er brachte ihn in seinem Skizzenband »In Wirklichkeit aber« (1955) auf den »Dämon der Idylle«. In der unheimlich stillen Ruinenstadt lägen die »Konzentrationspunkte«, in Wiederaufnahme eines komplett gewandelten Ausdrucks aus dem Brecher-Roman, »weit auseinander« oder seien, »wie der Potsdamer Platz, durch politische Injektionen narkotisiert. Es ist also keine idyllische Stille, es ist eher eine, diabolisch und paradox, mit einer lautlosen Stimme begabt, die sagt: ›Ich sehe hier vieles, das nicht da ist, nicht mehr und noch nicht.‹« Als einen Seher zwischen den Zeiten, in der Tradition Nietzsches, sah Kessel sich selbst, den im Schutt seine eigene »stillste Stunde«, Gewissensruf des Überlebenden, ereilte.
Kessel fand mit seinen Gedankensplittern somit auch die zeitgemäße Form für den Daseinszustand der Stadt. Für ihn sei Berlin noch Kosmos, befand ein Kritiker, »wie es bei Benjamin in der ›Berliner Kindheit‹ und bei Döblin im ›Alexanderplatz‹ Kosmos war«, nur eben in Form einer in Stücke gebrochenen Ordnung. Der »Überlebende«, bekannte Kessel einmal, sei dabei von »zweifelhafter Redlichkeit (...) gemessen am Schweigen der Opfer«. Doch wußte er, daß es ihm nicht erspart bleiben würde, seinen Weg im Ausdruck zu suchen, allein schon um für sich und Kommende »gelebt zu haben«.

Till Greite

Kessel an Rösl und Leni Eickemeyer, 6. Juni 1933

Berlin-Wilm.
Kreuznacher 48.
6. Juni 33

Liebe Eickemeyers, –
es muß ja nicht immer Auge um Auge und Zahn um Zahn gehen, und schließlich hätten auch wir von uns hören lassen können, – indessen, ich hatte die langweilig melancholische Leier des Vorjahres noch im Gedächtnis, und es widerstrebt

uns, von Sachen zu schreiben, die sich von Matsch oder von sonst einer zähflüssigen Tunke nicht unterscheiden.
So sehr wie diesmal haben wir überhaupt noch nie in der Patsche gesessen, sahen vor uns überhaupt nichts andres mehr als Stricke und Gasvergiftungen; etwas »Neues« hatten wir nicht, Aussichten keine, – Bob, der eine Sammlung von »Frauencharakteren in Briefen« fast fertig hatte, bemühte sich vergeblich; mich selber hat mein Verlag im Stich gelassen, er zahlte nichts mehr. Ich war wochenlang so wütend und so enttäuscht, daß mir nichts Neues gelang; und Bob sah zu, wie ich mich täglich, mit dem Schreckgespenst im Nacken, abplagte und es dann als »falsch« zerriß. Inzwischen machte die nationale Erhebung ihr Riesenfeuerwerk auf.
– ...
Seit vierzehn Tagen haben wir eine Aussicht; es besteht für Bob die Möglichkeit einer Stellung, die, wenn's klappt, ein derart hirnverbrannter Glücksfall wäre, daß ich um die Gunst bitten muß, vorerst zu schweigen, um es nicht zu beschreien.
– ...
Das Übrige können Sie sich ja denken! Es begann mit einer Unterredung, wie üblich, zwischen dem genügsam bekannten Herrn Generaldirektor und dem erfolglosen, eigensinnigen Dichter Kessel, der um Finanzierung seiner Weiterarbeit gebeten hatte. Es wurde abgelehnt; meine Arbeit wurde, wie bisher, in einer geradezu marternden Weise schlecht gemacht. Es wurde mir erklärt, wörtlich: »Wenn Sie so weiterdichten wollen, wie Sie's für richtig halten, sollten Sie sich ein Vermögen anschaffen.« – Es war hoffnungslos, und es war talentlos von mir, daß ich nicht einfach aufgestanden und weggegangen bin. »Sie können überhaupt nicht erzählen«, sagte mir dieser Bursche. Ich hatte einen neuen Plan für eine kleinere Sache vorgelegt; aber daran – »glaubten sie nicht«. Und dann: »Sie haben eine merkwürdige Vorliebe für verkrachte Existenzen; das will kein Mensch lesen«. – Ich wagte daran zu erinnern, daß alle Komik auf dem »Verkrachten und Verfehlten« basiert; ich erinnerte an Gogols »Tote Seelen«, da wurde mir geantwortet: »Die verkauft heute kein Buchhändler«. – Aber, was nun eigentlich?
Man überließ mich also meinem Schicksal; und seither schweigt man. Das Letzte, was ich bekam, war eine Abrechnung. Bis Weihnachten waren es 955, bis März 1060 verkaufte Exemplare. Man rechnete mir eine Schuldenlast von über 2000 Mark an. Auf Wiedersehen!
Sie können sich denken, unter welchem Druck wir beide dasaßen, während alles übrige weiterlief. Wir waren so fertig, daß wir zum Subjekt das Verb nicht fanden. Ich selber wußte zeitweilig nicht mehr, war ich nun durchgefallen oder war ich

ein Sträfling enttäuschten Größenwahns. Ein Megaphon schrie mir unentwegt ins Ohr: »Wenn Sie so weiterdichten wollen, wie Sie's für richtig halten ...« Die politische Lage war naturgemäß nicht weniger [un]vorteilhaft für uns. Ein bereits im Programm angekündigter Vortrag über mein Buch wurde vom Königsberger Rundfunk abgesetzt; in Berlin verhielt man sich von vornherein ablehnend. Hinzu kam, daß unter der Kritik eine wüste Meinungsverschiedenheit besteht. In Bern nannte man den »Brecher« einen »quallenhaften Gaurisankar«!!! Im Berliner Börsencourier »genial angelegt«, aber »ein heroisches Fiasko« des Autors ... In der Wiener Neuen Freien Presse wurde ich dann plötzlich gelobt!!! Es war ein Durcheinander; unglaublich. Ich hätte mich köstlich darüber amüsiert, wäre uns nicht der Boden unter den Füßen entzogen gewesen; so aber wirkte jede Mücke wie ein Elefant.

In dem politischen Walzwerk, unter der Meinungsfuchtel einer subalternen Idiotenhorde, lavierte ich hin und her; es war mein Vorteil, daß ich mit der D-A-Z, wo ich als ...... rechtsradikal (!) galt, Verbindungen hatte. Auf diese Weise blieb ich, wie ich glaube, unverdächtig. Man sagte: gegen Ullstein! – und das genügte. Denn lesen tut's ja doch keiner. Nur ein wilder Nazi sagte über »Brecher«, der sei ja noch jüdischer als ein Jude. Kurz: wir machten einen Strich drunter. Wir versuchten, Zeit zu gewinnen. Wir bekamen als »blonde Gojims« durch die »Notgemeinschaft für deutsches Schrifttum« einen Beitrag zur Bestreitung eines monatlichen Lebensunterhaltes; etwas hatten wir uns gespart. Aber ich war so fertig, daß mir einfach nichts gelang. (Sie wissen ja über meine Pfuschereien und über die notwendige Dauer der Reifezeit Bescheid) Gewaltsam gelingt mir nichts.

Inzwischen, da alles auch Mumpitz war, versuchte sich Bob in Journalistik; er brachte einen nationalen Aufsatz über die Braut eines Schill'schen Offiziers zusammen und ging damit hausieren. Vom Frankfurter Rundfunk wurde er abgelehnt, mit der Unterschrift: »Heil Hitler!« – Seitdem fällt er auf verschiedenen Redaktionen herum, auch im »Illustrierten Blatt«, und wir sind gespannt, ob er überhaupt zur Welt kommt. Aber das ist natürlich kein Zustand.

Nun probierte ich den Wimmel. Da mir meine Arbeit nicht gelang, versuchte ich mich zunächst in einer Studie zu dieser Arbeit; ich sandte sie an die »Frankfurter Ztg.«, wo sie noch liegt. Es scheint indessen ... toi, toi, toi ..., daß sie sie bringt. Leider ist sie unter diesen Umständen nicht ganz so gut und distanziert, wie ich sie gewünscht hätte.

Ich komme ins Uferlose. Unterdessen geht mein Vater an Verblödung ein, er hat Paralyse, und nachdem er mir bereits ein Auge gestohlen hat, meinen rechtsseitigen »Genialitäts-Tripper«, fällt er nun als Idiot meiner Mutter zur Last, die ja im Vorjahr, eine Folgeerscheinung, am Star operiert wurde. Ich hatte dieses

Vergnügen zum Glück schon in meiner Jugend genossen. Sie sehen, es ist romantisch! Es soll mir anscheinend durchaus das »Dichten« beigebracht werden; denn es kann nichts Höheres für ein Talent geben, als einen Idioten zum Vater zu haben und mit den eigenen Publikationen durchzufallen.
Ein Glücksschimmer, wie gesagt, ... eine Bekannte, die ein Geschäft erben soll, eine ehemalige Schauspielerin, geschiedene Frau eines Privatdozenten, – von Bob begeistert und vom »Brecher« – mit bestem Willen, wenn's klappt, ... ein idealer Strohhalm; ein absolut sinnenwidrig-hanebüchener Zufall, – mehr zu sagen ist vorerst nicht ...
Nun bin ich doch ins Berichten geraten; ich wollte Ihnen diesen Mischmasch eigentlich ersparen. Aber Sie können sich nun denken, daß wir noch nicht absehen können, ob wir überhaupt dieses Jahr reisen, es sei denn, wir müßten als letzter Zuflucht in Bad Nauheim unterkriechen; wir sträuben uns dagegen, denn es ist nicht erquicklich. Aber die Hoffnung hat uns zur Zeit wieder aufgemöbelt; sie gleicht der Taunuslinie; man kann wieder atmen ohne Stiche ... Nur, es wirkt, so in der Schwebe, noch ein wenig zu unwahrscheinlich. Vielleicht, vielleicht.
Beste Grüße! Bald mehr!
Ihre Kessel's

Eickemeyers Rösl und Leni Eickemeyer, enge Frankfurter Freunde der Kessels, vermutlich noch aus Studententagen.
Bob Spitzname für Kessels Frau Elisabeth, die als Herausgeberin, Übersetzerin und später als Verlagsmitarbeiterin beim Scherl-Konzern sowie nach 1945 im Aufbau-Verlag in Ostberlin tätig war.
Frauencharaktere in Briefen Das Buch von Elisabeth Kessel erschien 1950 mit dem Untertitel »Eine Sammlung von Frauenbriefen verschiedener Nationen« in Leipzig.
nationale Erhebung Anspielung auf den 30. Januar 1933, der für Kessel in publizistischer Hinsicht erhebliche Folgen hatte. Zur Mitte des Jahres wurde sein Vertrag mit der Deutschen Verlags-Anstalt Stuttgart gekündigt, die 1932 seinen ersten Roman herausgebracht hatte.
Gaurisankar Im deutschen Sprachraum noch im 19. Jahrhundert geläufiger Name für den Mount Everest.
D-A-Z Die deutschnational ausgerichtete »Deutsche Allgemeine Zeitung«.
Notgemeinschaft für deutsches Schrifttum 1928 gegründete Organisation zur Unterstützung notleidender Schriftsteller.
Schill'schen Offiziers Anspielung auf den Film »Die elf Schill'schen Offiziere« (1932), ein nationales Heldenepos um den Freiheitskämpfer Ferdinand von Schill.
ein Auge gestohlen hat Kessel verlor als Kind bei einem Unfall, an dem sein Vater beteiligt war, ein Auge und galt daher als »wehrunfähig«.
eine ehemalige Schauspielerin ... Hier deuten sich Figurenanlage und Stoff des 1965 erschienenen Romans »Lydia Faude« an. Mit der Arbeit begann Kessel 1940/41.

Kessel an Rösl und und Leni Eickemeyer, 28. März 1940

liebe eickemeyers,–
herzlichen dank für ihre zeilen vor ostern mit dem bild des häuschens, das sie wohl von der krone eines birnbaums aus ab-photographierten. wie sie ersehen haben werden, hat brück inzwischen ein gedicht abgedruckt, das sehr viel »lokaler« ist als das von ihnen geschickte. (übrigens wußte ich nichts davon, ich schickte das meine aufs geratewohl) aber wer soll sich auskennen mit redakteuren, deren maßstäbe ebenso modisch wie rätselhaft sind?
hier bei uns war inzwischen der teufel los und zwar in einer weise wie nie bisher. mein verleger hatte den gedichtband dem propaganda-ministerium eingereicht, das ihn in der »vorliegenden form« nicht zur veröffentlichung genehmigte. bei einer rücksprache, die ich unternahm, stellte sich heraus, daß der andere verlagsdirektor hinterm rücken des einen und auch hinter meinem beim ministerium gegen die gedichte protestiert hat, man kann auch sagen mich denunziert hat. ich habe schon manches von verlegern erlebt, aber dieses stück ist bei weitem das tollste. dabei sind die gedichte alles andere als staatsgefährlich, hie und da befindet sich mal ein burschikoses darunter, sonst ist alles die reinste Natur. ich bin nun dabei, die schweinerei wieder einzurenken, was durch einen aderlaß von 15 bis 20 gedichten geschehn soll. der referent im propaganda-ministerium war gar nicht übel, er machte zwar die gedichte schlecht, meinte aber, man hätte sich nicht darum gekümmert, wenn die herren aus braunschweig nicht angelaufen gekommen wären.
wir sind jetzt, wie paradox, mit unserer ernährung bei oliven und weinbergschnecken angelangt, die man hier manchmal bekommt. übrigens besucht mich demnächst der pianist kuhlmann aufgrund meiner beiden bücher. er schriftstellert ja auch und schlägt sich mit papa Holl herum. Gabel vermittelte diese bekanntschaft. – Unterdessen schreibt bob ein kleines probekapitel für seine biographie bei beyer … toi, toi, toi. (die eickedaumen scheinen nicht sehr stark zu sein!) und ich? ich war beim astrologen!!! kampf nicht aufgeben – april und mai günstige bestrahlung!!!
das ist das loch, auf dem wir pfeifen.
IHRE kessels
28.III.40.

brück Max von Brück war von 1935 bis 1943 Mitarbeiter und zeitweilig Feuilletonchef der »Frankfurter Zeitung«.
der andere Verlagsdirektor Kessel war 1939/40 vom Braunschweiger Verleger Vieweg zu Hans von Hugo nach Berlin gewechselt.
gabel Schriftstellerkollege und Freund. Vgl. Anm. zum Brief vom 17. Dezember 1944.

Kessel an Rösl und Leni Eickemeyer, 19. Oktober 1940

liebe eickemeyers,–
obwohl wir fast nicht mehr in den luftschutzkeller gehn und zuweilen ein spuk um uns ist, der alles übertrifft, leben wir noch, so gut es geht. Wir haben inzwischen manches gesehen, eine im Geäst hängende Gurgel eines abgeschossenen Engländers, ein Stück Matsch von einer Lunge, rot aufsteigende Flakkugeln, schwebende Leuchtraketen, von Bementrich- (das will nicht) von Bombentrichtern aufgerissene Fahrdämme, zertrümmerte Ladenfenster, weggesprengte Brükkengeländer und Ähnliches. Das Gehörte – was ist denn, ich schreibe jetzt alles groß? – ist natürlich noch phantastischer, seit in einem keller am savignyplatz alles erschlagen wurde oder erstickte; denn da traf die Bombe den ersten stock, drückte die decken vom ersten und zweiten durch und die ganze kledasche mit möbeln und allem rauschte in den keller hinunter. ein flugzeug wurde etwa in unserer höhe getroffen, die Leichen flogen zerfetzt in die steglitzer schrebergärten, der motor landete zwei kilometer weiter in der domäne dahlem und erschlug dort sechs kühe. freilich sind dies alles nur einzelheiten, und das leben geht weiter und sämtliche bahnhöfe sind in betrieb.
ich schreibe Ihnen diesmal, weil ich eigentlich eine bitte habe, die Sie vielleicht erfüllen können. vorige woche war brück hier, rief mich an und ich traf mich mit ihm. er war sehr nett und gefiel mir, ich war angenehm überrascht und würde ihn jedem berliner redaktionskanaken vorziehen, wenngleich ich ihm nicht so ganz dienlich sein kann, wie er es möchte, mit kurzen erzählungen usw. – da er die theater besuchte, nehme ich an, daß er in der frankfurter vielleicht darüber schreibt, vielleicht schreibt er auch sonst was über berlin. sollte dies der fall sein, so wäre ich Ihnen dankbar, wenn Sie mir die nummer oder nummern als drucksache zuschicken könnten. es eilt nicht, unter umständen genügt auch die angabe der nummer. Ich hätte mich an gabel gewandt, aber der alte schwede ist gar zu versponnen, auf deutsch bummelig; er ist auch kränklich, und es ist kein verlaß. jetzt liest er schon seit wochen in den gedichten herum, soll etwas darüber schreiben, will auch und kommt nicht zu stuhle.

II.
über uns ist nicht allzu viel zu berichten, wir sind beide im rückstand. bob ist tapfer an der maschine, er hat die seite 100 überschritten, aber er kann natürlich auch nicht zaubern. ich befreie mich manchmal durch lyrische stoßseufzer, die vielleicht in zehn jahren oder hundert das licht der welt erblicken, im übrigen sause ich durch luftleere räume. es geht zweifellos so nicht weiter. es geht ja schon besser, seit wir einfach weiterschlafen bei alarm. (heute nacht

hatten wir rundgerechnet von 10 bis 1 und von 5 bis 6). – ich warte auch etwas auf gedichtechos, das ist beunruhigend, obwohl ich zum glück ein sehr gutes im Reich, der wochenzeitung, in aussicht haben soll. mit dem verkauf soll es hapern, besonders in berlin, was aber nicht an den umständen liegt, denn es werden bücher gekauft, halt nur nicht »solche« gedichte. hol der teufel die deutsche affenbande, die nichts wissen will von ihren dichtern. sie liebt halt nur die metaphysik der dorfschullehrer.
heute nachmittag treffe ich mich mit einem kritiker in einer pfälzer weinstube, es ist schon der zweite fall, denn seit es trinklieder von mir gibt, denken die herren, da muß man eins trinken. vielleicht haben sie recht, es philosophiert sich ganz gut dabei ......
wie steht's wohl bei Ihnen? was sagt man über die eine kanone, die die italiener in griechenland eroberten? – haben Sie schon Ihr Huhn verspeist? den kaffee, 30 mark das pfund, haben wir abgelehnt, der andere verhilft uns oft auf die sprünge. wir fressen muscheln in senf. eine zeitlang gab's echten bacon, dänisch, das war ein plutokratengenuß. in der invalidenstraße stehn sie zu hunderten nach pferdefleisch an, es soll auch katzen und hunde geben. runter damit! eine schauspielerin schickte uns kürzlich aus polen ein viertel butter, eigenartig kräftig, viel fetter als unsere. es lebe polen! noch ist polen nicht verloren, noch spielt sie dort in baracken, echte schmiere. – mal ne zigarre, paff, paff. heute kontingent aufgebraucht, steht auf schildern, also morjen. »kiek mal, een stück engländer!« sagten die kinder, wenn sie was auf der schaufel hatten, das wie ein herz aussah. zweifellos: der sieg ist uns sicher!
Ihre Kessel's
19.10.40

gedichtechos Vermutlich Anspielung auf den 1940 bei Hans von Hugo in Berlin publizierten Lyrikband »Erwachen und Wiedersehen«.
Reich »Das Reich« (1940–45), deutsche Wochenzeitung mit der damals größten Reichweite, für die u.a. Karl Korn, Margret Boveri oder Max Bense schrieben.
noch ist polen nicht verloren Anfangszeile der polnischen Nationalhymne

Kessel an Albrecht und Elena Blomberg, 27. Juni 1943

Liebe bajuvarische Darmojeden!
Vorbericht:

Haus sofort käuflich erwerben! Kessel. – Dieses Telegramm schickte ich Euch in Gedanken, als ich das schöne Bildchen sah, mit dem Wiesengrund und dem lyrischen Blick auf die fernen Berge. Ich zeigte das Grundstück

Alice und sie meinte auch: sofort zuschlagen! »Schlag zu, schlag zu!« rief sie fortwährend, sodaß ich schließlich, um sie zu beruhigen, antworten mußte: Wohin denn? Es ist aber auch gar zu schön! Wenn es in Wirklichkeit halb so schön ist, so könnt Ihr Euch gratulieren.

Bericht an Lena:

Wir leben hier in Saus und Braus. Von den Kartoffeln schmeißen wir die Hälfte weg; Sauermilchkäse aßen wir die letzten Wochen nur einen einzigen, und auf Erdbeeren verzichten wir bis jetzt ganz. Überall stehen zwar Leute an, aber sie machen es wie wir: sie essen bloß Petersilie! Nach der Verordnung von Prof. Dr. Dr. Bordelljewski soll man mit einem Büschel Petersilie die Zunge kitzeln und dann das im Gaumen zusammenlaufende Wasser sofort hinunterschlucken: nichts auf der Welt soll nahrhafter sein!!! – In Anbetracht dieser Umstände sind wir noch ganz munter und hoffen von Euch dasselbe.

Bericht an Alja:

Seit Ihr von hier weg seid, sind wir nicht mehr in die Betten gekommen. Jede Nacht Alarm, mit Angriffen, die sich von mal zu mal steigerten. Gestern kämpften wir beiden einzigen Männer, Bernhard und Viktor, bis zum Umfallen und löschten zweihundert Brandbomben und dreißig Phosphorkanister. Hätte ich nicht im letzten Augenblick mein Hühnerauge mit dem Einreißhaken herausgerissen, ich hätte vor Dreck und Ruß nicht mehr die Treppe heruntergefunden. Bernhard, bekanntlich nur noch im Besitz einer Niere, verlor diese auch noch, und zuletzt lief ihm die Galle buchstäblich zum Ohr heraus. – Übrigens: gestern sprach ich mit dem Bruder der Köchin, die vor zwei Jahren bei Himmler in Diensten war. Er sagt auch, sie glauben alle, daß wir den Krieg gewinnen. Wir könnten zwar durch Bombenangriffe Schaden erleiden und gelegentlich auch einmal umkommen, aber das wäre nicht so schlimm, als wenn wir gezwungen würden, amerikanische Schokolade zu essen und dies womöglich für dauernd. Wir bringen jetzt einen neuen Flugzeugtyp heraus, der in der Luft auseinandergenommen werden kann. Dadurch sind wir unangreifbar geworden. Also nur Geduld! Die Zeit ist stets auf der richtigen Seite! – Leider kann sich Alice nicht dazu äußern, sie hat Schweigeverbot; bei den Einblicken, die sie durch ihre Stellung gewinnt, weiß sie natürlich noch ganz andere Sachen. – Was wird diese Nacht bringen? Wir sind auf alles gefaßt. Die einzige Jüdin unseres Hauses arbeitet jetzt in der Fabrik, und Kuhlmeys sind nach dreitägiger Ferienzeit wieder zu Hause eingetroffen, mit Sack und Pack.

Bericht an Katja:

Gestern traf ich Horst Theobald, du weißt schon, den mit der Tolle, er läßt Dir sagen, Du brauchtest noch nicht in ein bayrisches Kloster zu gehen, er liebt Dich noch immer. Wenn Du zurückkommst, geht er mit Dir zu Hagenbeck.

Schlußbericht:

Versäumt nicht, die Münchener Kunstausstellung zu besuchen, sie soll ganz großartig sein! Jedes Bild hat ein Niveau, wie von Hitler selbst gemalt!!! – Einmal möchten wir bei Euch sein und unser Russisch mit Eurem Bayrisch vergleichen!

zdrawstwuitje = pfüat di good!

Mit besten Grüßen und Haile Selassie
Euere Kessels
27.6.43

Albrecht und Elena Blomberg Berliner Künstlerfreunde; Elena Liessner-Blomberg, Grafikerin und Malerin russischer Herkunft.
Darmojeden Nichtsnutze (russisch).
Alice Spitzname Elisabeth Kessels.
Die einzige Jüdin In Berlin verbliebene Juden, die etwa durch eine sogenannte »privilegierte Mischehe« durch einen Ehepartner geschützt waren, wurden meist zur Zwangsarbeit verpflichtet.

Kessel an Albrecht und Elena Blomberg, 29. November 1943

Gibui-Darmojeden!
Meine lieben Volksgenossen!
Werte Vereinsmitglieder!

»Berlin, kleines märkisches Landstädchen,
bekannt durch Kaninchenzucht, Rattenplage und
Kohlrübenanbau.« –
aus einem amerikanischen Reiseführer um 1973.

Es ist Montag, der 29. Nov. 1943, und ich fühle mich jetzt in der Lage, eine Brieftaube an Euch loszulassen; hoffen wir, daß sie Euch erreicht, sei's auch nur, um Euch mitzuteilen, daß gestern noch gelebt hat, was heute bei Euch ankommt. – Dieser Brief wird schwer, er kommt nicht in Gang! – Also zunächst die Mitteilung, daß bei Euch alles in Ordnung ist; auch wir waren mit »Vorschüssen« bereits so eingedeckt, daß es diesmal glimpflich ablief, was übrigens nicht durchaus hätte der Fall zu sein brauchen; es fiel ein Kanister in die Bonnerstraße, in einer Wohnung am Steinrückweg 4 stak eine Brandbombe in der Zimmerdecke, sie wurde aber von einem Schmierenkomödianten und einem anderen Herren aus dem Haus gelöscht, wobei sich letzterer, da er in *Filzpantoffeln* gegen den Phosphor anging, am Fußknöchel verletzte. Ferner gab es dutzendweise Brandbomben am Breitenbachplatz, einige auch auf der Seite zwischen Hefter und Pommer, aber alle gelöscht, sodaß größere Brände nicht entstanden; d.h. die Autos in der dortigen Garage sind verbrannt. Die Gärtnerei dahinter, in der Dillenburger Straße, erhielt Spreng und Brand, sie ist »fertig«; eine Luftmine knallte in die Grillparzer Straße, wovon wir einige kleine Auswirkungen erhielten: hie und da platzte ein Fenster; unsere eigene Vorsaaltür, provisorisch geflickt, gab etwas nach, sodaß jetzt die Ritzen mit Zeitungspapier ausgestopft sind. In der Neckarstraße am Rüdesheimer Platz brannte ein Haus ab; der Ford-Laden oben in Schmargendorf und ein Hausblock in der Forckenbeckst. brannten aus. In früheren Zeiten wären uns diese Dinge schon sehr beachtlich erschienen, aber was heißt früher? Inzwischen welch eine Ohnmacht! Ich weiß einfach nicht, wie ich das mitteilen soll, und ich weiß vor allem, daß ich es im Augenblick nicht so kann, wie es mitgeteilt werden müßte, um Euch auch nur einen geringsten Eindruck zu vermitteln: nicht nur vom Ergebnis, sondern eben vom Zustandekommen des Ergebnisses.

Es war ein Novemberabend, sehr diesig, fast düster, und wir sagten uns, heute kommt nichts. Wir sollten ½ 8 Uhr in der Mommsenstraße sein, wo ein Bekannter ein Konzertprogramm zum Besten geben wollte. Wir hatten uns etwas verspätet; Alice hatte gemeint, ich sollte noch den Koffer in den Keller schaffen, mir schien es aber nicht so wichtig, es fehlte auch an Zeit. Als wir zum Breitenbachplatz kamen, war es dort merkwürdig still; aber die Bahn kam an. Im Vorbeigehen hörten wir den Fahrer sagen: wir fahren soweit, wie wir kommen? Es saßen etwa fünf Leute im Zug. Das war ziemlich ungewohnt, und wir blickten daher etwas unruhig umher, als eine Dame neben uns sagte, es sei Voralarm. Alice, deren Theorie war, daß bei schlechtem Wetter vor allem Tagesangriffe zu erwarten wären, wurde sofort sehr unruhig, während ich zunächst mal Luft schnappte und meine Gefühle zu kontrollieren begann. »Hättest du wenigstens den Koffer heruntergeschafft«, meinte sie. Der Zug fuhr inzwischen an. »Voralarm war schon öfter«, sagte ich, »und dann kam nichts«. Trotzdem wurde mir etwas unangenehm zumut, etwas novemberlich, leise schaurig; und so beschlossen wir tatsächlich, am Rüdesheimer Platz wieder auszusteigen und nochmals zurückzufahren – alles wegen dem Koffer. Indessen war der Koffer wohl nur der praktische Vorwand für ein uns immer mehr überfallendes Unruhegefühl, denn wir beschlossen plötzlich, die Gegenbahn nicht abzuwarten; wir verließen den Rüdesheimer Platz und gingen zu Fuß. Als wir am Südwestcorso angelangt waren, ertönte die Sirene. Es war gegen ½ 8 Uhr. Es war düster und diesig, das Pflaster war naß, aber es fiel nicht eigentlich Regen. Bis in den Himmel hinauf stand eine Art Dunst, immer dichter und dichter. Wir gelangten nach Hause, gingen erst noch in die Wohnung, um den Koffer zu holen, und dann in den Keller. Wenig später begann der Zauber.

Wenn ich in dieser Art weiterschreibe, komme ich überhaupt nicht ans Ende; außerdem wehrt sich etwas in mir; man hat keinen rechten Trieb zum Berichten, wahrscheinlich, weil man dafür zu schlapp und abgespannt ist. Man hat eigentlich nur Gefühle und Affekte oder Stichwörter zur Verfügung. Also gut, zäumen wir den Gaul mal von hinten auf!

Gesetzt, wir wären weitergefahren, so wären wir in eine Brand- und Sprengverwüstung geraten, wie sie Berlin bis jetzt noch nicht gesehen hat. Der Zug hätte vielleicht am Wittenbergplatz gehalten; aber genau vorm Bahnhof, mitten auf die Gleise hinab, ist ein riesiger Sprengtrichter; die Kuppel ist ausgebrannt; das Kadewe ist ausgebrannt, Rollenhagen ist ausgebrannt, die ganze Tauentzienstraße, die Kleiststraße, das Romanische Café, Gloriapalast, Ufa-Palast, der ganze Zoo: es ist alles verbrannt. Elefanten wurden erschossen; ein Krokodil krauchte auf der Budapester Straße umher. Weiter: der Kurfürstendamm steht völlig im Rauch; alles brennt, schwelt, durch sämtliche Etagen; Grünfeld z.B. – haha! was ist Grünfeld? – eine Grundmauer mit zerfetzten Stockwerken. Aber der Rauch wird unerträglich, er wird immer beißender. Die Joachimstaler Straße bis Westsanatorium, rechtsseitig, brennt; das dortige Polizeirevier liegt in Trümmern, unter einer schwelenden Schutthalde, die Kaiserallee (einschließlich Kartenstelle usw.) brennt, die Augsburger-, Schaper-, Eislebener-, Rankestraße usw. brennen, dazwischen immer Lücken durch Sprenggranaten. Wenn Sie dann versuchen, zur Uhlandstraße zu gelangen, so machen Sie es, wie anderntags die hiesigen Zwölfzimmerherrschaften: einen Schleier vors Gesicht oder eine Autobrille, Pelzmantel an und ein Bündel unterm Arm. Nehmen Sie einen Kinderwagen und fahren Sie Ihren Koffer spazieren. Husten Sie tüchtig und spucken Sie aus. Der Rauch wird immer ätzender und frecher. Die ganze Uhlandstraße bis über den Hohenzollerndamm brennt; in der Knesebeckstraße ist eine Apotheke, die brennt; die riesigen wilhelminischen Wohlstandskästen und Hotelpensionen am Kurfürstendamm brennen; ein paar Schreibtische stehen auf der Straße, ein verrußter hochgestellter Flügel. Und immer eine Nässe, eine drückende, den Rauch herabziehende Stickigkeit in der Luft! Auf der Straße ein Glitsch, von naßem Rauch; in den Lungen, in den Augen ein Gerinnsel, von Rauch; über den Dächern Rauch, im Mantel Rauch: dies alles erfuhr ich an mir selbst nach drei Tagen, – wie muß das erst in der Nacht selbst gewesen sein. Um den Lehniner Platz sieht's etwas besser aus. Dann, nach Halensee zu, beginnt's wieder: durchgebrannte Häuser, in den Seitenstraßen halb weggesprengte Häuser. Jenseits der Halenseebrücke brennt's tagelang weiter. Aber es brennt auch in der Nettelbeckstraße, der ganze Lützowplatz brennt, das Lützowufer brennt links und rechts, in ununterbrochener Kette bis Potsdamer Brücke. Es brennt das Oberkommando, es brennt in der Bendlerstraße, es brennt das Haus der Flieger im Blumeshof, es brennt und stürzt ein, Fassade nach Fassade. Am Potsdamer Platz brennt »Vaterland«, Josty ist halb verbrannt, halb weggesprengt (das Shellhaus steht da, aber

verrußt wie ein Schornsteinfeger! Ich vergaß es bei der Aufzählung am Lützowufer); das Columbushaus steht genau so ausgebrannt und verrußt; der Kaiserhof ist ausgebrannt. Wertheim steht, mit zerbrochenen Fenstern; Herrenhaus und Luftfahrtministerium stehen; aber dann geht's wieder los, es brennt Kühl, es brennt Herpich, es brennt Raddatz, es brennt Buchholz, es brennt bis Friedrichstraße, alles links wie rechts, auch Kempinski; Sie blicken in die Friedrichstraße hinauf: sie gähnt so leer; links aus dem hohlen, schwarzverkohlten Aschinger züngelt ein Flämmchen und quillt Rauch; in der Leipziger Straße stehen die Straßenbahnen, wie sie abends gegen ½ 8 Uhr standen: teils verbeult, teils verbrannt, groteske Blechkästen, Schuttkübel, sinnlos, über ihnen hängt in Fetzen der elektrische Draht. Es ist unerhört still ringsum, es ist eine Totenstille. Menschen stehen herum, ziehen in nicht allzu dichten Strömen aneinander vorbei, es fällt kein Wort. – Die Hand tut mir weh, ich kann nicht länger. Schließlich sage ich ja auch immer wieder dasselbe. Und erst meine Beine! Halbtot! Ich mußte laufen, um das zu sehen, erst mal bis Schmargendorf, dort erfuhr ich, daß die S-Bahn nur bis Halensee geht; nach Wilmersdorf geht sie nicht, die Brücke über der Kaiserallee ist gesprengt; man erzählte sich später, es hätte gerade ein Zug voller Fahrgäste darauf gestanden, er hätte keine Einfahrt gehabt: ratsch, weg, tot, Dreck! Die Detmolder-, die Wexstraße sehen dementsprechend aus. – Ich lief bis Wilmersdorf; dort war Pendelverkehr; nach *langem* Warten gelangte ich nach Tempelhof, von dort mit der U-Bahn nach Stadtmitte. Von Stadtmitte müssen sie laufen bis Fehrbelliner Platz; eine U-Bahn oder sonst dergleichen geht in diese Richtung nicht. Also laufen Sie! Es regnet langsam, vom Mützendach tropft der Regen, die Füße sind durchnäßt. Laufen Sie nur! Sie laufen und laufen. Aber beeilen Sie sich, gegen ½ 5 Uhr wird's dunkel! Es gibt kein Brot. Weit und breit irren die Menschen umher und suchen nach Brot. Auch am Breitenbachplatz gibt es kein Brot. Himmel-Arsch-und-Zwirn! Scheißerei, verfluchte! Sie laufen und laufen. Da fällt Ihnen plötzlich eines auf: die stilvolle Einheitlichkeit der Ruine Berlin!!! All das Häßliche, das Widerstrebende, die Protzfassaden, all das hat einen großen Zug bekommen, eben durch die Verwüstung und Verkohlung. –
Ich höre jetzt auf. Alice fuhr heute zu Scherl. Dienstag, Mittwoch nach den Angriffen war sie nicht dort. Donnerstag, Freitag war sie dort. Sonnabend war sie nicht dort. Es fiel dort eine Luftmine in den Hof; Fenster kaputt und sämtliche Hausanschlüsse. Unser Telefon ist gleichfalls gesperrt. Wir haben nur ein dünnes Gasflämmchen, um Suppen zu kochen. Wenn der Zeiger abends auf ½ 8 Uhr rückt, beginnt das Herz, ob man will oder nicht, zu zittern. – Grafens sind wieder ausgerissen: über Belzig, Brandenburg, Neustadt a.d. Dosse nach Neustrelitz! Von Kuhlmeys hören wir nichts. – Die Post kommt durch; wir erhielten eine Karte aus Frankfurt a. Main. – Ihr fehlt uns sehr; Ihr wart irgendwie »menschlich«;

die meisten Menschen denken und reden bloß so herum; mit Euch konnte man lachen.
Seid gegrüßt von Viktor u. Alice
Soeben kommt Euer Brieflein! + eine Drucksache aus Bern!!

29. Nov. 1943 Der große Luftangriff auf Berlins Zentrum vom 22. auf den 23. November 1943 zerstörte weite Teile des Neuen Westens um den Kurfürstendamm sowie den sogenannten Alten Westen südlich des Tiergartens fast vollständig.
Steinrückweg 4 Kessel lebte – wie auch in der Nachkriegszeit – direkt nebenan im Steinrückweg 9 in Berlin-Wilmersdorf.
es brennt Kühl, es brennt Herpich Zum Berliner Mode- und Luxusquartier um die Leipziger Straße gehörende Geschäftshäuser.
Scherl Deutschnationales Verlags- und Pressehaus im Berliner Zeitungsviertel in der Kochstraße, für das Elisabeth Kessel zeitweilig arbeitete. Es brachte u.a. die »Berliner Abend-Zeitung« heraus.
Viktor Kessel gab sich auch selbst Spitznamen.

Kessel an Richard Gabel, 17. Dezember 1944

17. Dez. 44
Lieber Gabel, –
bei meinem kurzen Aufenthalt in der Spießerstadt Plauen entdeckte ich beiliegende Broschüre, die immerhin so reizvoll ist, daß man sie ohne Gewissensbisse verschenken kann, wenn auch Herr Pfitzner so seine Narrheiten auf eigene Faust proklamiert, siehe Ibsen und Sudermann und Wildenbruch, die anscheinend alle mehr können als wir letzten Europäer. Hoffentlich zieht er nun auch die Konsequenzen im Musikalischen und gibt zu, daß Draeseke, Reinecke, Raff usw. mehr können als Rudi Stephan, Pfitzner oder Reger! Na, die Welt ist ohnehin toll, da kommt's auf eine Abnormität mehr oder weniger nicht mehr an.
Was treibst Du? Glücklicherweise höre ich hie und da durch die Ney ein Wort über Dich, ich wäre sonst gar nicht im Bild. Schreibst Du noch in der Kölnischen? Sie ist jetzt zu einer Art Käseblättchen zusammengeschrumpft, es ist aber rührend zu sehen, wie sie immer noch die Fahne hochhebt, und bald Bertrams persische Spruchgedichte ankündigt, bald eine neue Grabbe-Ausgabe der Rabenpresse, bei welcher Gelegenheit der Brück sogar den Essay aus den »Liebhabereien« erwähnt hat.
Ich schlage mich hier als eine Art städtischer Robinson durch, rase den halben Tag zwischen Ruinen nach Nahrung umher und versuche krampfhaft, einige Fäden in der Hand zu halten, ob's nun Sinn haben mag oder nicht. Das letzte Glück sind die Rundfunk-Konzerte; ich fange sie zwar nur in einem schon etwas

angepufften, röhrenden Volksempfänger ein, aber es ist doch, als erstünde inmitten der Wüstenei jedesmal die Vision einer Oase. Hier finden auch noch Sinfoniekonzerte statt, aber es ist unmöglich, Karten dafür zu bekommen. Kürzlich spielten die Philharmoniker eine neue Sinfonie von Hessenberg, den ich einmal flüchtig in Gegenwart Kuhlmanns kennengelernt habe; es ist schade, daß man bei solchen Festivitäten nicht zugegen sein kann. Aber es soll ja schon ein Trost sein, überhaupt noch davon zu erfahren und eine Kritik darüber lesen zu können. Kuhlmann selbst läßt seit einem Jahr nichts mehr von sich hören, was ich sehr bedauere.
Wirst Du zu Weihnachten in Frankfurt sein oder in Mainz? Laß Dir nicht zuviel graue Haare wachsen, Lieber, und vergiß nicht, daß bei allem Blut und Schutt wir es sein müssen, die den geistigen Auftrag weiterleiten. Weltreiche sind schon versunken, aber es lebt noch Homer. Was sollte werden, wenn wir diese Überzeugung verlören, – ich meine, was würde aus uns selber? Am Ende selber ein Haufen Schutt.
Ich nehme ab, ich hab Hunger. Habe ich einmal einen guten (meist lyrischen) Einfall, so bin ich davon, wahrscheinlich aus Schwäche, so erregt, daß meine Vernunft dagegen auftritt und mich warnt. Es ist ein Kunststück für sich, da die rechte Mitte zu finden. Versuchen wir, am Leben zu bleiben, um des Geistes willen, es muß gelingen.
Grüße Sophia und gib der Ney einen Klaps!
Dein Martin Kessel

Gabel Richard Gabel, Literaturkritiker und Essayist, Freund Kessels, der ihm Aufträge verschaffte.
Spießerstadt Plauen im Vogtland; Geburtsort Kessels.
Bertrams persische Spruchgedichte 1944 entstandene, aber erst 1949 bei Insel Leipzig publizierte Gedichtsammlung Ernst Bertrams, in der allegorisch der Untergang eines Reichs beschworen wird: »Die Herzen dorren in der Sklavenluft / Und alles Große stirbt.«
»*Liebhabereien*« Kessels Essay »Ch. D. Grabbes romantischer Teufel«, im Band »Romantische Liebhabereien. Sieben Essays nebst einem aphoristischen Anhang«, Braunschweig 1938.

THOMAS EHRSAM

FRIEDO LAMPES »ZARTE TRAUMGEBURT« IM DRITTEN REICH

Die Literatur der nichtnationalsozialistischen Autoren, die in der Nazizeit in Deutschland geblieben sind, ist wenig bekannt und wenig erforscht. Das gilt mit Einschränkungen auch für Autoren, die später zu den Protagonisten der Nachkriegsliteratur wurden, wie Günter Eich, Wolfgang Koeppen, Peter Huchel oder Ernst Kreuder. Und es gilt vor allem für die Autoren, die erst in den dreißiger Jahren schriftstellerisch hervortraten und das Kriegsende nicht überlebt haben, wie Martin Raschke, Hans Georg Rexroth und Friedo Lampe, oder jene, die nach dem Krieg literarisch nicht mehr Fuß fassen konnten, wie Horst Lange und Ilse Molzahn. Sie gehören zu einer wahrhaft verlorenen Generation. Einer ihrer bedeutendsten und formal avanciertesten Vertreter war der Bremer Friedo Lampe. Die Publikation seines schmalen Werks, im wesentlichen zwei Kurzromane und ein Erzählungsband, fällt ganz in die Zeit des Dritten Reichs: Im Spätherbst 1933 veröffentlichte er seinen ersten Roman »Am Rande der Nacht« und kurz vor Kriegsende lag sein letztes Buch »Von Tür zu Tür« wenigstens in Rohbogen ausgedruckt vor, ausgeliefert werden konnte es erst 1946. Da war Friedo Lampe bereits tot. Am 2. Mai 1945, dem Tag der Kapitulation Berlins, wurde er in Kleinmachnow auf offener Straße von einer russischen Streife, die ihn absurderweise für einen SS-Mann hielt, angehalten und sogleich erschossen. Der große und schwere, etwas unbeholfene Mann war so abgemagert, daß ihm die Soldaten nicht glaubten, der auf dem Wehrpaß Abgebildete zu sein. Genau das hatte er, wie mehrere seiner Freunde später bezeugten, seit längerem befürchtet.

Lampe war der am 4. Dezember 1899 geborene zweite Sohn einer wohlhabenden Bremer Kaufmannsfamilie und wuchs wohlbehütet auf, erkrankte aber mit knapp sechs Jahren an einer Knochentuberkulose im Fuß und mußte für mehr als zwei Jahre in ein Kindersanatorium auf Norderney, wo er während der ganzen Zeit bleiben mußte. Als er geheilt entlassen wurde, blieb nur eine kleine Gehbehinderung zurück, die ihn nicht an ausgedehnten Wanderungen hinderte – und für den ganz und gar unsoldatischen Lampe den unschätzbaren Vorteil hatte, ihn in beiden Kriegen vor dem Waffendienst zu bewahren: Er wurde a. v., also arbeits-, nicht kriegsdiensttauglich geschrieben. Nach ausgiebigem Studium der Germanistik und Kunstgeschichte an verschiedenen Universitäten promovierte er 1928 in Freiburg im Breisgau über den Dichter der Empfindsamkeit Leopold Friedrich Goeckingk. Sein beruflicher Einstieg als Lektor beim Bremer Schünemann Verlag und schließlich als Redakteur im Feuilleton der Weser-Zeitung endete wegen der Wirtschaftskrise bereits Ende 1930, als er als jüngstes Redaktionsmitglied entlassen werden mußte. Bei Erwin Ackerknecht in Stettin ließ er sich daraufhin zum Volksbibliothekar ausbilden und fand 1932 eine Stellung bei den Öffentlichen Bücherhallen Hamburg.

Mit vierunddreißig konnte er »Am Rande der Nacht« bei Rowohlt publizieren. Das Motto von Hofmannsthal charakterisiert den Text (und auch seinen zweiten Kurzroman »Septembergewitter«): »Viele Geschicke weben neben dem meinen, / Durcheinander spielt sie alle das Dasein.« Ohne Helden und ohne durchgehende Handlung werden die späten Abendstunden in einem norddeutschen Hafenviertel, unschwer als das Bremens erkennbar, atmosphärisch dicht und in einer kunstvoll dem Mündlichen abgelauschten, wunderbar rhythmischen, schmiegsamen, sinnlichen Sprache geschildert. In langen, ruhig fließenden parataktischen Sätzen mischt er mit leichter Hand Altertümliches mit Modernem, auktoriales Erzählen mit erlebter Rede. Zu Recht wird Lampes Werk dem Magischen Realismus zugerechnet, also einem literarischen Verfahren, das nicht wie die Neue Sachlichkeit bei der Beschreibung der Wirklichkeit bleibt, sondern auf dahinter liegende Sinnzusammenhänge, eine »tiefere« oder »höhere« Wirklichkeit abzielt. Lampe selbst spricht im Hinblick auf Goethe davon, daß in dessen »Prokurator«-Geschichte in Vollendung gelungen sei, was wir heute »als magischen Realismus bezeichnen«: »Die Welt in einen Geheimniszustand gehoben.« Wie das Hofmannsthalsche Motto andeutet, ist das bei Lampe die Verwobenheit von allem mit allem, der dargestellten Schicksale, aber auch von Leben und Tod, schließlich von Idylle und Dämonie. (Es ist diese letztere Spannung, die auch – das bezeugen Lampes Briefe und insbesondere die Zeugnisse seiner Freunde – seine Persönlichkeit bestimmt.) Die hereinbrechende Nacht, gleichsam der Protagonist des Romans, steht für diese alles aufnehmende und verschluckende Einheit.

Literarisch realisiert wird die magische Realität dieser Verbundenheit mit filmischen Mitteln. Lampe ist vielleicht der erste in der deutschen Literatur, der nicht nur von Film und Kino spricht und filmische Mittel gelegentlich einsetzt, sondern konsequent filmisch erzählt. Wie mit der Kamera schwenkt er von Schauplatz zu Schauplatz, von Szene zu Szene, zoomt einzelnes heran, entfernt sich wieder und arbeitet mit mal weichen, an Überblendungen erinnernden, mal scharfen Schnitten. Zudem verzichtet er auf eine durchgehende Handlung und einen Helden. In einem der raren Nachlaßtexte, die durchweg aus seinen letzten Lebensjahren stammen, schreibt Lampe unter dem Titel »Krise. Briefe zweier Dichter«: »die herkömmlichen Formen der Erzählung und des Romans fassen nicht mehr unser Weltgefühl (…) Für uns beginnt nichts und hört nichts auf, jede einzelne Handlung ist nur Welle in einem gewaltigen Lebensstrom, der unaufhörlich fließt, unübersehbar und noch wenig verständlich für uns. (…) Wir können nicht mehr die Geschichte eines einzelnen Menschen schreiben, herausgerissen aus dem Zusammenhang, so wichtig ist uns der Einzelne nicht mehr, wir sehen ihn verwoben in einem großen Lebensgewebe (…).«

Filmisches Erzählen, keine durchgehende Handlung, kein Held: Damit nimmt Lampe vierzig Jahre vor Federico Fellinis Meisterwerk »Amarcord« dessen Verfahren vorweg. Die durchgängig erotische Grundierung des Romans trägt ihrerseits zum Eindruck der Verwobenheit von jeglichem mit jeglichem bei.

So leicht sich der Roman liest, so unbelastet von literarischen Traditionen und Diskursen er wirkt, ist er doch das Werk eines ungewöhnlich belesenen Autors, dem die Weltliteratur von Homer bis zu Robert Walser, Kafka und den modernen Amerikanern nicht nur bekannt war, sondern so selbstverständlich zu Gebote stand, daß er auf offene Anspielungen und Referenzen ganz verzichten konnte. Trotzdem gibt es natürlich Einflüsse oder Orientierungspunkte: John Dos Passos, Sherwood Anderson und Hemingway stehen im Technisch-Formalen Pate, für das Atmosphärisch-Stimmungsvolle und die Empathie des Autors mit seinen Figuren ist (wie schon auf dem Klappentext der Erstausgabe) die europäische Vätergeneration zu nennen: Eduard von Keyserling, Hofmannsthal, Hermann Bang.

Einige der Szenen muten idyllisch-biedermeierlich an (ein alter Mann, der auf der Flöte in den Abend hinein Bach spielt), andere für die damalige Zeit ziemlich kraß und gewagt: Ein alternder homosexueller Boxer macht seinem jungen Gegner Avancen und verprügelt ihn aufs Brutalste, weil dieser nichts von ihm wissen will. Formal avantgardistisch und inhaltlich anstößig, zudem nationalsozialistischer Ideologie völlig fremd, das ist im Dritten Reich eine dreifache Provokation.

Der Autor hatte den Roman zu großen Teilen bereits 1932 geschrieben, zu einer Zeit also, da die Veröffentlichung ohne Schwierigkeiten über die Bühne gegangen wäre. Nun aber sah alles anders aus. Lampe war ein unpolitischer Mensch, in seinem schmalen Werk steht kein Wort zur Politik, und auch in seinen Briefen finden sich erst in den Kriegsjahren hin und wieder sparsame Andeutungen. Aber naiv war er nicht; er sah klarer als manch politisch Interessierter. Seine Freundin Annelise Hermann erinnerte sich später, daß er schon Ende der zwanziger Jahre »bedingungslos gegen die Nationalsozialisten eingestellt war. Er sagte damals bangend: ›Die werden siegen, das Böse siegt immer!‹« Schon kurz nach deren Machtergreifung wurde Lampe mit den neuen Gegebenheiten unmittelbar konfrontiert. Im April 1933 wurde er als Volksbibliothekar von seinem

Chef Wilhelm Schuster, der sich bemühte, den offiziellen Stellen in der Gleichschaltung des Büchereiwesens einen Schritt voraus zu sein, in eine Kommission delegiert, die eine Schwarze Liste auszusondernder Literatur erstellen sollte, bevor solche Listen noch gefordert waren oder offiziell erlassen wurden. Lampe hatte also allen Grund zur Befürchtung, daß er mit dem Roman, der so gar nicht mehr in die neue »große« Zeit paßte, Schwierigkeiten bekommen könnte. Gleich nach Erscheinen fragte er seinen Freund, den Germanisten und Philosophen Johannes Pfeiffer: »Wie fandest Du ihn nun im Druck? Sehr anstößig? Ich habe Angst.« Und mit Blick auf das Buch eines Kollegen, Benno von Mechow, fügte er an: »Wenn ich doch auch so etwas Gutes und Frommes geschrieben hätte!« (22. Oktober 1933) Noch vor Erscheinen reaktivierte er eine Bekanntschaft aus Stettiner Tagen, den Historiker, Bibliothekar und überzeugten Nationalsozialisten Wolfgang Herrmann, dem 1931 wegen Werbens für die NSDAP gekündigt worden war. Nun saß er seit dem Frühjahr 1933 in Berlin als kommissarischer Leiter der »Deutschen Zentrale für volkstümliches Büchereiwesen« und zusammen mit Lampes Chef als Vorsitzender des »Verbands Deutscher Volksbibliothekare« an den Hebeln der Macht und trieb die Gleichschaltung der Volksbüchereien voran. Zudem war er für die »Schwarze Liste. Schöne Literatur« verantwortlich, die von den Studentenschaften zur Grundlage genommen wurde für ihre schändlichen Bücherverbrennungen. Lampe wußte das natürlich. Er hatte ihn zehn Tage zuvor bei der Tagung des Verbands getroffen, die unter dem Motto »Erziehung zum Nationalsozialismus« stand, dort aber keine Gelegenheit für ein ausführlicheres persönliches Gespräch gefunden. Auf der Tagung war Lampes Verlag massiv angegriffen worden. Als Heimat von Tucholsky, Ludwig Marcuse, Emil Ludwig, Arnold Zweig und der neuen Amerikaner war Rowohlt ein Feindbild par excellence der Nazis, ungeachtet des Umstands, daß er auch rechte Autoren wie Arnolt Bronnen und Ernst von Salomon publizierte und den am Mord an Walter Rathenau beteiligten von Salomon sogar als Lektor beschäftigte. Daß er nun den Bildband »Ein Volk steht auf. 53 Tage nationaler Revolution« herausbrachte, machte die Sache nicht besser, wurde vielmehr als gesinnungslose Geschäftemacherei angesehen. Lampe schrieb Herrmann nun:

»Entsinnen Sie sich noch, daß ich damals in Stettin an einem Roman schrieb? Er kommt im Oktober in dem von Herrn Hagemeyer so hart und ungerecht angegriffenen Rowohlt-Verlag heraus. Die Annahme habe ich Ernst von Salomon zu verdanken. Kein politischer Roman, wie Sie sich denken können, sondern etwas Dichterisches. Ein Buch, das ganz aus meiner eigenen Entwicklung herausgewachsen ist und das sicherlich nicht in die neue Zeit paßt. Ich bin gespannt, wie es wirkt und hab auch etwas Angst. Sie sollen ein Exemplar haben, und bitte seien Sie etwas freundlich zu ihm und schützen es, wenn es sein muß. (...)

Schriftlich kann ich das alles nicht so recht sagen, zumal ich ja garnicht weiß, wie wir jetzt zu einander stehen.« (30. September 1933)
Die letzte Bemerkung bezieht sich wohl darauf, daß Herrmann einerseits als forscher Nationalsozialist auftrat, anderseits aber den unpolitischen Lampe als den einzigen bezeichnete, der für die Leitung der Bremer Volksbücherei in Frage komme. Herrmann antwortete freundschaftlich und versicherte Lampe, daß er seinem Roman »ein Höchstmaß von freundschaftlichen und freundlichen Gefühlen entgegenbringen« werde. Es kam dann allerdings anders: Die Presse urteilte durchaus positiv, aber in Bremen, wo man sich offenbar getroffen fühlte, reagierte man mit allgemeinem Kopfschütteln. Rudolf Alexander Schröder, den Lampe damals verehrte, verhielt sich, schrieb Lampe an Johannes Pfeiffer, »anscheinend auch ganz ablehnend. Schuster peinlich berührt, teilte mir gestern mit, daß man in Berlin (...) beabsichtige, den Roman auf die Schwarze Liste für Volksbüchereien zu setzen. Vielleicht verliere ich noch meine Stellung. Eine Beschlagnahme scheint auch nicht ganz ausgeschlossen. Was soll ich denn machen?« (10. Oktober 1933) In dieser Situation schickte Lampe den Roman mit einem defensiven Bittbrief an Herrmann:
»Lieber Herr Herrmann, nehmen Sie ihn als das was er sein soll: eine Dichtung, sehen Sie ihn als ein Ganzes und sehen Sie ihn vor allem mit freundschaftlichen Augen an. Schuster erzählte mir, daß ›man‹ beabsichtige, ihn auf die schwarze Liste zu setzen. Meine arme zarte Traumgeburt! (...) Ich habe den Roman doch wahrlich nicht für Volksbüchereien geschrieben, ich habe ihn überhaupt nicht im Hinblick auf das Außen geschrieben, sondern allein, weil mich die Bilder, Gestalten und Stimmungen bedrängten. Und bedenkt man denn garnicht, daß es im Augenblick mutiger ist sich zu dieser Welt zu bekennen als – na ja. Das wichtigste scheint mir: seine eigene Lebenswirklichkeit so echt und unverfälscht zur Darstellung zu bringen wie möglich. Und das hab ich versucht. (...) Ich lege noch das Urteil Ernst v. Salomons über meinen Roman bei, dieses Urteil war für die Annahme bei Rowohlt entscheidend. Es wird Sie sicherlich interessieren, da Sie Salomon doch so schätzen.

Mit freundschaftlichem Gruß Ihr Friedo Lampe.« (11. Dezember 1933)
Herrmann antwortete postwendend mit einer Mischung von herablassender Herzlichkeit und Brutalität:
»Ich danke Ihnen für Ihren Brief, von dem auch unsere Sekretärin sagt, daß er niedlich sei. Eine akute Gefahr, daß Sie auf die Schwarze Liste kommen, besteht zurzeit noch nicht. (...) Ich persönlich muß Ihnen ganz offen gestehen, daß nicht nur ich, sondern alle Leute hier, die ihr Buch gelesen haben, darüber entsetzt gewesen sind. Es ist zweifellos technisch oder besser gesagt, kunstgewerblich durchaus vollkommen. Die Frage ist nur: wozu das alles? Es kommt

auch garnicht darauf an, daß das Buch natürlich nicht für die Volksbüchereien geschrieben ist, sondern wohl mehr darauf, daß es überhaupt überflüssig ist, weil es morbid ist. Um dekadent zu sagen, dazu fehlt ihm nämlich die Musik und offenbar auch die innere Notwendigkeit. Trotz dieses vernichtenden Urteils über Ihr literarisches Produkt, das übrigens ein überraschendes Maß von Pseudoerotik offenbart, bleibe ich Ihnen, lieber Lampowitsch, nach wie vor herzlich zugetan. Denn Sie sind ja doch viel gesünder als sie literarisch vorgeben. (...) Ich bin auch fest davon überzeugt, daß Sie sich Ihrer literarischen Unanständigkeiten so schämen, wie es sich gehört (...).

Also, Lampowitsch, wenn Sie nach Berlin kommen, dann ist alles gut und dann denke ich nicht an die scheußlichen grünen Rattenaugen und an die Eiterpickeln auf dem Rücken und die übrigen Delikatessen, die Sie beschreiben, sondern dann habe ich an Ihren guten, treuen Bernhardineraugen und an Ihrem wirklich liebenswerten literarischen Urteil meine echte Freude und dann besprechen wir gemeinsam den Plan Ihres nächsten Romans, der ein deftiges SA-Buch abgeben wird. (...)

Nehmen Sie bitte nichts für ungut, sondern bleiben Sie mir so gewogen wie ich Ihnen.

Heil Hitler!

Ihr«

Darauf hat Lampe nicht mehr geantwortet, aus dem »deftigen SA-Buch« wurde natürlich nichts. »Am Rande der Nacht« kam nicht nur auf die Schwarze Liste, es wurde noch vor Weihnachten beschlagnahmt, zunächst für Preußen und Bremen, dann für das ganze Reich. Damit war Lampes Stellung als Schriftsteller wie als Volksbibliothekar bedroht. Kein Wunder, daß er sich ins Mark getroffen sah.

Die Beschlagnahme galt, von den entrüsteten Bremern ausgehend, dem Autor ebenso wie – das war der Beitrag der Berliner Stellen – dem Rowohlt Verlag. Erlassen wurde sie vorgeblich nicht aus politischen Gründen, sondern aus solchen der Sittlichkeit: Die »Deutsche Zentralstelle zur Bekämpfung unzüchtiger Bilder, Schriften und Inserate in Berlin« hatte sie ausgesprochen. Das Buch wurde damit, wie Lampe schrieb, »mit übelster pornographischer Schmutzliteratur in einen Topf geworfen« (5. Januar 1934).

Rowohlt legte Revision ein und Lampe schrieb viele Briefe an Kollegen, von denen er Unterstützung durch ein Gutachten erhoffte. Wenige, wie Wilhelm Scharrelmann, folgten der Bitte, andere, wie Erwin Ackerknecht, der selbst von den Nazis der meisten seiner Ämter enthoben worden war, wären gern dazu bereit gewesen, mußten Lampe aber sagen, daß ihre Unterstützung ihm nur schaden könnte. Wieder andere lehnten freundlich, aber entschieden ab. Der niederdeutsche Schriftsteller August Hinrichs zum Beispiel erkannte die dichterische Qualität durchaus. Aber »was ich nicht verstehe, sind Perversitäten. Daß eine weiße Frau (noch dazu eine deutsche) sich an den wulstigen Lippen und der scharfen Ausdünstung eines Negers wollüstig berauscht, daß ein Ringer seinen Gegner in geschlechtlicher Raserei zerknautscht -- da kann ich nur wie das Mädchen in ihrem Buch sagen: I gitt, wie widerlich!« (10. Januar 1934) Lampes Freund aus den Tagen bei Schünemann, Waldemar Augustiny, hatte ebenfalls an Hinrichs geschrieben und für das Buch des Freundes geworben. Seine Reaktion auf Hinrichs Absage ist typisch für die Zeit und einen Autor, der sich selbst noch nicht entschieden hatte, wohin er in den neuen Verhältnissen gehörte. Einerseits verteidigt er gegenüber Hinrichs »Am Rande der Nacht« noch einmal, um sich gleichzeitig von dessen Erlebniswelt zu distanzieren:

»Nach meiner Auffassung vom Kunstwerk überhaupt werden Dinge, auch die bösen und häßlichen dadurch, daß sie ins Bereich der Kunst erhoben werden, geadelt und verlieren das ›Widrige‹. Weil ich an diese These glaube, glaube ich auch an Lampes Buch, so fern es auch meiner eigenen Erlebniswelt und meinen eigenen Wertmäßstäben (den außerkünstlerischen) steht. Ich glaube, daß das Buch aus den reinsten Absichten geschrieben ist (...). Das Buch bringt böse und widerliche Dinge zur Sprache, aber es tut das mit einer nicht zu überhörenden Traurigkeit. Es ist (...) geschrieben aus einer verwundeten Seele, nicht aus einer lüsternen. Darum glaube ich, daß die Beschlagnahme ein Irrtum ist.«

Anderseits aber kommt er – unbekümmert um den Widerspruch zum eben Gesagten – gleich anschließend Hinrichs entgegen:

»Sie sind anderer Meinung, ich kann mich Ihren Argumenten nicht verschließen. Ich fühle auch, daß der Grund, aus dem alles erwächst, faul ist, ich fühle auch, daß die Welt dieses Buches nicht mit guten Augen gesehen ist sondern mit einem bösen Blick. (...) Daß das Buch unter den heutigen Umständen nicht herausgebracht hätte werden dürfen, ist auch meine Meinung, das habe ich auch Lampe gesagt. Es mußte heute mißverstanden werden.«

Im folgenden kommt er dann auf seine Stellung zum »Erleben des letzten Jahres« zu sprechen:

»Ich habe mich sehr mit allem auseinander gesetzt, und ich kann sagen, daß mir vieles sehr viel Kopfzerbrechen gemacht hat. Ich will nichts von dem über Bord werfen, an das ich früher geglaubt habe, und ich will mich andererseits nicht abseits des Stromes stellen, der unser Volk neu gepackt hat. Beides zu vereinigen, ist nicht immer leicht gewesen (...).« (14. Januar 1934)

Das doppelte Bestreben, die »alten« Werte zu verteidigen und doch mit dem Strom zu schwimmen, scheint sein späteres Verhalten im Dritten Reich geprägt zu haben.

Zurück zu Lampe: Die Revision blieb natürlich erfolglos, aber institutionelle Folgen hatte die Beschlagnahme zum Glück weder für den Schriftsteller noch für den Bibliothekar (möglich immerhin, daß er wegen des Buches die Stelle als Leiter der Bremer Volksbücherei nicht bekam). Aber sie lähmte und beeinflußte seine weitere Produktion. »Da behalte einer die Stimmung zu neuen Arbeiten«, schrieb Lampe noch vor Weihnachten an W. E. Süskind.

Lampe hatte mit der Beschlagnahme einen harten Schlag vor den Bug bekommen. Als Homosexueller war er zeitlebens gefährdet gewesen, nun aber, unter den Nationalsozialisten, die Menschen wie ihn mit Zuchthaus und sogar mit KZ verfolgten, war er akut bedroht. Er hatte also doppelten Grund zur Vorsicht. Wie wirkte sich, ist deshalb zu fragen, diese Gefährdung auf sein weiteres Schreiben aus?

Er schrieb, wenn er denn schrieb, nicht mehr unbeschwert. Inhaltlich »anstößige« Stellen hat er fortan strikt vermieden und damit den von ihm geschilderten Weltausschnitt bewußt eingeschränkt. Das Dunkle und Dämonische im Menschen blieb weiterhin Thema seines Schreibens, aber es wurde jetzt zur untergründigen Melodie, alles Kraß-Erotische wurde vermieden. Das kann man bedauern, denn der harte Realismus dieser Szenen war in »Am Rande der Nacht« ein Gegengewicht zu den idyllischen, manchmal das Biedermeierliche streifenden Partien. Die Erfahrung mit seinem ersten Buch hatte Lampe nicht gebrochen, aber in gewisser Weise gezähmt. Doch an die Blut- und Bodenliteratur machte er weiterhin keine Konzessionen. Formal schon gar nicht, da ließ er sich nicht beirren. Das gilt auch für »Septembergewitter«, seinen zweiten und letzten Roman, der Ende 1937 erschien. Im Sommer dieses Jahres hatte er seine Arbeit als Bibliothekar aufgegeben, zog nach Grünheide bei Berlin und trat die Nachfolge des langjährigen jüdischen Lektors Paul Mayer an, den Rowohlt auf Geheiß der Nazis schweren Herzens hatte entlassen müssen. Der schwerblütige, ruhige Lampe und der vitale Draufgänger Rowohlt, beide Bremer, verstanden sich bestens und waren sich bei gemeinsamen Trinkgelagen beim Bremer Wirt Mehlgarten am Berliner Olivaer Platz nahegekommen. Die Zusammenarbeit währte allerdings nicht lange, denn schon anderthalb Jahre später bekam Rowohlt Berufsverbot und emigrierte nach Brasilien, der Verlag kam unter das Dach der bereits dem Nazi-Konzern Eher gehörenden Deutschen Verlags-Anstalt. Lampe wechselte zum neuen Goverts Verlag und schließlich, im Sommer 1940, zum jungen Karl Heinz Henssel, mit dem er dessen Verlag aufbaute. Dank seiner Belesenheit und einem von seinen Freunden vielfach bezeugten untrüglichen literarischen Urteil wurde er als idealer Lektor geschätzt.

Auch im »Septembergewitter« erzählte er filmisch und verzichtete auf einen zentralen Helden und einen linearen Handlungsverlauf. Wieder schildert er nur ein paar Stunden in einem norddeutschen Ort (auf Anraten Pfeiffers ersetzte er zu deutlich auf Bremen verweisende Namen nun durch unverfängliche), diesmal vor, während und nach einem Gewitter. Der Herbst war stets seine Lieblingszeit: Der Sommer leuchtet mit seiner Ernte und seiner Wärme noch einmal auf, und doch ist er schon voll der Ahnung des Endes. Der Roman beginnt und endet wirkungsvoll mit einer Ballonfahrt zweier Engländer, Vater und Tochter, von Deutschland nach England. Der Blick auf die idyllisch im Wiesenland liegende Stadt veranlaßt die Tochter zur Bemerkung: »Wie friedlich liegt das da, wie muß man da idyllisch wohnen.« Aber der Vater entgegnet: »Das sieht wohl nur von oben so aus.« Der Erzähler nimmt dies auf und wendet sich dem Geschehen unten zu: »Ja, es sah wohl nur von oben so aus. Denn da unten, da war es gar nicht kühl, sondern es war ein schwüler Spätsommernachmittag, windstill und schwelend.« Daß die Idylle – durchaus präsent in einigen der Szenen – auch sonst täuscht, zeigt der Fortgang der Erzählung. Ein Mädchen ist ermordet worden …

»Septembergewitter« wurde nicht beschlagnahmt, aber schlicht übersehen, weil es viel zu knapp vor Weihnachten erschien – oder weil es der im Dritten Reich gängigen Literatur zu fremd war. »Ich habe eben immer Pech mit meinen Büchern«, schrieb er Anfang 1944 in einem Brief. Nicht genug damit, daß Lampe in Berlin, wo er inzwischen wohnte, ausgebombt worden war und alles verloren hatte: Sein frisch gedrucktes drittes und letztes Buch, der Erzählungsband »Von Tür zu Tür«, dessen Drucklegung wegen der Schwierigkeiten der Papierbeschaffung anderthalb Jahre gedauert hatte, war bei der Bombardierung Leipzigs verbrannt. Bis es unter den extrem schwierigen Bedingungen der letzten Kriegsjahre erneut gesetzt und gedruckt werden konnte, war der Krieg fast vorbei.

1941 hatte er einen dritten Roman geplant, der auf Norderney angesiedelt sein sollte, gelangte aber nicht mehr zur nötigen Konzentration und Stimmung. Er schrieb statt dessen bis 1943 Erzählungen, die er ohne Schwierigkeiten in Zeitungen veröffentlichen konnte und anschließend im genannten Band »Von Tür zu Tür« sammelte. In den letzten Kriegsjahren konnte er kaum noch schreiben: »Inter armae musae silent. [Im Waffenlärm schweigen die Musen] Das ist wirklich ein Wort, dessen Wahrheit man erst erleben muß«, schrieb er im November 1944 einer Freundin.

Die sehr unterschiedlichen, meist kurzen Erzählungen der Sammlung »Von Tür zu Tür« wirken leichtfüßig und sind formal zum Teil experimentell, hin und wieder, besonders in der Titelerzählung, kommen nun auch surrealistische Momente hinzu. Einige der Geschichten spielen in einer nicht genauer bestimmten Gegenwart und sind – das betrifft vor allem die etwas längeren – wiederum filmisch erzählt. Wie im ersten Roman ist das Variété- und Schaustellermilieu mit seinen Scheinwelten und dem Spiel der Identitäten ein wichtiges Motiv, und wie in beiden Romanen gibt es auch hier junge Leute, die vom Aufbruch träumen und aus beengten Verhältnissen wegwollen. Andere Erzählungen nehmen Märchenmotive auf oder gestalten griechische Mythen, ohne sie zu aktualisieren. Insgesamt zeigen sie einen Autor, der souverän über die verschiedensten Formen verfügt und mit ihnen spielen kann. »Eduard – eine kleine Formenfibel« etwa dekliniert ein einfaches Motiv durch ganz verschiedene Stile und Textsorten. Hatten Lampes Figuren schon in den beiden Kurzromanen trotz des stimmigen Milieus etwas Zeitenthobenes, so gilt das für die späten Erzählungen in noch größerem Maß. Um so mehr können sie auf den Leser eine »magische« Wirkung ausüben. Es sind wunderschöne Prosastücke einer wachsenden Todesverfallenheit, die – abgesehen vom Verzicht auf Kraßheiten – ohne jede Konzession an den üblen Zeitgeist auskommen. Lampe macht keine versteckten politischen Anspielungen, vielmehr flieht er aus der Gegenwart in eine andere Welt, in der Politik keine Rolle spielt. Und doch ist das nicht einfach Eskapismus mit dem Ziel der Entlastung von der häßlichen Zeit, denn die gezeigte Welt ist keine heile, sondern eine bewußt gesetzte Gegenwelt. Wie Lampe seine Literatur im Dritten Reich verstanden wissen wollte, berichtet Axel Eggebrecht in seinen Erinnerungen »Der halbe Weg«, in denen er ein Gespräch mit dem Autor referiert: »Ich sähe da offenbar gewisse Züge, die ich mit völkischen Idealen in Verbindung brächte, treudeutsche Innerlichkeit und dergleichen. Da sei ich auf dem Holzwege. Er wehre sich auf seine Weise gegen die Barbarei, die sich als Neugeburt ausgebe. Er versuche gerade das zu retten, was die dröhnenden Barden totschlügen: Die Differenzierung, das Individuum, gebrochene Charaktere, Verzweifelte. Ich war ein wenig beschämt.«

Lampe wollte seinem Band den Titel »Phantasien und Capriccios« geben. Dagegen wandte sich der Verleger Eugen Claassen im März 1943: »Die verbleibenden Verlage werden sich auf Bücher und Leser einzustellen haben, bei denen das künstlerisch-literarische Moment gewissermaßen unsichtbar gemacht werden muß. Ihr Erzählungsband bietet dafür alle Möglichkeiten. Er hat das Sinnfällige, im besten Sinne Volkstümliche und hat gleichzeitig in seiner feineren Struktur das Neuartige und Verwegene neuer Formen. Ich halte es nur für falsch, die zweite Seite im leisesten zu unterstreichen.«

Das überzeugte Lampe, denn er fühlte sich ganz verstanden: »Ja, das möchte ich wirklich: volkstümlich und schlicht und doch neu in der Form sein.« Diesen Anspruch hat der Autor, der sehr genau wußte, was er wollte, in allen drei Büchern aufs schönste erfüllen können.

Als Lampe die Rohbogen seines letzten Buches Ende März 1945 endlich in Händen hielt, schrieb er Johannes Pfeiffer in seinem letzten Brief: »Es paßt garnicht mehr in die Zeit, in seiner Verspieltheit und Märchenhaftigkeit. Ist mir schon ferngerückt. Trotzdem freue ich mich. Aber es wird wohl wieder mal ungesehen im Chaos untertauchen.« Im selben Brief schrieb er angesichts des Trümmerhaufens Deutschland: »Der Anschluß an die Vergangenheit ist zerstört. (...) Wir müssen in eine andere Richtung zu denken lernen«, und am selben Tag an Eugen Claassen: »Hoffentlich komme ich noch mal wieder zum Schreiben. Dann wird es was *Neues* werden.« Wie dieses Neue ausgesehen hätte, können wir nicht einmal vermuten. Friedo Lampe hatte keine Gelegenheit mehr, sich daran zu wagen.

»Von Tür zu Tür« versank, wie vom Autor vorhergesehen, zunächst im Kriegschaos, aber seit den fünfziger Jahren fanden sich doch prominente Fürsprecher seines Werks: Alfred Andersch, Wolfgang Koeppen, Hermann Hesse, später Georges-Arthur Goldschmidt und der französische Nobelpreisträger Patrick Modiano, der ihm in »Dora Bruder« ein Denkmal setzte. Das war wesentlich Lampes Freunden zu verdanken, die in zahlreichen Erinnerungsblättern und Essays an ihn und sein Werk erinnerten, allen voran Johannes Pfeiffer, der 1949 den ersten Roman, ergänzt um einige Texte aus dem Nachlaß, und 1955 eine erste Gesamtausgabe in einem Band herausgab. »Am Rande der Nacht« publizierte er unter dem neuen Titel »Ratten und Schwäne«, um die Erinnerung an die Beschlagnahme aus sittlichen Gründen zu vermeiden, und er unterdrückte die anstößigen Stellen, insbesondere die homoerotischen, weitgehend. Er berief sich dabei auf das, was »Friedo Lampe für den Fall einer Neuauflage vorschwebte« (an Waldemar Augustiny). Es ist durchaus möglich, ja plausibel, daß der von der Beschlagnahme so schwer getroffene und durch die Verfolgung der Homosexuellen verängstigte Autor, der nicht absehen konnte, daß und wann sich die Zeiten ändern würden, sich im Gespräch mit Pfeiffer in diesem Sinne geäußert hatte. Die Beschlagnahme der »zarten Traumgeburt« durch die Nazis hat so bis in die zweite Gesamtausgabe von 1986 hinein gewirkt. Erst seit 1999 liegt mit der Neuausgabe bei Wallstein wieder der originale und integrale Text vor; er ist der Pfeifferschen Version unbedingt vorzuziehen.

RUMIANA EBERT

GEFUNDENES VERGESSEN

Gedichte

GESCHWISTER

Einer unserer Karamasowschen Abende
wir trinken und zweifeln
sprechen philosophisch in Haikus
falten sie origamisch in unseren Köpfen

am Morgen auf dem Friedhof
regnet es wie bei Noah
die Grabsteine bröckeln sonst Unkraut
den Vater begraben wir im Schlamm

plötzlich trällerst du wie Papageno
        ich lieg' in einer Ohnmacht
        umgeben von Schönheit
da kann ich dir alles verzeihen

GEFUNDENES VERGESSEN

Den Dom von dem du erzähltest
er sei innen ganz weiß
habe ich ein Jahr später gesehen
an einem Tag an dem alles schief ging

der falsche Schalter
der verspätete Zug
die belegten Schließfächer

ich irrte umher und sah ihn plötzlich
den Dom beschworen von dir
wie in einem schwarzweißen Traum
die Luft roch nach zerplatzten Trauben

MORGENDUNST

Auf herbstlicher Lauer die Hügel
eine Scheibe Wassermelone
am Himmel unterwegs

hinter mir schnauft
ein fremder Hund naht
bedrängt mich

im vermoderten Geruch
nicken die Sonnenblumen

und niemand weiß etwas anzufangen
mit den Quitten

DER GERETTETE TAG

Ich sah den alten Mann wieder
er stand mit Schirmmütze
am Hintereingang der Datscha

schien vertieft in ein Gespräch
vielleicht mit Ameisen
oder Fröschen wer weiß

und bevor er die Tür schloß
lächelte er wie jemand
jenseits aller Gesetze

WOLFGANG MATTHIAS SCHWIEDRZIK

DIE GESELLSCHAFT IMSHAUSEN

Eine andere Geschichte des deutschen Widerstands

Über die merkwürdige Initiative Werner von Trotts, des älteren Bruders Adam von Trotts, der in Imshausen 1947 und 1948 dem Anti-Hitler-Widerstand angehörende oder ihm zumindest nahestehende Intellektuelle und Politiker aus allen vier Besatzungszonen versammelte, findet man bei Sichtung der historischen und politikwissenschaftlichen Literatur zur unmittelbaren Nachkriegszeit so gut wie nichts. Sie ist der Vergessenheit anheimgefallen. Das ist erstaunlich, denn zwischen 1945 und 1948, das heißt in der kurzen Phase vor der Gründung der beiden deutschen Teil-Staaten, in der sogenannten Stunde Null, gab es die Hoffnung, daß man an die Erfahrungen des Widerstands anknüpfen und ein anderes Deutschland errichten könne, geführt von den Kräften, die sich im Widerstand bewährt hatten. Alfred Andersch, Mitherausgeber der Zeitschrift »Der Ruf« und Teilnehmer der zweiten Imshäuser Tagung, war davon überzeugt, daß Deutschland »aus der unglaublichen Gunst seiner totalen Niederlage heraus die Kraft zur totalen Wandlung« besitze. Eine Gruppe junger Linkskatholiken in Augsburg, die ebenfalls teilnahm, nannte ihre Zeitschrift programmatisch »Ende und Anfang«. Es war die Stunde der Intellektuellen. Sie mahnten nach der furchtbaren Erfahrung des Nazi-Terrors, der Kriegsverbrechen und Massenmorde zur »Besinnung«, zur »Wandlung«, zur »Sammlung« – so die Titel einiger Zeitschriften, die in diesen Jahren erschienen. Es gab Ideen, Pläne, Vorschläge zur Erneuerung der Rechtsordnung und des Schulwesens, der Wirtschaftsordnung und des staatlichen Aufbaus. Vor allem aber galt es, mit dem Ungeist des Nationalsozialismus zu brechen und die Grundlagen des Denkens und der Moral zu erneuern.

Das schien vielen – trotz oder gerade angesichts des Versagens der Kirchen – nur möglich durch Rückbesinnung auf die Fundamente des christlichen Glaubens. In dieser bewegten Phase war die »Gesellschaft Imshausen« einer der Orte, an denen solche Träume der ersten Stunde geträumt wurden. Hier trafen Persönlichkeiten zusammen, die aus sehr unterschiedlichen, teils gegensätzlichen Teilen des Widerstands kamen: Konservative und Kommunisten, Adlige und Gewerkschafter, Freisinnige und Christen, Demokraten und Sozialisten. Tatsächlich spielten die Überlebenden des Widerstands damals eine gewisse, manchmal sogar führende Rolle, sei es beim Aufbau der Kommunal- und Kreisverwaltungen und der »antifaschistischen Ausschüsse« oder auch bei der

Neu- bzw. Wiedergründung politischer Parteien. Es waren die Siegermächte, die in der »Stunde Null« – aber auch nur in dieser – auf die Männer und Frauen aus dem Widerstand setzten. Mit einer am 5. Dezember 1944 abgeschlossenen »Weißen Liste« kamen die US-amerikanischen Truppen nach Deutschland und suchten nach »persons believed to be Anti-Nazi or Non-Nazi«. Auch die Russen, Briten und Franzosen verfügten über entsprechende Listen von »Antifaschisten«, Hitler-Gegnern und Unbelasteten. Auf wen sonst konnten sich die Siegermächte stützen? Wer konnte die Führungsschicht des »Dritten Reiches« ablösen? Für Hans Werner Richter, den Mitherausgeber des »Rufs«, war es 1947 noch völlig selbstverständlich, daß Theodor Steltzer, ein führender Mann aus dem »Kreisauer Kreis«, der – obwohl zum Tode verurteilt – überlebt hatte, »Reichskanzler« im Nachkriegsdeutschland werden müsse. Eugen Kogon, langjähriger KZ-Häftling und Mitglied des illegalen Lagerkomitees in Buchenwald, Mitherausgeber der »Frankfurter Hefte« und Mitinitiator der Gesellschaft Imshausen, forderte wiederholt die »Anerkennung der Widerstandskämpfer als einzig berechtigte Vertreter des deutschen Volkes«. Werner von Trott legte bereits Ende April 1945 zusammen mit den evangelischen und katholischen Geistlichen des Kreises Rotenburg eine Denkschrift vor, die so etwas wie den Kerngedanken der 1947 ins Leben gerufenen Gesellschaft Imshausen bildete und von Heinrich Böll später als Dokument von wahrhaft historischer Bedeutung bezeichnet wurde: Die Tradition des Widerstands sei darin »als Angebot für eine neue Ordnung« formuliert worden. Dort heißt es: »Der Angriff des Nazismus war zentral gegen die Werte der abendländisch-christlichen Tradition gerichtet. Ihm konnte (…) nur widerstehen, wer an dieser unerbittlich festhielt. Solche Menschen fanden sich in allen parteipolitischen Lagern, auch bei den Kommunisten. Zwischen diesen entwickelte sich eine unsichtbare, in Konzentrationslagern, in Verfolgungen, aber auch in den ständigen Gefahren, denen jeder aufrechte Mann tagtäglich ausgesetzt war, erprobte Gemeinschaft. (…) Wenn die politische Neuordnung unseres Volkes nicht von solchen Männern geführt wird, kann sie von keiner eingreifenden Wirkung sein, zu keiner sittlichen Wiedergeburt führen. Denn dieses Volk ist bis in das Mark seiner sittlichen Natur erkrankt.«

Den Neuaufbau leiten sollte eine Führungsschicht, die Werner von Trott herausfordernd als »demokratische Elite« bezeichnete- wohl wissend, daß er damit den formalen Demokratie-Begriff der westlichen Alliierten in Frage stellte. So erhielt er denn auch bereits Ende April 1945 durch den US-Kommandanten in Rotenburg eine deutliche Abfuhr. Seine Denkschrift wurde – obwohl auf Anraten der Geistlichen noch einmal abgemildert – äußerst ungnädig aufgenommen. Die westlichen Besatzungsmächte hatten ganz andere Vorstellungen vom politischen Neuaufbau in (West-)Deutschland. Ihr Kriegsziel war es, nach dem Sieg über das nationalsozialistische Deutschland einen grundlegenden Systemwechsel durchzusetzen. Es sollte eine Parteiendemokratie nach westlichem Vorbild errichtet werden. Das nach Auffassung Werner von Trotts »bis ins Mark seiner sittlichen Natur erkrankte Volk« sollte so bald wie möglich an die Wahlurnen treten, um sein Recht als »Souverän« wahrzunehmen. Auf Leute aus dem Anti-Hitler-Widerstand mochte man sich nur dann noch stützen, wenn sie auf diese Linie einschwenkten. Von Trott unternahm nach dem Ende des Zweiten Weltkriegs – wenn man so will – drei Anläufe, um den Anspruch einer aus dem Widerstand hervorgegangenen »demokratischen Elite« zur Geltung zu bringen. Der erste war die Denkschrift vom April 1945, der zweite die Gründung der »Gesellschaft Imshausen«, den er mit Walter Dirks und Eugen Kogon (sowie mit Unterstützung seines jüngsten Bruders Heinrich) unternahm, der dritte war die Herausgabe der Zeitschrift »labyrinth« zwischen 1960 und 1962: zusammen mit dem Philosophen Walter Warnach, dem Schriftsteller Heinrich Böll und dem Künstler HAP Grieshaber. Diese Initiative stellten die drei Herausgeber von Anfang an unter das Motto »spes contra spem« (Hoffnung wider alles Hoffen). Alle drei Anläufe scheiterten. Dokumentiert sind sie in einem 1965 unter dem Titel »Der Untergang des Vaterlandes« im Schweizer Walter Verlag erschienenen Band. Er enthält den Text der »Denkschrift« vom April 1945, das »Programm der Gesellschaft Imshausen« und das »Protokoll über die erste Zusammenkunft der Gesellschaft vom 19. bis 21. August 1947« sowie eine Reihe von Aufsätzen von Trotts aus »labyrinth« und der in Innsbruck von Ludwig von Ficker herausgegebenen Zeitschrift »Der Brenner«. Im Vorwort schreibt von Trott, daß »der Notstand des abseitigen Lebens (...) nicht die Ausgangsposition des Autors« darstellte, »sondern die Folge der Erfahrungen, die er in den ersten Nachkriegsjahren machen mußte«. Das »abseitige Leben« wollte er nicht als Kapitulation verstanden wissen, sondern als bewußten Rückzug in die Peripherie, an den Rand der Gesellschaft. Dahinter stand die auf die Mönche von Cluny zurückgehende Vorstellung, daß man sich zurückziehen müsse, um vorbereitet zu sein auf die Stunde, in der das Zentrum, die »Mitte« sich als hohl und verbraucht erweise. Wenn das, asiatisch ausgedrückt, Mandat des Himmels verspielt ist, ist es Zeit, einen Vorstoß ins Zentrum zu unternehmen und eine Alternative anzubieten.

1991 erschien mein Buch über die Gesellschaft Imshausen mit dem Titel »Träume der ersten Stunde« im Siedler Verlag. Der Verleger und sein Lektorat waren zunächst der Meinung, daß man das Buch groß herausbringen könne. Kurz nach der »Wiedervereinigung« sah man Ähnlichkeiten zwischen den Gesprächskreisen in Imshausen (und Tremsbüttel) und den »runden Tischen« von 1989/90. In beiden Fällen handelte es sich um Versuche von Intellektuellen, in einer Umbruchsituation Einfluß auf die politische Entwicklung in

Deutschland zu nehmen. Der Verlag wollte das Buch prominent bewerben, eine Lesereise und Anzeigen im Börsenblatt waren geplant. Am 6. September 1991 erschien in der »Zeit« eine wohlwollende Besprechung von Fritz J. Raddatz mit dem Titel »Synthese zwischen Westen und Osten: Porträt eines intellektuellen Kreises, der nach 1945 Wege zu einem neuen Deutschland suchte«. Das Buch biete »ein geistig-politisches Leseabenteuer sondergleichen«, schrieb Raddatz. »Mit geradezu archäologischer Neugier« sei der Autor den Spuren dieser Initiative nachgegangen. Soviel Anerkennung hatte ich – ein Außenseiter im Feld zeitgeschichtlicher Forschung – nicht erwartet. Doch es dauerte keine fünf Tage, dann erhielt ich einen Anruf vom Cheflektor des Verlags, der das Projekt betreut hatte. Die Werbung sei von seiten der Verlagsleitung abgeblasen worden. Das Buch werde zwar ausgeliefert, aber nur als Titel der zweiten oder dritten Reihe. Der wissenschaftliche Beirat habe dem Verleger mitgeteilt, das Buch sei »nicht atlantisch«, man solle es nicht so hoch hängen. Mein Protest blieb wirkungslos und das Buch erhielt kein nennenswertes, auch kein universitäres Echo. Soweit ich sehe, erschien – außer von Dirk van Laak – in Deutschland keine schriftliche Stellungnahme, die sich mit dem Buch oder der Rezension von Raddatz auseinandergesetzt hätte. Wenige Jahre später wurde es verramscht. Warum diese Erfahrungen aus der Rezeptionsgeschichte meines Buches erwähnen? Sie führen direkt zu einem zweiten Kernpunkt in der Zielsetzung der Gesellschaft Imshausen und zu den Gründen, warum das Buch abgelehnt wurde.

Gerade in jenen Jahren, in denen die Gesellschaft tagte, bahnte sich der Kalte Krieg zwischen den ehemaligen Verbündeten an. Die militärische Demarkationslinie zwischen sowjetischen und westlichen Truppen drohte zur Linie der Spaltung Deutschlands und Europas zu werden. Die Mehrheit der in Imshausen versammelten Intellektuellen und Politiker war gewillt, auch unter widrigen Umständen an der Einheit Deutschlands festzuhalten und nach einer »Synthese zwischen Ost und West« zu suchen. Sie traten für ein unabhängiges, neutrales Deutschland ein und sahen mit Sorge, wie einerseits die Westmächte darangingen, ihre drei Besatzungszonen bzw. den daraus kurze Zeit später, im Mai 1949, gebildeten Teilstaat in das »atlantische« System einzubinden, und wie andererseits die Sowjetisch Besetzte Zone (SBZ) bzw. spätere DDR in das östliche System eingegliedert wurde. Man muß sich hüten, die Situation zwischen 1945 und 1948 nur aus der Sicht des voll entfalteten »Kalten Krieges« mit der Herausbildung fester feindlicher Blöcke zu sehen. Damals war die Situation noch offen. Und es schien, als hätten die Deutschen in dieser Frage – auch unter dem Militärregime der Alliierten – noch etwas mitzureden. So suchten die Teilnehmer der Imshäuser Tagungen eine Alternative zu dem von Konrad Adenauer eingeschlagenen Weg der »Westbindung« und der für die SBZ/DDR vorgezeichneten Integration in die »sozialistische Staatengemeinschaft«. Es ging um einen »dritten Weg«. Als mein Buch 1991 erschien, gab es nach der langen Phase des Kalten Krieges wieder eine Situation, die bis zu einem gewissen Grade offen war. Die Mauer war gefallen, die DDR zusammengebrochen. Die Sowjetunion löste sich auf, der Ostblock zerfiel. In einem kurzen Zeitfenster gelang es der deutschen Politik unter Helmut Kohl, unterstützt von Gorbatschow und Bush, den Zusammenschluß der beiden deutschen Nachkriegsstaaten zu verwirklichen. Sogar der Abzug von Hunderttausenden sowjetischer Soldaten aus den Kasernen in der ehemaligen DDR konnte – gegen entsprechende Zahlungen – durchgesetzt werden.

Die Mehrheit unserer Zeitgenossen hatte sich in den achtziger Jahren längst mit der Spaltung Deutschlands abgefunden. Die meisten Linken (und auch die Grünen) verteidigten die Existenz eines »sozialistischen Staates auf deutschem Boden« und wandten sich gegen die »Wiedervereinigung«. Als ich im März 1987 mit Carl Friedrich von Weizsäcker am Starnberger See ein Gespräch führte, das auch in meinem Imshausen-Buch abgedruckt ist, gerieten wir in einen heftigen Disput über die »deutsche Frage«. Ich vertrat die Meinung, daß die deutsche Spaltung eine Wunde im Herzen Europas sei, die eines Tages eitern würde und unbedingt geheilt werden müßte. Die Deutschen hätten ein Recht darauf, über die Frage, ob sie in einem Staat zusammenleben wollten, selber zu bestimmen. Von Weizsäcker wies diese Auffassung mit Entschiedenheit zurück. Westdeutschland und Ostdeutschland würden »nie wieder vereinigt werden«. Für ihn sei absolut nicht erkennbar, daß es immer eine deutsche Nation geben solle. Diese sei eine Schicksalsgemeinschaft gewesen und sei nun eine Kulturgemeinschaft. Die Forderung nach Wiedervereinigung sei eine Lüge, schon Adenauer habe sie nicht ernsthaft vertreten. Als sie im Herbst 1990 doch vollzogen wurde, schrieb er mir, daß er davon überrascht worden sei. Gleichwohl betrachte er die weitere Entwicklung Deutschlands mit Sorge.

Mit der Wiedervereinigung war nicht automatisch die Frage der internationalen Stellung des Staates gelöst. Bis zuletzt stand bei den 4-plus-2-Verhandlungen auf der Kippe, ob die Wiedervereinigung nicht mit der Entlassung in die Neutralität verbunden sein müßte. Lange Zeit forderte die Führung in Moskau den Austritt Deutschlands aus der Nato. Bei Meinungsumfragen hierzulande zeigte sich, daß eine überwältigende Mehrheit die Neutralität begrüßen würde. Für die »Atlantiker« in der politischen Klasse der Bundesrepublik, d.h. für die Mehrheit der Berufspolitiker, war diese Perspektive unvorstellbar. Ohne den Schutz durch amerikanische Atomwaffen in der Pfalz und in der Eifel trauten sie sich keinen Schritt in die Zukunft. Erst gegen Ende der Verhandlungen gelang es, die Formulierungen über die künftige internationale Stellung des Landes so zu fassen, daß es dem wiedervereinigten Deutschland freigestellt wurde, in dieses oder jenes

Bündnis einzutreten. Das Ergebnis war: Man blieb in der Nato und die ehemalige DDR wurde – mit gewissen Einschränkungen – Teil des Bündnisses. Man hatte sich in Deutschland zwar zwischenzeitlich daran gewöhnt, die »atlantische« Einbindung als selbstverständlich und ohne Alternative anzusehen, gleichzeitig gab es die Sorge, daß es unter den veränderten Bedingungen zu einer grundlegenden Umorientierung der deutschen Politik kommen könne. Der seltsame Umgang mit meinem Buch ließ den Verdacht aufkommen, daß man in dieser Situation einer solchen Umorientierung nicht noch Vorschub leisten wollte, weil es daran erinnerte, welche Alternativen schon formuliert worden waren, als Konrad Adenauer sich auf die Einbindung in die »atlantische Gemeinschaft« einließ.

Um auf Werner von Trotts Begriff der »demokratischen Elite« zurückzukommen und auf die Frage, welche Vorstellungen von einer politischen Umgestaltung Deutschlands in Imshausen eine Rolle spielten: Eigentlich ist es eine Selbstverständlichkeit, daß es in jeder funktionierenden Gesellschaft eine Schicht geben muß, die Verantwortung im ganzen, aber auch auf verschiedenen Feldern übernimmt. Diese Schicht nennt man »politische Elite« oder auch »politische Klasse«. In der internationalen sozial- wie politikwissenschaftlichen Diskussion wird selbstverständlich von »political elite« gesprochen, und auch in (West-) Deutschland gab es sie faktisch. In der öffentlichen Diskussion sieht es jedoch anders aus. Außer in Wirtschaftshochschulen, Exzellenzclustern, Militärakademien wird kaum noch von »Elite« gesprochen, man will sich auch nicht einer solchen zurechnen, weil man das als Anmaßung und Verstoß gegen den Gleichheitsgrundsatz empfindet.

Für mein Buch über die Gesellschaft Imshausen habe ich Gespräche mit Walter Dirks und Carl Friedrich von Weizsäcker geführt. Für Dirks, einen bekennenden Linkskatholiken, war der Elitegedanke »ziemlich gefährlich«. Er spreche lieber von »qualifizierter Minderheit«. Und weil bei Werner von Trott dann auch noch Vorstellungen von einer ordensähnlichen Gemeinschaft hinzugekommen seien, habe er sich aus der Sache zurückgezogen. Ganz anders der Atomphysiker von Weizsäcker: als Wissenschaftler sei man elitär. »In der Wissenschaft weiß man: Also, die theoretische Physik, die können zweihundert Leute auf der Welt. Und es ist ganz absurd sich vorzustellen, daß andere Leute darüber mitbefinden können. Sondern man frage die Leute, die es wissen!« Die Ordensvorstellungen von Trotts fand er eher zukunftsweisend als abstoßend. In der grundlegenden Frage des Anspruchs, eine Führungselite zu bilden, gab es im inneren Zirkel der Gesellschaft Imshausen unterschiedliche Haltungen. Aber man betonte zuletzt das Gemeinsame und nicht das Trennende – und war der Auffassung, daß der politische Neuaufbau nur gelingen könne, wenn er unter Führung einer durch ihren (wenn auch späten) Widerstand gegen Hitler legitimierten Elite stattfinden

würde. Aber wie sollte ein solcher Anspruch durchgesetzt werden? Bei der Mehrheit der Deutschen galten die Leute aus dem Widerstand, besonders jene, die am Attentat auf den »Führer« beteiligt waren, als Verräter. Als die überlebenden Brüder des am 26. August 1944 gehenkten Adam von Trott nach dem Krieg auf einer Anhöhe bei Imshausen ein schlichtes Holzkreuz als Mahnmal errichteten, waren die Dorfbewohner darüber keineswegs glücklich. Man solle die anderen beiden Trott- Brüder am besten gleich noch dazu hängen, hieß es. Es dauerte bis in die achtziger Jahre, bis die evangelische Gemeinde sich dazu durchrang, den Namen Adam von Trotts, der hier getauft und konfirmiert worden war, auf die Gedenktafel für die im Zweiten Weltkrieg Gefallenen zu setzen.
Der Anspruch der in Imshausen Versammelten war zwar ehrenwert, aber nicht durchsetzbar. Wäre das Attentat vom 20. Juli erfolgreich gewesen, hätte der Widerstand es geschafft, die Spitzen der NSDAP und der SS gefangenzunehmen und eine Übergangsregierung zu bilden, der es gelungen wäre, mit den Kriegsgegnern einen Waffenstillstand auszuhandeln, nur dann wäre die entscheidende Voraussetzung dafür erfüllt worden, eine Neuordnung unter Führung des Widerstands in Gang zu setzen. Doch man muß auch deutlich sagen: Die Alliierten hatten kein Interesse am Gelingen eines solchen Umsturzes. Theodor Roosevelt gab auf der Konferenz von Casablanca die Parole der »bedingungslosen Kapitulation« aus, Churchill, der das britische Empire retten wollte, schloß sich freudig an. Und Stalin sah keinen Grund für eine andere Zielsetzung. Der Widerstand hatte, was die Unterstützung von außen betraf (oder auch nur die Tolerierung eines Übergangsregimes in Deutschland), keine Chance. Klemens von Klemperer legt in seinem Buch »Die verlassenen Verschwörer. Der deutsche Widerstand auf der Suche nach Verbündeten 1938–1945« (1994) eindrucksvoll dar, welche Versuche allein Adam von Trott unternommen hat, mit den westlichen Alliierten in Kontakt zu treten: über den Weltkirchenrat, über englische Bischöfe, über skandinavische Verbindungsleute, über seine Verwandten in den USA. Die westlichen Alliierten lehnten jeden Kontakt mit dem deutschen Widerstand ab. Churchill etwa setzte durch, daß alle Schreiben an das britische Außenministerium unbeantwortet blieben. Man ließ den deutschen Widerstand am langen Arm verhungern. Die kleine entschlossene Gruppe um Stauffenberg, Trott und andere hätte entscheidende Unterstützung aus den oberen Rängen der Wehrmacht (wie von unentschlossenen Leuten wie Rommel) erhalten, wenn es Aussicht auf Tolerierung eines Übergangsregimes durch die Alliierten gegeben hätte. Aber deren Ziele waren andere, um die Deutschen als führende oder auch nur konkurrierende Macht in Europa auszuschalten. Und man wollte sie umerziehen. Ab 1942 wurde in Kommissionen, die sich aus Soziologen, Ethnologen, Geisteswissenschaftlern und Emigranten zusammensetzten, die Linie der »Reeducation«-Politik ausgearbeitet. Spricht

man über »Eliten« in Deutschland, muß der 1945 erfolgte »regime change« bzw. wie es damals hieß, die »imposition«, berücksichtigt werden, der die alten Eliten, und nicht nur die nationalsozialistische Führungsriege, ausschaltete.
2005 bombardierten die USA den Irak und stürzten den Diktator Hussein. Eines der Ergebnisse ist eine völlig aus den Fugen geratene Region mit Millionen von Flüchtlingen. Zur Rechtfertigung dieses völkerrechtswidrigen Unternehmens berief sich der amerikanische Präsident Bush jr. darauf, daß es in der Geschichte des vorigen Jahrhunderts ein Beispiel gebe, bei dem schon einmal ein Diktator gestürzt und ein »regime change« erfolgreich durchgesetzt worden sei: Deutschland. Zu fragen wäre, welche Veränderungen und willentlichen Verschiebungen es im Völkerrecht gibt, die eine Politik äußerer Gewalt zur Durchsetzung politischer Strukturen in anderen Ländern rechtfertigen. Welche Begründungen werden dabei neben der Durchsetzung der Menschenrechte gegeben? Und schließlich: Ist das Ergebnis von »regime change« und »reeducation« in Deutschland wirklich so uneingeschränkt positiv einzuschätzen, wie Bush jr. dies getan hat?
Wie sagte schon Alexander Mitscherlich? Es könne nicht nur darum gehen, ein abstraktes Schuldbekenntnis – wie in vielen musterschülerhaften Verlautbarungen der politischen Klasse Westdeutschlands – abzulegen; entscheidend sei, ob der Geläuterte Empathie mit den Millionen Opfern des NS-Terrors empfindet. Es steht außer Zweifel, daß Deutschland (und Europa) – nachdem mit dem Aufstand vom 20. Juli 1944 der letzte Versuch des deutschen Anti-Hitler-Widerstands gescheitert war – von außen, d.h. durch den militärischen Sieg der Anti-Hitler-Koalition befreit werden mußte. Die Überlebenden des deutschen Widerstands begrüßten diese Befreiung, wie man einen chirurgischen Eingriff gutheißt, wenn der Körper eine Entzündung, ein Krebsgeschwür oder eine andere Krankheit nicht mehr selbst zu bewältigen vermag. Aber sie wußten, daß Heilung sich nicht in der Operation, nicht im chirurgischen Eingriff erschöpft, sondern nur dann erfolgreich ist, wenn man das Immunsystem so weit stärkt, daß nach vollzogener Operation ein Selbstheilungsprozeß des Körpers in Gang kommt. Nur durch »innere Umkehr«, schrieb auch der Philosoph Karl Jaspers 1945/46 in »Die Schuldfrage«, sei eine grundlegende Änderung der Verhältnisse in Deutschland möglich: »Die Schulderklärungen seitens der Sieger haben zwar die größten Folgen für unser Dasein, sie haben politischen Charakter, aber sie helfen uns nicht im Entscheidenden: der inneren Umkehr. Hier haben wir es allein mit uns selbst zu tun.« Und weiter: »Reinigung ist die Bedingung auch unserer politischen Freiheit. Denn erst aus dem Schuldbewußtsein entsteht das Bewußtsein der Solidarität und Mitverantwortung, ohne die die Freiheit nicht möglich ist.« Jaspers wandte sich zugleich gegen die »Reeducation«-Konzepte der Siegermächte. »Die Umerziehung ist nicht möglich durch ein Aufzwingen

fertigen Wissens und Wertens«, befand Jaspers, »sondern nur als Verwandlung durch Selbsterziehung«. Ricarda Huch, die dem deutschen Anti-Hitler-Widerstand eng verbundene greise Dichterin, deren »Gedenkbuch für die Märtyrer der Freiheit« Torso blieb, schrieb 1945/46 in ihrer Skizze über die Geschwister Scholl (in Anlehnung an eine Formulierung in deren Flugblättern), man müsse versuchen, »die Erneuerung des schwerverwundeten deutschen Geistes von innen her zu erreichen«. Diese Notwendigkeit sahen auch Werner von Trott und die Initiatoren der Gesellschaft Imshausen als eine der wesentlichen Aufgaben einer »demokratischen Elite«– wie sie den Neuaufbau in Deutschland nicht als Ergebnis eines Oktroy von außen, sondern als selbstverantwortlichen »Aufbau von innen« betrachteten.

An dieser Stelle wird die Übereinstimmung der Programmatik der Gesellschaft Imshausen mit der Linie des Kreisauer Kreises besonders deutlich. In den von Roman Bleistein veröffentlichten Dokumenten der »Dritten Kreisauer Tagung« vom 12. bis 14. Juni 1943 lesen wir in einem Manuskript Adam von Trotts: »Soweit es die (...) Lage irgendwie erlaubt, muß unser Bestreben darauf gerichtet sein, daß die innerdeutsche Umkehr nicht als Ergebnis fremden Zwanges, sondern als spontane Willensgestaltung zustande kommt. Die Vorstellung, daß durch ›Erziehungsmaßnahmen‹ einer fremden Besatzung Grundgesinnungen des Friedens entstehen könnten, muß in uns und den anderen unbedingt bekämpft werden. Die Wiederherstellung des Rechts, insbesondere der Existenzrechte des Einzelnen ohne Ansehen der Rasse, Klasse und Volkszugehörigkeit, muß als deutsche Maßnahme nicht auf die Weltöffentlichkeit, sondern auf die Selbstachtung der Deutschen einwirken.« In der Frage des politisch-organisatorischen Neuaufbaus Deutschlands knüpfte die Diskussion in Imshausen bewußt an den in Kreisau, aber auch andernorts entwickelten Positionen des Anti-Hitler-Widerstands an. Man war sich einig darin, daß das Parteiensystem von Weimar abgewirtschaftet habe und daß eine Rückkehr zu dieser Form demokratischer Organisation des Staates sich nach den gemachten Erfahrungen verbiete. Walter Dirks etwa wurde nicht müde, auf den Imshäuser Tagungen sowie in den »Frankfurter Heften« die Gefahr der »Restauration« von Weimarer Verhältnissen zu beschwören. Nur durch langfristige, geduldige Erziehungsarbeit, die eine »demokratische Elite« auf sich nehmen müsse, könne es gelingen, die nivellierten Menschenmassen wieder dahin zu bringen, daß sie ihre natürlichen Rechte ausüben wollen und können.

Die Überwindung des Massendaseins nicht durch Rückkehr zum bürgerlichen Liberalismus und Individualismus, sondern durch Schaffung einer Ordnung, die die »gemeinschaftsgebundene Person« in den Mittelpunkt stellte, hatte in Kreisau den Ausgangspunkt aller Überlegungen zum Neuaufbau nach dem Krieg gebildet. Man war sowohl gegen die egalitäre Massendemokratie als auch gegen den Parteienstaat und hielt die NS-Diktatur trotz ihrer Beschwörung der »Volksgemeinschaft« für eine weitere, äußerste Stufe des nivellierten, wurzellosen Massendaseins. Helmuth von Moltke propagierte den Aufbau von unten mittels »kleiner Gemeinschaften«. Anknüpfend an die Selbstverwaltungspläne des Freiherrn vom Stein setzten sowohl die Kreisauer als auch andere Teile des Widerstands auf den Aufbau von Selbstverwaltungskörperschaften und versuchten der Allmacht des Staates (und der Parteien) ein Konzept entgegenzusetzen, das – wie man heute sagen würde – die zivilgesellschaftlichen Elemente an der Basis der Gesellschaft stärken würde. So hofften die Initiatoren der Imshäuser Treffen, im Auftrag (oder mit Duldung) der Militärregierung einen »Erziehungs- und Durchdringungsprozeß der Bevölkerung, des öffentlichen Lebens und seiner Funktionäre« einleiten zu können.

Bereits im Herbst 1945 hatte Werner von Trott den amerikanischen Besatzungsbehörden eine »Denkschrift über die Einsetzung von Erziehungsausschüssen« vorgelegt. Diese sollten – ehe Parteien überhaupt wieder zugelassen würden – wie ein Sauerteig in der Gesellschaft wirken und die Voraussetzungen dafür schaffen, daß die breite Bevölkerung von den durch die Alliierten verliehenen demokratischen Rechten und Freiheiten überhaupt richtig Gebrauch machen konnte. Einig war sich die Mehrheit der Teilnehmer der Imshäuser Tagungen in bezug auf den Sozialismus. Die Wirtschaft sei so sehr aus den Fugen geraten, führte Walter Dirks bereits auf der ersten Tagung im August 1947 aus, daß sie durch private Initiative nicht mehr ins Gleichgewicht gebracht werden könne. Die Sozialisierung der Grundstoff- und Schlüsselindustrien sowie eine zentrale Planung und Steuerung der Gesamtproduktion seien Voraussetzung einer Befriedigung der elementaren Lebensbedürfnisse. Es gelte nun, »Sozialismus und Freiheit derart miteinander zu verbinden, daß die individuellen Rechte und Freiheiten in ein sozialistisches Konzept eingebaut und darin gesichert« würden. Das bedeute zugleich auch eine »Synthese zwischen Westen und Osten«. Über diese Frage, ob eine solche Synthese überhaupt möglich sei, gab es die heftigsten Diskussionen. Westliche Wirtschafts-Fachleute wie auch Intellektuelle aus der SBZ, wie Ernst Niekisch, bezweifelten diese Möglichkeit. Andere plädierten dafür, die Verbindung von Christentum und Sozialismus ins Zentrum der Debatte zu stellen, oder traten, wie der aus dem amerikanischen Exil zurückgekehrte Carl Spiecker, für den Zusammenschluß von linken Christen und Sozialdemokraten in einer neu zu gründenden Partei (nach dem Beispiel der Labour Party in Großbritannien) ein. 1947 war noch keineswegs entschieden, ob sich Konrad Adenauer mit seinem Konzept einer überkonfessionellen CDU oder Carl Spiecker mit seiner Vorstellung eines erneuerten »Zentrums« durchsetzen würde. In den Gesprächen wollte man das Gemeinsame, Verbindende der unterschiedlichen Positionen herausarbeiten.

Darum spielten Begriffe wie Synthese, Vermittlung und Verbindung eine zentrale Rolle in den Diskussionen auf den ersten beiden Tagungen.
Mit der Verschärfung des Ost-West-Konflikts versteiften sich auch in Imshausen die Fronten. Ein Hauch von Kaltem Krieg wehte in die dritte Tagung hinein. »Es kam zu Überspitzungen, Mißverständnissen, Gereiztheiten«, schreibt Alfred Kantorowicz in seinem »Deutschen Tagebuch«. Die Teilnehmer aus dem Osten beanspruchten, »radikalere und echtere Vertreter der abendländischen Tradition zu sein als die Protagonisten der formalen ›westlichen Demokratie‹«. Umgekehrt wiesen Teilnehmer wie Hugo Buschmann, der zwei Jahre zuvor noch die Vereinigung von KPD und SPD in der SBZ unterstützt und in den Gemeindewahlen für die SED kandidiert hatte, auf die zunehmende Rechtsunsicherheit in der SBZ hin, vor allem auf die willkürliche Verhaftung politischer Gegner. Kantorowicz berichtet weiter, daß der »maßvolle, von allen Teilnehmern geachtete« Dr. Carl Spiecker, der inzwischen zum Vorsitzenden ernannt worden war, »vergebens versuchte, die (...) Spannungen auszugleichen«. Spiecker habe gesagt, es komme seiner Meinung nach darauf an, »abseits vom Parteigezänk und dem Machtkampf der Gruppenegoismen einen politischen Raum zu schaffen, aus welchem unserem Volke der Glaube an sich selbst wiedergegeben werden« könne. Der Begriff der Demokratie stehe und falle für ihn »mit der Garantie, daß Persönlichkeiten an den verantwortlichen Stellen stehen und nicht Exponenten toter Zahlenmehrheiten«. Doch mit solchen Kompromißformeln hätten sich die »unbedingten Geister« nicht mehr zufriedengegeben. Schließlich gerieten bei der Diskussion über die Themen »Das Problem der europäischen Eigenständigkeit« sowie »Westliche Freiheit und östliche Solidarität« Ernst Niekisch und Eugen Kogon derart aneinander, daß das Unvereinbare der Positionen sichtbar wurde. Niekisch, der kurz zuvor in der »Täglichen Rundschau«, der Zeitung der Sowjetischen Militäradministration, den Existentialismus Paul Sartres als »eine neofaschistische Nachkriegsmode« bezeichnet hatte, verteidigte das sowjetische System und sah in der SBZ, wo »jene großindustriellen und junkerlichen Schichten ausgeschaltet« würden, »die bereits zwei Katastrophen über Deutschland und Europa heraufbeschworen« hätten, den Ort, an dem substantiell (und nicht nur formal wie im Westen) die Freiheit der werktätigen Volksmassen verwirklicht werde. Nach einer solchen ungeheuren Niederlage, wie sie das deutsche Volk erlitten habe, stehe diesem ein Leben in Luxus, wie es der Marshallplan versprach, einfach nicht zu. Er trat als Propagandist des Ostens auf, der die Anwesenden vor die Frage des Entweder-Oder stellte. Und er machte sich lustig über ihre ihm schwächlich erscheinenden Versuche, Träume und Hoffnungen gegen die »harten Realitäten« zu setzen und einen »dritten Weg« zwischen den sich verhärtenden Blöcken zu suchen. Eugen Kogon, inzwischen Präsident der

deutschen »Europa-Union« und gerade vom »Haager Europäischen Kongreß« zurückgekehrt, vertrat genau jene Position, die Niekisch verspottete. Er trat als »Europäer der ersten Stunde« dafür ein, daß Europa sich als »dritte Kraft« etabliere und in ihm ein freiheitlicher, christlich geprägter Sozialismus verwirklicht würde. Dabei vertrat er die Hoffnung, daß die »gewonnene (europäische) Plattform kein Ausfallglacis gegen Sowjetrußland, sondern ein zwischen den Weltmächten neutralisierend wirkendes Kräftefeld eigener Art und Selbständigkeit« werden würde. Die Diskussion in Imshausen trat auf der Stelle, denn die Vertreter des Westens waren nicht gewillt, Lobgesänge auf den »sowjetischen Humanismus« zu akzeptieren, wie auch umgekehrt die Vertreter des Ostens sich weigerten, die Argumente ihrer Kontrahenten überhaupt noch ernst zu nehmen. Werner von Trott, der gehofft hatte, die politischen Gegensätze in Form von Gesprächen austragen und fruchtbar machen zu können, sah mit Entsetzen, daß sich – wie er es später ausdrückte – »die Repräsentanten der östlichen und westlichen Zonen in zunehmendem Maße in der Sprache ihrer jeweiligen Besatzungsmacht bekämpften und in der eigenen immer weniger zu verständigen vermochten«.
In diesem Augenblick geschah etwas Bezeichnendes. Ein Mr. Hermberg, der als Beobachter der amerikanischen Militärregierung an der Konferenz teilnahm, stand auf und erklärte kurz und kategorisch, das deutsche Volk solle sich keinen Illusionen hingeben. Der Marshallplan werde kommen, und er werde den privaten Kapitalismus stabilisieren. Mit ihm sei keine Form von Sozialismus vereinbar, auch der freie (und christlich geprägte) Sozialismus nicht. Niekisch ergriff das Wort und dankte dem Vertreter der amerikanischen Militärregierung »für seine klare und offene Sprache«. In seinen Augen hatte der Gegner die Maske fallengelassen und offengelegt, worum es den Westmächten in Wirklichkeit ging: um die Stabilisierung des Kapitalismus in einem Teil Deutschlands. Eugen Kogon sei nun aufgesprungen, berichteten mehrere Teilnehmer, und habe seiner Verzweiflung über den Verlauf der Diskussion Ausdruck verliehen. Er erklärte, daß er die Konferenz verlassen werde. Der Eklat war da. Die Diskussion wurde abgebrochen. Die Teilnehmer reisten ab, einige voller Empörung, andere einfach enttäuscht, die meisten resigniert. Die Gesellschaft Imshausen zerfiel in jene gegensätzlichen Positionen, die nach Werner von Trotts Hoffnung sich in der »Gefahrenzone des Gespräches« gegenseitig hätten »aussetzen« und verbinden sollen. Der Versuch, die Einigungsbemühungen fortzusetzen, die den Kreisauer Kreis auszeichneten, als dort Aristokraten und Gewerkschafter, Christen und Sozialisten zusammenfanden, scheiterte. Mit ihm scheiterte das Konzept einer »demokratischen Elite«. Und es scheiterte der Versuch, einen »dritten Weg« zwischen Westen und Osten für ein ungeteiltes Deutschland in einem ungeteilten Europa zu finden.

BOHUMIL HRABAL

NOVEMBERSTURM

(1989)

Liebe Dubenka,
es ist der Abend des siebzehnten November, die Kätzchen haben sich schon aneinandergeschmiegt und atmen in ihre Pfoten, ich bin rausgegangen, bis hinter den weißen Zaun, in die dunkle, sternenklare Nacht, bei mir war Cassius, der schwarze Kater, ich nahm ihn auf den Arm, und da, am nördlichen Himmel, tauchte ein großes rosafarbenes Licht auf, das Polarlicht, das ich hier schon einige Male gesehen habe, das Polarlicht, verziert mit funkelnden Sternen ... und ich wußte, daß dieses scharlachrote Himmelszeichen nichts Gutes verhieß ... Ich wußte, daß in Prag ein Schweigemarsch mit Kerzen genehmigt worden war, eine Prozession, die an der Kapelle in Albertov beginnen und dem Weg folgen sollte, welchen der Sarg mit den sterblichen Überresten des Studenten Jan Opletal zurückgelegt hatte, den die deutschen Besatzer am neunzehnten September 1939 in Prag erschossen ... und am Himmel über Kersko breitete sich ein rosiger Vorhang aus, der mit funkelnden Sternen übersät war, und der Kater Cassius hatte Angst und ich hielt ihn in einer Hand und ging den weißen Zaun entlang und wußte, daß dieses sanfte Polarlicht nichts Gutes verhieß, daß es ein böses Omen war ...
Wie hat mein Leben in Prag ausgesehen, vor fünfzig Jahren? Dubenka, ich wohnte in der Altstadt und war an diesem fünfzehnten November auch auf dem Weg zur Demonstration, zur Beerdigung von Jan Opletal, aber in der Pařížská traf ich einen Freund aus der juristischen Fakultät, und der nahm mich mit und wir gingen in die Bouda in der Celetná, wo wir Budweiser tranken und so alles verpaßten, was an diesem Tag in Prag passierte ... Später ging ich heim, und in dem Haus, in dem ich wohnte, war unten eine Kneipe, Zum Sedmík hieß sie, und die Nachrichten, die von der Straße hereindrangen, waren schlecht, die Stimmung deprimierend – einer der Gäste streute sich Schnupftabak auf den Handrücken und blies so stark hinein, daß Herr Sedmík niesen mußte, und wie jedesmal, wenn er das tat, fiel ihm sein Toupet vom kahlen Schädel, aber anders als sonst lachte seine Aushilfe Mařenka nicht, und auch die Gäste lachten nicht und er sagte nur, das sei unter diesen Umständen ein ziemlich schlechter Scherz ... Da ging ich nach oben. Meine Vermieterin hieß Olga Reissová, und auch sie war traurig und bemitleidete uns, sie hatte drei Mieter damals, zwei von uns studierten Jura

und der dritte war Koch, er kam immer erst um Mitternacht nach Hause, ließ sich ins Bett fallen und schnarchte – Dubenka, ich teilte das Zimmer mit ihm –, er schnarchte so sehr, daß ich meine Ohren mit weichem Brot verstopfte … Am nächsten Tag machte ich mich auf zur Fakultät, ich ging kurz nach zehn Uhr morgens los, und als ich die Freitreppen meiner Fakultät erreichte – was mußte ich da sehen … deutsche Soldaten, die Studenten die Treppe hinuntertrieben, ihnen die Gewehrkolben in den Rücken stießen, andere Studenten kamen verängstigt aus der Aula und den Fluren gerannt und die Soldaten trieben sie auf parkende Militärlastwagen, immer mehr und immer mehr, und dann klappten sie die Seitenteile hoch, und ich stand da, ganz entsetzt – wäre ich eine halbe Stunde früher gekommen, wäre es mir genauso ergangen wie meinen Freunden, die Autos fuhren ab und ich hörte, wie meine Kommilitonen »Kde domov můj« sangen, unsere Nationalhymne … da wußte ich, was los war, und als ich wieder nach Hause kam, waren mein Kommilitone Suchánek und der Koch aus Kolín – an seinen Namen erinnere ich mich nicht mehr – schon dabei, ihre Sachen zu packen, und bestürzt verabschiedeten wir uns von unserer weinenden Wirtin … und als wir aufbrachen, um vom Bahnhof zu unseren Eltern zu fahren, sahen wir das Entsetzen in den Gesichtern der Menschen und die Erwartung dessen, was dann auch wirklich eintrat – die Hochschulen wurden geschlossen, und am siebzehnten November wurden zwölf Studenten hingerichtet und tausendzweihundert in ihren Wohnheimen verhaftet und nach Sachsenhausen deportiert …

An all das erinnerte ich mich wieder, Dubenka, an diesem siebzehnten November, als ich mit dem schwarzen Kater Cassius unter dem rosafarbenen Himmel voll funkelnder Sterne spazierenging, und ich ahnte und wußte sogar irgendwie, daß dieser Abend und dieser Lichterzug in Prag kein gutes Ende nehmen, daß irgend etwas passieren würde, und ich hatte Angst, weil Leute, die am Nachmittag aus Prag zurück nach Kersko gekommen waren, erzählten, daß man auf dem Karlsplatz, bei den Universitätskliniken, am Morgen alle parkenden Autos abgeschleppt und an ihrer Stelle schweres Gerät des Innenministeriums abgestellt hatte …

Dubenka, eigentlich hatte ich vor, weiter von meiner großen Anabasis durch die Geheiligten Staaten zu erzählen, aber ich habe ein schlechtes Gewissen, daß ich nicht in Prag geblieben bin, und zwar nicht, um zu sehen, was ohnehin noch nicht passiert ist, sondern um zu erfahren, was in der Luft lag, Prag war die ganze Woche über ganz hysterisch, aufgeregt, genau wie vor fünfzig Jahren, als ich solche Angst hatte und Tausende Studenten ins Konzentrationslager deportiert wurden und man zwölf weitere erschoß … und nur durch Zufall bin ich diesem Schicksal entgangen – ich fuhr nach Nymburk, sprach bei einem Notar vor und begann, in seiner Kanzlei zu arbeiten …

Ich erinnere mich noch, wie ich mich einmal mit meinem Freund Jirka Jeřábek im Grand Hotel auf ein Bier traf, wir hatten viel getrunken, und später am Abend, als wir über den schon verlassenen Platz liefen, unterhielten wir uns in einer Art Böhmerisch, einem tschechisch-deutschen Kauderwelsch, witzelten laut in fehlerhaftem Deutsch herum, als aus dem Hotel Na Knížečí eine junge Frau und zwei Männer in Mänteln gerannt kamen, und einer packte mich am Hals und brüllte mich an: *Halt!* Er drückte mir den Hals zu und ich konnte seine schrecklichen Augen sehen und er zerrte mich über den Boden fast bis zu seinem Militärwagen … Aber gerade als er die Autotür öffnete und mich dabei weiter am Hals gepackt hielt, kam das Mädchen aus der Postgasse gerannt und kreischte … Hansi, laß sofort den jungen Mann los, sofort, Hansi, sonst gehe ich nicht mehr mit dir aus … Hansi! Hansi! Du siehst mich nie wieder! Und sie drehte sich um und rannte in die Gasse zurück … und Hansi ließ mich los und lief hinterher … Ich aber rannte zur Mostecká ulice und dann über die Brücke, ich rannte den ganzen Weg bis zur Brauerei – dank dieses Mädchens war ich ein weiteres Mal dem Konzentrationslager entkommen, denn der Kerl war von der Gestapo und hätte mich ganz bestimmt wegen Verunglimpfung der deutschen Sprache und Beleidigung des Reichs nach Kolín verschleppt, dahin waren all die Patrioten des Bezirks Nymburk verschwunden … Und in Kolín bei der Gestapo konnten sie Tschechisch, denn das waren Sudetendeutsche … *Ich bin wetterkrank* …
Ja, Dubenka, sicher wundern Sie sich über diesen Satz und darüber, daß ich *wetterkrank* bin … Wissen Sie, als Jungspund habe ich einige Zeit in der Grenzregion verbracht, im Austausch, das war noch vor Hitler, und unsere Deutschen im Grenzland waren noch ganz in Ordnung, und weil man das damals eben so machte, fuhr auch ich einige Zeit hin … Ich war dort, um Deutsch zu lernen, in Cvikov, ich wohnte bei einer Frau Plischke, einer Schneiderin, und ich ging oft mit den Deutschen zum Baden – umgekehrt hatten wir zwei Mädchen aus Cvikov, die einige Zeit bei uns in der Brauerei verbrachten, Gerda Fitie und Lori … an ihren Nachnamen erinnere ich mich nicht mehr … und dort, in dieser Kleinstadt Cvikov, hörte ich, wenn das Wetter umschlug, wie die Deutschen das über sich sagten … *Ich bin wetterkrank* … und dann gingen sie auf ein Bier und tranken noch einen Schnaps dazu … und das, Dubenka, ist mir geblieben – wenn mich der Weltschmerz packt, dann werde ich *wetterkrank* und gehe auf ein Bier und einen Schnaps … Auch 36 aber, Dubenka, waren wir in Cvikov zu Besuch, da war Hitler schon da und auch Konrad Henlein … und unsere Deutschen hatten sich verändert, waren nicht mehr so nett, sondern schon sehr herablassend und ließen uns spüren, daß Hitler ihr Gott und ihre Hauptstadt schon nicht mehr Prag, sondern Berlin war … und so war es das letzte Mal, daß wir dort waren, wie Sie ja wissen, endete es in einer Katastrophe, und dann kam

das Münchner Abkommen und die Sudeten fielen ans Reich, und im März kam dann das Reich und holte sich auch noch den Rest der Tschechoslowakei, und dann kamen der Herbst und der achtzehnte September und die Schließung der Hochschulen und der Tod von Jan Opletal und dann am siebzehnten November die zwölf erschossenen Studenten … und ich arbeitete beim Notar und wurde Zeuge, wie nach dem Attentat auf Reichsprotektor Heydrich Bürger, Patrioten und Kommunisten hingerichtet wurden … und schließlich, Dubenka, wurde ich Fahrdienstleiter in Kostomlaty bei Nymburk, und da bin ich noch einmal nur durch Zufall dem Tod entkommen, denn als die Partisanen in der Nähe meiner Station einige Gleise entfernten, kam ein Zug von der Waffen-SS, und sie nahmen mich als Geisel in ihrer Lokomotive mit, heute noch fühle ich die SS-Pistole im Rücken, und der Zugführer oben auf der Lokomotive, als er mir in die Augen sah, war der einzige, der es kapierte … er erteilte einen Befehl, der Zug hielt an, und er gab mir einen Wink mit dem Kinn und ich kletterte die Treppe der Lokomotive hinunter und rannte zu Fuß zu meiner Station zurück, und obwohl schon Frühling war, machte mich das, was mir da passiert war, *wetterkrank* … Und drei Monate zuvor, jetzt erinnere ich mich, hatten die Partisanen hinter meiner Station einen Munitionszug in die Luft gejagt, offene Güterwaggons, und ich stand auf dem Bahnsteig und sah zu, und dann kam die Druckwelle der Detonation, die fünfzehn Waggons flogen in die Luft, fast wie in einer atomaren Wolke … Und dann war die Waffen-SS bei mir im Büro und verhörte mich, auf dem Tisch neben dem Telegraphiergerät lag ein Revolver, aber erschossen haben die Deutschen mich nicht, am nächsten Tag kamen sie noch einmal, aber dann ließen sie mich in Ruhe, ich hatte Glück wie immer, außer daß ich davon *wetterkrank* geworden bin …

Und heute ist der siebzehnte November, und in Prag findet schon der Schweigemarsch der Studenten statt, die mit Kerzen vom Pathologischen Institut in Albertov losgelaufen sind, wo vor fünfzig Jahren der Trauerzug mit den sterblichen Überresten von Jan Opletal begann, den man erschossen hatte am achtzehnten September 39. Und heute ist der siebzehnte November und es ist schon sieben Uhr abends und ich gehe mit meinem kleinen schwarzen Kater Cassius Clay im Arm den weißen Zaun entlang, die weißen Streben, die noch meine Frau angestrichen hat, die weißen Latten beleuchten meinen Weg, ich laufe hierhin und dorthin, und immer noch steht über Kersko das Polarlicht, rosafarben und zart und dabei doch wie ein unheilverkündender Dunst am Himmel, aus dem die funkelnden Sterne hervorleuchten, es wird Frost geben … und ich denke an den Kerzenzug der Studenten, an diese genehmigte Demonstration, die von Albertov zum Grab von Karel Hynek Mácha nach Slavín ziehen wird, dem Friedhof von Vyšehrad … Aber das Polarlicht macht mir angst und, Dubenka, ich befürchte, daß es anders kommen wird, weil dort, vor dem Gebäudekomplex am Karlsplatz das schwere Gerät des Innenministeriums steht, und in den nahen Seitenstraßen warten schon die Wagen, diese Käfige für den Gefangenentransport, für die, die sie bei den jüngsten Prager Demonstrationen verhaftet haben ... und die Sterne leuchten im Polarlicht, im rosafarbenen und zarten und unheilverkündenden Himmelsdunst ... und ich bin *wetterkrank* und der schwarze Kater Cassius in meinen Händen zittert schon ...

Liebe Dubenka, ich mußte gerade daran denken, wie Franz Kafka als Kind von der Zeltnergasse, der Celetná, und vom »Haus zur Minute« über den Altstädter Ring geführt und dann durch die Teingasse zur Másná, dem Fleischmarkt, gebracht wurde, wo sich die deutsche Schule befand, der kleine Kafka wurde von einem buckligen Dienstmädchen begleitet, sie führte ihn sogar an der Hand ... und jetzt weiß ich, weshalb der kleine Kafka eine solche Angst hatte ... In diesem Jahr nämlich, 1892, stritten und prügelten sich in Prag und besonders in der Altstadt die Tschechen und die Deutschen ... und dann rief die österreichische Regierung das Standrecht aus ... und 1897 weiteten sich die Prügeleien zwischen Deutschen und Tschechen auch auf die Juden aus ... Der alte Antisemitismus brach sich wieder Bahn, und für die Juden wurde es ein wahrer »Dezembersturm« ... Die jüdische Mittelschicht, Dubenka, so schreibt Theodor Herzl, versuchte die nationalistischen Ansammlungen zu meiden, wenn sie sich durch die Altstadt bewegte ... wie eine geheime illegale Untergrundorganisation ... wie auf See kreuzende Schiffe ... Und nicht nur die Juden im allgemeinen, sondern auch Franz Kafka wurde davon ganz *wetterkrank* ... und all das trug bei zu den Bedingungen, die zur traurigen Inspiration wurden, als Kafka seinen ... »Prozeß« schrieb, aber auch seine Notizen, und zwar in die Oktavhefte, diese Hefte, in die Schüler, auch ich selbst, damals Vokabeln eingetragen haben ... In solch ein Oktavheft schrieb Kafka ... *Eines Tages kam ein Mann zu uns, ein Unbekannter, und schloß sich mit dem Vater im Wohnzimmer ein ... ich war mit Mutter in der Küche, dann kam der Vater und war blaß und aufgeregt und hatte schrecklichen Durst ... er trank etwas und ging dann zu dem fremden Herrn ins Zimmer zurück ... und als der Vater später noch einmal in die Küche kam, teilte er uns ganz erschüttert mit, er müsse mit diesem Herrn irgendwo hingehen ... ich sagte, Vater, ich komme mit, aber der Vater zog sich hastig an und sagte ... er müsse allein gehen, dieser fremde Herr begleite ihn und er müsse allein sein und allein gehen ... das sagte der Vater, als ich wieder sagte, daß ich mit ihm gehen wolle ... und dann gingen sie, liefen die Treppe hinunter, und ich sah, wie sich der vornübergebeugte Vater auf der Straße entfernte und dann auf dem Platz verschwand ...* Jetzt habe ich Ihnen den Eintrag im Oktavheft nacherzählt ... Mit meinen eigenen Worten habe ich es erzählt, weil ich das Oktavheft schon lange verloren habe … eigentlich heißt das Buch ja »Die acht Oktavhefte« … So war das, und vergebens übte sich Herr Doktor Franz Kafka im Reiten, um seine Depression zu kurieren und seine Migräne und seine Schlaflosigkeit, und vergebens mietete er seine eigene Kabine in der Civilschwimmschule und ging schwimmen, und vergebens unterhielt er dort auch ein eigenes Ruderboot, um sein Nervenkostüm zu stärken, und vergebens besuchte er das Pomologische Institut im Prager Stadtteil Troja und kümmerte sich dort um die Weinstöcke, und vergebens besuchte er, wann immer konnte, die Kurbäder Europas, weil ihn das alles unglücklich machte, was ihn umgab, und vergebens war er viermal verlobt, mit Felice Bauer zweimal und mit Milena Jesenská einmal, und mit Dora Diamant schließlich blieb er zusammen bis zu seinem Tod – denn als er im Palais Schönborn wohnte, begann er Blut zu spucken, und obwohl die offene Tuberkulose ihm beim Schreiben half, endete er, langsam, aber sicher und noch während der Arbeit am »Schloß«, im Sanatorium in Kierling, wo er dann auch verstarb …

Sie sehen also, Dubenka, daß das, was gerade in Prag vor sich geht, schon immer passiert, regelmäßig wiederkehrt, daß es immer nur Unterbrechungen gibt, Atempausen, und daß damals, 1897, der »Ouragan de décembre«, der Dezembersturm, den jungen Kafka genauso hinweggefegt hat, wie uns heute die Ereignisse dieses Jahres hinwegfegen … Dubenka, kurz nach dem Dezembersturm, ein Jahr darauf, fand man im Wald bei Polná ein junges Mädchen mit durchgeschnittener Kehle, und wieder begann der Sturm, diesmal in Polná, die Antisemiten verkündeten, es handele sich um einen Ritualmord, sie sagten, man habe Anězka Hrůžovás Blut nicht gefunden, und die Juden seien schuld und das große Ghetto von Polná müsse geräumt werden, und obwohl am Ende sogar unser späterer Präsident, Professor Masaryk, vor Gericht auftrat und bewies, daß es kein Ritualmord gewesen sei, sondern schlicht und einfach Mord … ist das Ghetto von Polná bis auf den heutigen Tag verlassen …

Liebe Dubenka, ich spaziere, gehe meinen weißen Zaun entlang, der so weiß ist wie ein fliegendes Skelett, der schwarze Kater läuft jetzt vor mir und tollt herum, weil eine leichte Brise geht und die Blätter rauschen, und die Freude von Cassius Clay, meinem schwarzen Katerchen, ist genauso groß, wie die meine klein ist, ich schaue in das schwindende Polarlicht, schön und unheilverkündend, und habe Angst, mir graut es, denn dieses Polarlicht macht mich ganz *wetterkrank*. Ich weiß, Dubenka, daß ihr da drüben in den Geheiligten Staaten Eure eigenen Stürme habt, und das nicht nur im Dezember – in Detroit zum Beispiel war ich ganz schockiert, als ich vom höchsten Hotel aus sah, daß das ganze Stadtzentrum abgebrannt war, von dem weißen Zug, der dort fährt, konnte man sehen, daß die bei Demonstrationen und Protesten niedergebrannte Fläche so groß war wie die Prager Altstadt, stellen Sie sich mal vor, so etwas würde in Prag passieren, möglich wäre das schon, denn wir Tschechen sind empfindlich und hysterisch und richtige Randalierer ... Es gibt da dieses berühmte Lied, »Unser Prag bekommt ihr nicht, eher brennen wir es nieder«, als ich Detroit sah, habe ich es in »Destroyed« umgetauft, die zerstörte Stadt ... und was ist danach passiert? Die wohlhabenderen Einwohner von Destroyed bauten sich Villen und Häuser in den Suburbs und ließen das Stadtzentrum, wie es war, nur zweimal am Tag geht ein Bus, und die riesigen Wolkenkratzer sind verlassen, und durch die leeren Büros und Chefetagen und Banken patrouillieren bewaffnete Security-Leute ... und das alte, aus Backsteinen erbaute Stadtzentrum ist ausgebrannt, es stehen nur noch nackte Mauern ohne Dächer, rußgeschwärzte Fenster, eingestürzte Stockwerke, von Unkraut und Büschen überwucherte Flächen, da, wo früher das stolze Detroit stand, wo Leute flanierten und der Verkehr sich durch die Autostadt wälzte wie durch New York – aber jetzt kommt nur noch dann und wann ein Schwarzer vorbei, oder auch eine Schwarze, in bunten Kleidern und mit einer Zigarette im Mundwinkel ... Dubenka, jetzt habe ich mich an diese Stadt erinnert, und schon fühle ich mich wieder ganz *wetterkrank* ... Auch wenn das Polarlicht sich jetzt langsam auflöst, verschwindet und über mir der Große Wagen und die Kassiopeia zu leuchten beginnen, dieses »Himmels-W« zu Ehren von William Shakespeare, der das Leben und Sterben der englischen Könige so dramatisch zu schildern wußte ... Wenn ich so darüber nachdenke, Dubenka, dann hatten eigentlich alle unsere Präsidenten ein Schicksal, das eines Shakespeare-Dramas würdig wäre ... Das tragische Schicksal von Präsident Masaryk und das noch tragischere von Präsident Beneš und das würdelos tragische Leben von Präsident Hácha und das höchst tragische von Präsident Klement Gottwald, das tragischer ist als alle anderen, weil er gezwungen wurde, seine eigenen Freunde hinrichten zu lassen ... Auwei! Dubenka, heute bin ich wirklich total *wetterkrank*. Herr Hrabal, Hand aufs Herz. Alex Dubček selbst hat Ihnen den Klement-Gottwald-Preis überreicht, Herr Hrabal, Sie sind Träger dieses Staatspreises, der ist für Sie und Ihre Frau, und überhaupt ist das doch der schönste Orden der Republik, ein kleines rotes Rechteck mit einem goldenen Olivenzweig. Klar, Herr Hrabal, natürlich tragen Sie das Ding nicht, weil Sie sich schämen, daß es den Namen einer für die tschechische Geschichte so tragischen Figur trägt. Daran können Sie sehen, Dubenka, welche Probleme wir mit unserer Geschichte haben, die nichts anderes ist als ein immerzu aufgeschobener Anfang und gleichzeitig ein Ende ... Dagegen, liebe Dubenka, hat nicht mal Franz Kafkas obsessive Unruhe geholfen, nicht weniger als siebzehnmal ist er umgezogen, und auch die Rückkehr zur Natur hat nicht geholfen, als er gemeinsam mit seiner Schwester Ottla in Zürau ein Stück Land kaufte, immerzu lief er

vor seiner Krankheit davon, aber am Ende holte sie ihn doch ein, im Sanatorium in der Nähe von Wien.
Hier in Prag wird es heute, am siebzehnten November, einen wahren Karfreitag geben, allerdings ohne Karsamstag und ohne Auferstehung – und auch wenn das rosa- und lilafarbene Polarlicht inzwischen aus meinen Augen verschwunden ist, bleibt es doch da als böses Omen, manchmal reicht schon ein kleines Ereignis – wer hat denn das Feuer entfacht in San Francisco im letzten Jahrhundert? Eine Bauersfrau, die eine brennende Kerze im Stall stehen ließ, oder eine Kuh, die die Fliegen verscheuchte und dabei die brennende Kerze umwarf, so daß sie ins Stroh fiel und die ganze Stadt abbrannte? Patriarch Pimen in Moskau hat diese Frage beantwortet, widerwillig, aber trotzdem: Ja, nicht nur die Guten sind Kinder Gottes, sondern auch die Bösen …
Liebe Dubenka, hier bin ich also, in Kersko, und über dem Wald ist der Mond aufgegangen, fünf Tage ist es ungefähr her, daß Vollmond war, es ist kalt und der Mond sieht aus wie eine große Schaufensterscherbe, er ist leicht orangefarben, und ich stehe am Zaun und Cassius, der schwarze Kater, spielt mit Blättern, die ein verspäteter Föhnwind in die Luft wirbelt, er wühlt seine Pfoten mit ihren scharfen Krallen in den Blätterhaufen, schlägt seine Achatsplitter in das Laub – und ich denke an Sie, an diesen Ihren Faden, mit dem Sie mich einspinnen wie Ariadne –, und jetzt muß ich mich flugs an meine eigenen Blätter setzen, an die Briefe, die ich Ihnen geschrieben habe – denn ich weiß, daß hier in Prag etwas passiert, und ich muß daran denken, wie ich durch das ausgebrannte Detroit und an dem Ort vorbeilief, wo das Feuer ausgebrochen war, dort war etwas passiert, das passieren mußte und das jetzt auch hier droht, auch in Prag passiert … Ich weiß, ich habe Ihnen geschrieben, daß ich das Ende meiner Jugend gern im White Horse verbringen würde, mit den schwarzhaarigen Kellnerinnen, die so nett zu mir waren, wirklich nett, denn sie hatten dieselben Augen wie Sie, sicher hatten auch sie fünf Geschwister, genau wie Sie – Ich habe Ihnen auch geschrieben, daß ich gern wie Dylan Thomas im Greenwich Village sitzen und auf dreibeinige Pferde mit wunderschönen Namen setzen würde, ja, ich vergäße sogar mich umzuziehen und zu waschen, genau wie Dylan Thomas, über den ein armenischer Schriftsteller, der ihm am Flughafen begegnete, sagte, er habe ausgesehen wie ein ungemachtes Bett … Ich aber, Dubenka, ich ziehe mich gern gut an, ich mag es, die Pullover zu wechseln, ich wäre gern so gut wie Andy Warhol, der immer genau merkte, wenn man ihn fotografierte, und dann wie ein Mannequin posierte … genau wie auch ich immer merke, wenn mich jemand fotografiert, und mir dann wünsche, daß eben dieses Foto eine halbe Dimension mehr hätte …
Liebe Dubenka, eigentlich wollte ich Ihnen ja eine ganze Serie von Briefen schreiben, einen aus Ithaca, einen aus Detroit und einen aus Chicago, aber die ganzen

Universitäten, an denen ich eingeladen war, Cornell, Urbana-Champaign, Ann Arbor, verschwimmen heute abend und aus der Distanz alle irgendwie miteinander ... die University of Illinois in Urbana-Champaign hat mir wirklich Eindruck gemacht, aber eher deshalb, weil ich von Chicago vier Stunden unterwegs war, durch einen Wolkenbruch, der die ganze vierstündige Fahrt anhielt, auf der vierspurigen Autobahn sah man kaum fünfzig Meter weit, und es war, als führen wir durch dünnflüssigen Schlamm, gegen den die Scheibenwischer nicht ankamen, und obwohl es erst Nachmittag war, mußten wir die Scheinwerfer einschalten, es war eine apokalyptische Fahrt und es waren weder Engel noch Drachen da, um uns zu beschützen, eine Reise, die Vorhang um Vorhang dünnen Schlamms und Regens zurückzog, der sich mit wirbelndem Lehm mischte, verspritzt von Tausenden Reifen, und es war, als sei dies meine letzte Reise, besonders, als ein Viehtransporter von der Fahrbahn abkam und einige Kälber herausstürzten, über den Randstreifen des Highways rutschten, bis zur Unkenntlichkeit verdreht, der Laster lag mit den Rädern nach oben und zwei Kälber standen muhend im Sturzregen – wir aber fuhren weiter und weiter in Richtung der Universitätsstadt Urbana, und der Fahrer, ein Tscheche, versuchte mich aufzuheitern, indem er immerfort von kaltem Feuer redete, Feuer so kalt, daß Jan Palach in ihm verbrannt war ... kaltes Feuer, die CIA hat's in die Tschechoslowakei geschmuggelt, ein echtes wissenschaftliches Wunder, und dann haben sie Palach, diesen Irren, überredet, sich mit dem Zeug selbst anzuzünden, ham' ihm gesagt, daß ihm rein gar nichts passieren würde, kein bißchen weh tun würde es, und dann hat er sich mit Benzin übergossen und so'n kaltes Streichholz drangehalten, und erst als er schon brannte wie 'ne Fackel, ist ihm gedämmert, daß die CIA-Leute ihn gelinkt haben und daß das Zeug überhaupt nicht kalt war, sondern daß er darin verbrutzelte ... Diese ganze Geschichte, Dubenka, erzählte der wütende Fahrer vor allem sich selbst, und starr vor Angst wartete ich darauf, daß es uns genauso erginge wie den Kälbern, wenn unser Auto sich überschlagen würde und wir nur durch ein Wunder wie diese zwei verängstigten Kälbchen zurückblieben ... aber der Fahrer erzählte schon wieder vom kalten Feuer, das die CIA nach Prag geschmuggelt habe, und von dem durch ein kaltes Streichholz entzündeten Benzin ... und dann sagte er zu mir, wissen Sie, Sie kommen aus einem Land, in dem die Kommunisten die Leute für blöd verkaufen, kaltes Feuer, an so was glauben ja nur die ganz Roten, die, die *Rudé právo* lesen, wo dieser ganze Schwachsinn verbreitet worden ist ... kaltes Feuer, nach Prag gebracht von der CIA, die Palach wissenschaftlich erklärt, daß es nur 'ne Protestaktion ist und gar nicht weh tut, pff ... Und so kämpften wir uns vorwärts, Dubenka, zur University of Illinois, und die ganze Zeit fuhren wir durch diesen aufgewirbelten Schlamm, der Chauffeur quasselte weiter vom kalten Feuer und von Palach und vom kalten Streichholz und der CIA und daß *Rudé právo* das geschrieben und das Tschechoslowakische Fernsehen darüber berichtet habe … Und ich war so schockiert von dieser Fahrt, daß ich, als wir da waren, nur ganz apathisch ein Stück aus meinem »Englischen König« las und dann zuhörte, wie Susanna aus der englischen Übersetzung vortrug, und dann gab es Fragen, und genau wie das Auto, mit dem wir gekommen waren, war nun die ganze Universität in einen wütenden Wolkenbruch gehüllt, und als wäre das nicht schon genug, kam auch noch Wind auf, wie die Zweige einer Trauerweide schlug der Regen gegen die Fenster der Universität und des Department of Slavic Languages, dessen Direktor ein Russe war, dem es Spaß machte, Susanna und mir dabei zuzusehen, wie wir eine gute Stunde über all den Fragen und Antworten schwitzten … und wie so oft ging es um Václav Havel und darum, was ich zur Zensur zu sagen hatte und zu den unschuldig Verfolgten und Inhaftierten und zu Karel Pecka, der fünfzehn Jahre dafür bekommen hatte, daß er in Tachov auf dem Bahnhof gesessen hatte, von wo er angeblich rübermachen wollte. Und ich antwortete auf all diese ehrlichen und persönlichen Fragen und versuchte zu sagen, daß ich gekommen sei, um über Literatur zu sprechen, aber sie sagten, daß Literatur das Leben widerspiegeln solle und daß ich selbst schuld sei, denn ich hätte doch neulich gesagt, man solle die Wahrheit sagen, koste es, was es wolle … Und dann war es zu Ende und ich saß mit den Bohemisten und Slawisten und Russisten zusammen, und auch die Sekretärin war Tschechin, eine Emigrantin, und sie fragte mich, was ich in Kersko so triebe, und als ich sagte, ich hätte einen Gemüsegarten, sagte sie, sie auch, und fragte, ob ich Zucchinisamen haben wolle – sie habe gleich mehrere Sorten.

Aus dem Tschechischen von Anna Förster

JEHUDA AMICHAI

WUNDER

Gedichte

ALS ICH KIND WAR

Als ich Kind war
standen Gräser und Masten an der Küste
und wenn ich dort lag
unterschied ich zwischen ihnen nicht
denn alle fuhren sie hinauf in den Himmel über mir.
Bei mir waren nur die Worte meiner Mutter
wie eine Scheibe Brot in raschelndem Papier
und ich wußte nicht, wann mein Vater zurückkommt
denn jenseits der Lichtung lag noch ein Wald.

Alle Dinge reichten mir die Hand
ein Stier stieß die Sonne mit seinen Hörnern
nachts streichelte das Straßenlicht
meine Wangen und die Wände
und der Mond neigte sich wie ein großer Krug
und tränkte meinen durstigen Schlaf.

GOTT ERBARMT SICH DER KINDERGARTENKINDER

Gott erbarmt sich der Kindergartenkinder,
weniger schon der Schulkinder.
Der Großen erbarmt er sich nicht mehr.
Die läßt er allein,
manchmal müssen sie robben
auf dem Weg zur Sammelstelle
durch glühenden Sand,
blutüberströmt.

Der wirklich Liebenden wird er sich vielleicht
erbarmen, barmherzig zeigen, ihnen Schatten schenken
wie der Baum dem Schlafenden auf der Bank,
draußen in der Allee.

Und vielleicht werden auch wir
unsre letzten Münzen der Gnade hervorholen für sie
aus dem Erbe der Mutter,
auf daß der Liebenden Glück uns beschütze,
jetzt und an anderen Tagen.

NICHT WIE DIE ZYPRESSE

Nicht wie die Zypresse,
nicht auf einen Schlag und nicht ganz und gar ich,
sondern wie Gras tausendfach grün hinaustreten,
versteckt sein wie viele Kinder beim Spielen
und einer sucht.

Nicht wie der Eine,
wie Saul ben Kisch, den die Menge erwählte
und sich zum König machte.
Sondern wie Regen an vielen Orten,
aus vielen Wolken, einsickern, getrunken werden
von vielen Mündern, geatmet werden
wie Luft übers Jahr und verstreut werden wie Blüten im Frühling.

Nicht das scharfe, aufschreckende Klingeln
am Tor des diensthabenden Doktors,
sondern Klopfen, an vielen Pforten
und Nebeneingängen, mit pochendem Herz.

Und danach still hinausziehn wie Rauch,
ohne Fanfaren, ein Minister geht,
ein Stein rollt nach dem steilen Abhang
noch ein bißchen weiter, dann beginnt
die Ebene des großen Verzichts, wo der Staub aufsteigt
wie Gebete, die erhört werden,
Tausende kleiner Körnchen.

WUNDER

Aus der Ferne wirkt alles wie ein Wunder
doch aus der Nähe sehen auch Wunder nicht so aus.
Sogar wer durchs gespaltene Schilfmeer schritt,
sah nur den verschwitzten Rücken
seines Vordermanns,
die Bewegung seiner großen Schenkel,
und wenn's hochkam mit einem Seitenblick
Fische in vielerlei Farben in einer Mauer aus Wasser
wie im Meeresobservatorium hinter der Glaswand.

Die wahren Wunder geschehen am Nebentisch
im Restaurant in Albuquerque:
Zwei Frauen saßen dort, eine mit diagonalem
Reißverschluß, so dermaßen schön,
die andre sagte, »ich hab durchgehalten
und habe nicht geweint«,
und danach, in den roten Korridoren
des fremden Hotels, sah ich
Jungen und Mädchen, die in den Armen
winzige Kinder hielten, die sie selbst geboren hatten,
und auch die
hielten süße kleine Puppen.

DER TOD MEINES VATERS

Mein Vater zog aus allen seinen Zimmern plötzlich
hinaus in seine wunderlichen Weiten.

Er ging und ging und rief zu seinem Gott,
er möge kommen, uns zu helfen.

Und Gott kam wirklich, höchst beschäftigt, und
hängte den Mantel an die Mondsichel.

Doch unsern Vater, der ihn holen gegangen war,
den behielt er für immer bei sich.

AUCH ZUM GEBET DES EINZELNEN braucht es zwei:
Immer einen, der sich bewegt,
und den andern, der sich nicht bewegt, das ist Gott.
Doch als mein Vater betete, stand er an seinem Platz
aufrecht, unbewegt, und zwang Gott, sich zu bewegen
wie ein Schilf und zu meinem Vater zu beten.

DIE WEGE MEINES LEBENS sind verwickelt und kompliziert. Ich bin ein Knoten, nicht zu lösen,
gleich dem, den man ins Taschentuch knüpft, zur Erinnerung
an etwas. Ich weiß nicht, woran ich erinnern soll und wen,
damit er's nicht vergißt. Vielleicht soll ich Gott erinnern,
eine bessere Welt zu machen. Ich weiß es nicht,
ich bin der Knoten im Taschentuch, das ist alles, und das ist mein Leben.

DIE PRÄZISION DES SCHMERZES und die Verschwommenheit des Glücks.
Ich denke an die Präzision, mit der Menschen beim Arzt ihren Schmerz beschreiben.
Auch wer nicht lesen und schreiben kann, beschreibt sehr genau:
das ist ein ziehender, ein reißender Schmerz, oder als ob da einer sägt,
das brennt, das ist ein spitzer Schmerz, das ein stumpfer, hier, genau hier,
ja. Ja. Das Glück läßt alles verschwimmen. Ich hörte Leute
nach Liebesnächten und nach Festen: Es war wunderbar,
ich fühlte mich wie im Himmel. Und sogar der Astronaut, der im Weltraum
mit dem Raumschiff verbunden schwebte, rief nur: Wunderbar, großartig, ich habe keine Worte.
Die Verschwommenheit des Glücks und die Präzision des Schmerzes.
Mit der Genauigkeit des spitzen Schmerzes möcht ich auch
das dumpfe Glück beschreiben und die Freude. Sprechen gelernt hab ich vom Schmerz.

Aus dem Hebräischen von Anne Birkenhauer

TATJANA ARQUINT

DER BLAUBART AUS KÜSNACHT

Zwei Erzählungen

DER BLAUBART AUS KÜSNACHT

Luchino Läubli hatte keinen Penis. Nicht, daß er über Nacht verschwunden wäre, wie bei manchen die Nase über Nacht verschwindet. Nein, einen Penis hatte er von Geburt an nicht und vermißte ihn auch nicht besonders, bis er anfing, im Umgang mit Frauen über diese Laune der Natur zu stolpern. Und Frauen liebte Luchino Läubli über alles.

Er war Anfang vierzig und gutaussehend: grüne Augen, ein anthrazitblau schimmernder, gepflegter, kurzgestutzter Bart und prächtiges pechschwarzes Haar, das er mittellang trug und gern etwas affektiert nach hinten warf – ein Erbe seiner italienischen Großmutter, einer Baronessa aus Mailand. Tagsüber umschlotterten ihn zerknitterte teure Hemden und Kaschmirpullis, abends trug er maßgeschneiderte Anzüge mit Pochette und Hemden mit Manschettenknöpfen. In seinem Gang und seiner Gestik lag eine raubkatzenhafte Geschmeidigkeit, und er wußte Frauen zu gefallen. Nach zwanzig Semestern Jurastudium ohne Abschluß hatte er die Anwaltskanzlei des Vaters dann doch nicht übernehmen dürfen. Daher gab er in seiner von der Großmutter geerbten, von einem weitläufigen verwilderten Garten umgebenen Jugendstilvilla Klavierunterricht auf einem Bösendorfer und veräußerte somit ratenweise seine großbürgerliche Erziehung, um etwas Abwechslung und Struktur in sein Leben zu bringen. Klavierunterricht hatte er als Knabe während zehn Jahren bei einem stets adrett gekleideten, gestrengen russischen Greis genossen, angeblich ein Strawinsky-Schüler. Dieser pflegte bei jedem Fehler des zerstreuten und schüchternen Jünglings mit seinem eleganten Gehstock ungeduldig auf den Boden zu klopfen, was offenbar wirkte, denn Luchino entwickelte eine solide Technik.

Herr Läubli sammelte Frauen mit der Leidenschaft und dem Ernst eines Lepidopterologen. Er lauerte ihnen in Bars, Nachtclubs, Cafés, Kunstgalerien oder auf privaten Partys auf, und auch das virtuelle Dickicht durchforstete er enthusiastisch.

In der Umwerbungsphase, die der Jagd nach einem unsteten flatternden Falter glich, hofierte er die Frauen an sorgsam gewählten Schauplätzen mit einer komplex orchestrierten antiquierten Eleganz, die auf geschliffenen Manieren, Blicken, Gestik, Humor und einem seinem Gegenüber angepaßten Wortschatz basierte. Nach der Umwerbungsphase kam der entscheidende Moment des Einfangens – der eigentliche Verführungsakt. Dieser war streng ritualisiert: Einem gediegenen fünfgängigen Menü beim Franzosen (Schritt 1) folgte in einer schummrigen Bar mit üppiger barock anmutender Ausstattung seine immer gleiche Digestif-Empfehlung »Marquis sombre«, eine heimtückische Mischung aus Cointreau, Wodka, Champagner und einem Schuß Cassis, die sich leicht trinken ließ, bis Zunge und Beine plötzlich bleiern wurden (Schritt 2). Weiter ging es mit der höflichen Einladung, die Dame im Taxi nach Hause zu begleiten (Schritt 3). Wahrlich ritterlich, denn damit gab er ihr noch eine letzte Chance davonzufliegen, bevor er sie mit seinem Fangnetz erhaschte. Ergriff sie diese nicht, bot er ihr einen unverbindlichen Drink bei ihm zu Hause an (Schritt 4). Während der Whisky die Frau endgültig in eine alkoholische Umnachtung versetzte, spielte er Chopins Fantaisie-Impromptu in cis-Moll, immer nur dieses eine Stück, geschmeidig, geübt, mit Kalkül und Leidenschaft zugleich (Schritt 5). Danach folgte ein Kuß (Schritt 6) und »die Puppe« wurde ins Schlafzimmer getragen, wobei manch eine, trotz ihrer ätherischen Erscheinung, überraschend schwer war. Beide zogen sich aus, et voilà, die Offenbarung folgte (Schritt 7). Diese Klimax bescherte ihm Augenblicke von Schauder und Erleichterung zugleich, eine Befreiung, endlich mußte er nichts mehr verheimlichen, endlich war er er selbst. Die Reaktionen fielen unterschiedlich aus, von hysterischem Lachen über blankes Entsetzen bis hin zu zärtlichem Mitgefühl: »Für uns Frauen ist das nicht so wichtig, wie du meinst.« Die »Leichen« schickte er danach unverzüglich mit einem von ihm bezahlten Taxi nach Hause. Dies war der endgültige Schluß. Die Hartnäckigsten belagerten ihn noch eine Weile mit empörten oder empathischen SMS, die er jedoch nicht las. Sein Rückzug war jener Tropfen Zyankali, mit dem er seine Falter symbolisch tötete, um die Beute nun unter der Lupe seiner Erinnerung geduldig zu entfalten und zu nadeln. Allmählich entstand eine bunte und umfangreiche Sammlung. Nur mit seinen Musikstudentinnen vermied er jegliche Liebschaften. Nebst der Tagesstruktur, die sie ihm lieferten, schätzte er ihre Loyalität und die Großzügigkeit, mit der sie ihm seine ausgedehnten Meditationsaufenthalte in Kyoto oder kurzfristig angemeldete Trips nach New York oder St. Barths verziehen.

Meistens wußte er im voraus, wann die Jagd vorbei sein würde. Vier Wochen war sein absoluter Rekord. Erst vor kurzem hatte er zwei Affären gehabt, die parallel liefen. Priska, eine energische blonde Ernährungsberaterin, die er über Tinder kennengelernt hatte, bereicherte ihn mit den aktuellsten Erkenntnissen aus ihrem Fach: Kokosbutter und Palmfett seien neue gesunde Fette, glutenhaltiges Brot und Getreide sollte man hingegen meiden, die ganze Menschheit sei heutzutage latent glutenintolerant. Nach einer Entschlackungskur unter ihrer wachsamen Obhut brachte sie durch Quinoa, Buchweizensprossen und Reiswaffeln Abwechslung in seine Küche. Als ihn sehr bald nach Spaghetti und Baguette gelüstete, beeilte er sich, die Beziehung nach seinem bewährten Ritual zu beenden.

Regula, eine Künstlerin aus Urnäsch, hatte er während einer Vernissage kennengelernt. Sie machte Installationen, vergoldete Hühnerhäuschen, stellte Ziegenköpfe aus Wachs her oder »verfremdete« Scheunen mit Lichtinstallationen. Die Heimat inspirierte sie, und sie hatte ihr Schaffen, gemeinsam mit drei Dutzend weiteren Künstlern, bereits in der Gruppenausstellung »Appenzeller Gegenwartskunst« gezeigt. Stets trug sie eine Kopfbedeckung: Turbane, Tücher, Mützen, Kapuzen, Hauben, Helme, er wußte bis zum Schluß nicht, welche Haarfarbe sie hatte. Sie stellte ihn einem »ganz großen lokalen Schöpfer« vor, der ausschließlich bunte Sechsecke malte und sie »galaktische Waben« nannte. Als Läubli müde wurde, allen die Rolle eines potentiellen Mäzens vorzugaukeln, zog er nach drei Wochen mit Regula resolut den Schlußstrich. Die Einladungen zu ihren und des »großen Schöpfers« Ausstellungen landeten ungeöffnet im Müll.

Françoise traf er in der Kaffee-Ecke einer Bibliothek. Sie rauchte ihre dritte Zigarette (Rauchen war dort überraschenderweise erlaubt), trank zerstreut ihren inzwischen erkalteten Milchkaffee und blätterte in einem Buch von Maurice Merleau-Ponty. Luchino sprach sie an. Sie arbeitete an einer Dissertation über Paul Auster, anhand von strukturalistischen Theorien. Luchinos Vater hatte Vorlesungen von Merleau-Ponty in Paris gehört, und er selbst liebte Auster, insbesondere sein Frühwerk. Beiläufig erwähnte er seine Sammlung amerikanischer Fotografie, 60er und 70er Jahre, Arbus, Winogrand. Sie könne seine Sammlung bei Gelegenheit anschauen kommen.

Es war ein früher, warmer Herbstabend, der langsam verglühte. Im Garten vor der Villa raschelte und flog das rostfarbene Laub, aufgewirbelt vom Wind. Sie nippte an ihrem Kaffee und bewunderte die Fotosammlung. Auf dem Salontisch lagen Nietzsches »Also sprach Zarathustra« und Freuds »Traumdeutung« – intellektuelle Pheromone, wie Luchino zu sagen pflegte. Sie ersetzten seit wenigen Stunden einen Katalog von Max Bill und ein Buch mit dem Titel »Gesund und glücklich – glutenfrei«. Er spielte ihr auf dem Bösendorfer etwas von Rameau und Händel vor. Sie war verzaubert von seinem Spiel und vom Haus – ob er sich in den vielen Zimmern nicht ein wenig einsam fühle? Nein, nicht besonders, er reise viel, und wenn er in der Stadt sei, unterrichte er fast täglich.

Nach dem bewährten Szenario sollte bald die Einladung ins Restaurant folgen. Doch er zögerte, zum ersten Mal. Ihm gefiel ihre Gesellschaft, ihr neugieriges, quirliges Wesen, die Vielseitigkeit ihrer Interessen, ihr ansteckendes Lachen. Ihr katzenhaft geschnittenes sommersprossiges Gesicht mit den blauen Augen, die sie stets zusammenkniff, ihr kurzes kastanienbraunes Haar, ja ihre ganze Erscheinung hatte es ihm angetan. Sie verhielt sich kameradschaftlich, ohne jeglichen Anflug von Koketterie. Er schob den »Enthüllungsabend« drei Monate lang hinaus und zerstreute sie (oder eher sich selbst) mit Theateraufführungen, Konzerten, Kinobesuchen und Ausstellungen. Eines Abends gingen sie nach einer Lesung spontan in ein tibetisches Restaurant, und anschließend war sie es, die zu einem Drink in eine Bar wollte. Zum ersten Mal spürte er, daß sie offen war für mehr. Er erstarrte bei diesem Gedanken, und doch waren sie kurz darauf in seiner Villa. Die Situation entglitt seiner Kontrolle. Während sie sich an seinem Bösendorfer unsicher am Adagio der »Mondscheinsonate« versuchte – alles, wozu sie trotz einiger Jahre an der Musikschule noch fähig war –, lag er auf seiner ledernen Récamière, blaß, die Augen geschlossen.

Später wurde die Dame mit einem Taxi nach Hause befördert. Als Luchinos portugiesische Haushälterin zwei Wochen später ihren Dienst antrat, fand sie die Villa unbewohnt vor. Die Suche blieb trotz einer geschalteten Vermißtenanzeige erfolglos.

Einige Zeit danach begann es in Küsnacht zu spuken. Heimgesucht wurden Villen mit Flügeln und Pianos. Nachts erschien ein nackter Mann, lautlos am Klavier spielend. Mehr war in der Dunkelheit nicht zu erkennen.

THEO

Theo war stämmig, kurzbeinig, baßstimmig und zerriß Frauen die Strumpfhosen, wenn er überschwenglich und voller Freude an ihnen hochsprang. Eigentlich hieß er Theophil. Anna pries seine Virilität und nannte ihn »unseren Ernährer«. Tatsächlich ernährte Theo die ganze Familie, die aus Anna, ihrer Mutter und ihrer studierenden Schwester bestand. Anna investierte ihre ganze Zeit und Energie in Theos Betreuung, denn Theo – ein Basset, der als Deckrüde tätig war – verdiente hundert Dollar pro Begattung. Dies entsprach dem Monatslohn von Annas Mutter, einer promovierten Chemikerin, die seit der Schließung ihres Forschungsinstituts Anfang der Neunziger als Zimmermädchen im Hotel Astoria in St. Petersburg arbeitete. Theo war ein Prachtexemplar: Er wies eine vorzügliche Ahnentafel auf sowie zahlreiche Preise und Auszeichnungen und war bei den Auftraggebern wegen seiner Umgänglichkeit und nicht zuletzt dank seines Geschicks, die Weibchen zu entspannen, sehr begehrt. Sein Leben war komplett durchgetaktet: Deckungstermine, Präsentationen im Zuchtklub und Teilnahme an Ausstellungen. Auch häufige Tierarztbesuche kamen hinzu, denn dieser laute, faltige Gourmand hatte, wie alle Bassets, oft Unpäßlichkeiten: Ohrenentzündungen, Pilzbefall, Rückenschmerzen. Manchmal nannte Anna ihn scherzhaft »Chef«, denn Theo füllte ihren ganzen Terminkalender aus. In den kalten und feuchten Petersburger Wintermonaten trug er eine maßgeschneiderte Schutzhose, damit seine kostbaren reproduktiven Organe nicht unterkühlt wurden. Anna behandelte ihn mit allen möglichen Heilmitteln, homöopathisch, mit Kräutertinkturen und Massagen. Sie entwickelte für ihn sogar eine spezielle Sprunggymnastik und optimierte seine Ernährung: Sie servierte ihm zum Frühstück unzählige mit Vitaminen angereicherte Canapés mit Hähnchen-Confit, und stolz erwähnte sie allen gegenüber, daß sie die Hühner für Theo auf dem Kusnetschnyj-Markt bei einer ihr bekannten Bäuerin kaufte. Die unappetitlichen rosagrauen, verdächtig opulenten »Bush-Schenkel« amerikanischer Provenienz, die gerade die Lebensmittelläden überfluteten, konnte sie ihrem »Ernährer« nicht zumuten.

Ihre Opferbereitschaft ging so weit, daß sie auch ihre private Garderobe Theos Bedürfnissen anpaßte und, obwohl sie es haßte, ausschließlich in Jeans und wetterfesten Jacken herumlief. Wie beneidete sie ihre Freundinnen, die Röcke und Kleider und dazu passende Strümpfe trugen! Damals waren schwarze Spitzenstrumpfhosen en vogue und Anna mochte besonders jenes Modell, das die blonde Französin im Film »Les favoris de la lune« anhatte.

Anna hatte keine Gewissensbisse Theo gegenüber: »Natürlich verwalte ich seine Triebhaftigkeit. Aber er hat ein Luxusleben und ein aufregendes dazu. All die Bewunderung, die Preise. Wie viele Streuner es da draußen gibt, einige sogar edle Exemplare!« Alle liebten das fröhliche, anhängliche Naturell Theos, nur Annas Freund, der grimmige Finne Heiko, hatte ein Problem mit ihm: »Theophil bestimmt dein ganzes Leben. Hast du auch mal Zeit für mich? Ich kriege am Abend Pasta und er mindestens zwei Gänge! Mal zusammen ein Video anschauen oder bei einem Bier abhängen? Nein, Theo muß noch massiert werden! Ich verdiene genug, wir brauchen keinen weiteren Ernährer. Schon gar nicht, wenn er ein Hund ist.« Anna dachte nicht daran, ihren Job aufzugeben, denn schließlich ernährte Theo ja auch noch ihre Mutter und ihre Schwester mit, die nichts vom Zuchtgeschäft verstanden. Sie rechtfertigte sich: »Ach, Heikuscha, du verstehst es nicht. Theo ist für mich nun mal Haustier und Arbeitgeber zugleich – und ein guter noch dazu! Ich habe zwar viel Verantwortung, aber auch viele Freiheiten. Soll ich als Biologielehrerin an die Schule zurückkehren und dort für ein Butterbrot unterrichten? Ganz bestimmt nicht.« Heiko zuckte mit den Achseln und wurde immer schweigsamer.

Einige Jahre später heiratete Anna den Schweden Tore, einen Immobilienmakler, und zog zu ihm nach Malmö. Sie machte das schwedische Lehrdiplom und begann am dortigen Gymnasium Biologie zu unterrichten. Bald aber klagte sie über Zeitmangel: »Für eine anständige Doppellektion benötige ich sechs Stunden

Vorbereitung. Und dazu noch der administrative Aufwand!« Für Theo blieb ihr keine Zeit mehr, Tore ging mit ihm Gassi.
Theo hingegen genoß nach der Kastration seinen wohlverdienten Ruhestand. Er mochte sein unaufgeregtes Leben in Schweden, das ausgewogene Fertigfutter, die Gesellschaft der anständigen Hunde im Park und die lokalen Tierärzte, die viel netter waren als jene in St. Petersburg. Hie und da vermißte er die Massagen und sonstigen Extras, aber er wußte, daß es letztlich Luxuswünsche waren. Theo war nun ein Westler. Er hatte Rechte, das war ihm wichtiger.

UMSCHAU

RENATE SCHMIDGALL: DIE PRAWDA AUF DER TOILETTE

Angefangen hat es in Moskau. Ich war fünfzehn, als ich im Mai 1970 mit dem Stadtjugendring Heilbronn zum ersten Mal in den Osten flog. Frankfurt – Moskau, drei Stunden, mit Aeroflot. Zu der etwa fünfzehnköpfigen Gruppe gehörten auch zwei Freundinnen aus meiner Russischklasse. Diese war die erste ihrer Art in unserer Stadt, sie bestand seit dem Schuljahr 1969/70, also noch kein ganzes Jahr. Dritte Fremdsprache, Wahlpflichtfach. In meinem Zeugnis vom Februar 1970 steht »sehr gut«. Das gedruckte Wort »Griechisch« ist gestrichen und handschriftlich mit »Russisch« überschrieben.

Es ist fast fünfzig Jahre her, aber ich weiß noch genau das Datum: 16. bis 23. Mai 1970. Es war eine Reise in eine andere Welt. Die Andersartigkeit begann schon im Flugzeug, vermutlich einer Iljuschin. Im Inneren roch es nach Plastik und Erbrochenem, und mir wurde noch am Boden schlecht. Die dicken dunkelgrünen Papiertüten, die für solche Fälle vorgesehen waren, benutzte ich ausgiebig.

Moskau war meine erste Weltstadt, die Moskauer Metro die erste U-Bahn, die ich sah. Und dann gleich so etwas: Während oben auf gigantisch breiten Straßen der Verkehr brauste und die Menschen dahineilten, breiteten sich unter der Erde pompöse Hallen aus, wie Paläste oder Kathedralen aus Marmor, mit Stuck, Arkaden, riesigen Kronleuchtern, Wandgemälden, jede Station anders. Arbatskaja, Komsomolskaja, Prospekt Mira. Man hätte vom Fußboden essen können, er blitzte vor Sauberkeit. (Ich weiß noch, wie dreckig mir später die Londoner Tube oder die Berliner U-Bahn vorkamen.) Pracht und Glanz. Und Menschenmassen. Um durch die Schranken zu kommen, mußte man ein grünliches Fünf-Kopeken-Stück einwerfen, eine – im Vergleich zu ihrem Wert – relativ große Münze. Die Rolltreppen schienen ins Nirgendwo zu führen. Wenn man sie betrat, konnte man das Ende nicht sehen. Mit mehr als einhundertzwanzig Metern gehören sie tatsächlich zu den längsten weltweit. Rechts stehen, links gehen. Wie in dem Lied von Bulat Okudschawa. Die Passagiere hielten sich daran: Rechts standen ältere Leute oder auch solche, die die eigenständig fahrende Treppe zur Ruhepause nutzten, links zogen die Jüngeren rasch vorbei. Moskau war eine schnelle Stadt, im Untergrund wie auch oben, auf den Straßen. Ihre Bewohner huschten mit gesenkten Köpfen dahin. Es faszinierte uns, daß wir die Aufschriften lesen konnten, die Metro-Pläne. Und daß die Menschen, die wir ansprachen, uns verstanden und höflich, ja freundlich Auskunft gaben, trotz der allgemeinen Hektik. Alle schienen beglückt, junge Mädchen aus dem Ausland zu sehen, die sich für ihre Stadt interessierten. Milizionäre diskutierten auf der Straße mit anderen Leuten und zeigten uns gestikulierend den besten Weg.

Die Hauptstadt der UdSSR hatte damals knapp sieben Millionen Einwohner. Die Entfernungen kamen mir riesig vor. Die großen Straßen hießen Prospekte. Graue Gebäude, rote Flaggen und Transparente. Ich kannte damals nicht viele Städte, aber das Fehlen von Werbung fiel mir auf, das Fehlen von Farbe, abgesehen von Rot. Rot war die Werbung für den Kommunismus: Ruhm der UdSSR, Ruhm der KPdSU, Friede der Erde.

Die Prospekte waren lang und breit, vier- und fünfspurig, eine Überquerung schien lebensgefährlich, egal, ob die Ampel auf Rot oder Grün stand, denn die Autofahrer bremsten nicht, sie jagten die Fußgänger. Das paßte nicht zu den freundlichen Auskünften. Aber es tat meiner jugendlichen Begeisterung keinen Abbruch. Die erste Sehenswürdigkeit, die wir aufsuchten, war die Allunionsausstellung, auf Russisch ВДНХ, das bedeutet »Ausstellung der Errungenschaften der Volkswirtschaft«, ein riesiges Gelände mit vielen verschiedenen Pavillons, die diese Errungenschaften präsentierten. Ich erinnere mich an einen großen Brunnen mit goldenen Figuren und Ährenbündeln als Symbol der Landwirtschaft und an den Weltraum-Pavillon mit Gagarins Raumschiff Wostok. Sehr lange liefen wir durch diese Ausstellung, die uns nicht besonders interessierte. Da war der Kreml mit seinen alten Kirchen, den vergoldeten Kuppeln und den Fresken schon beeindruckender. Und die Museen: die Tretjakow-Galerie mit russischen Gemälden (Schischkins sonnendurchleuchtete grüne Landschaften, Bilder von Repin, Kramskoj) und das Puschkin-Museum mit europäischen Malern, die ich dort zum ersten Mal sah: Manet, Monet, Degas, Renoir, Cézanne, Gauguin, Picasso, van Gogh. Die Eindrücke waren überwältigend.

Auch der Rote Platz war faszinierend in seiner kaum überblickbaren Weite. Die märchenhaft anmutende Basilius-Kathedrale mit ihren bunten Zwiebeltürmchen, das Lenin-Mausoleum mit der wie eine Reliquie verehrten einbalsamierten Leiche unter Glas, das Grab des Unbekannten Soldaten, vor dem Wachsoldaten in grauen Uniformen mit riesigen Tellermützen patrouillierten, versteinert, nicht mit der Wimper zuckend. Mit fünfzehn waren wir so unverschämt, nah heranzutreten und sie zu beobachten. Sie schienen nicht einmal zu blinzeln, wenn sie standen, und wenn sie gingen, bewegten sie sich in einem langsamen, völlig übertriebenen Stechschritt, wie Maschinen oder Roboter, nicht wie Menschen. Untergebracht waren wir in einer Art Jugendherberge weit draußen, im Stadtteil Babuschkin im Norden Moskaus. Die Gegend hatte fast ländlichen Charakter. Ich erinnere mich an einen kleinen Park, durch den man zur U-Bahn-Station ging, an einen Friseurladen, die Freude über das Entziffern der kyrillischen Buchstaben: ПАРИКМАХЕРСКАЯ. (Parikmacherskaja, man erkennt hier den Perückenmacher.) Sicher habe ich diese senkrecht an einer Hauswand angebrachte Aufschrift auch deshalb in Erinnerung, weil es in dieser Gegend nicht viel gab, woran der Blick hängenblieb: der mickrige Park, unscheinbare alte Backsteinbauten. Kurz vor unserer Metro-Station dann das Kosmonautendenkmal: ein himmelhoch aufstrebendes, glänzendes Metallmonument (der Schweif der Rakete), am Ende der Flugkörper, den man – am Sockel stehend – in mehr als hundert Metern Entfernung kaum sehen konnte.

Genauso fremd wie das Großstadtleben im Zentrum waren mir die Mahlzeiten in unserer Unterkunft. Morgens gab es schwarzen Tee in Gläsern, dazu bunt eingepackte, längliche Zuckerstücke, kompakter als unser Würfelzucker. Der Tee schmeckte gut, ich mußte mich nur daran gewöhnen, ihn ohne Milch zu trinken, denn die gab es nicht. Die Kaffeetrinker hatten Pech. Das Essen war eine Herausforderung am frühen Morgen: Alles, was ich normalerweise zum Frühstück aß (Brot, Butter, Marmelade, allenfalls Käse), gab es nicht, dafür wurden uns Fleischklopse oder Würstchen mit Kraut vorgesetzt und eine Pampe aus gestampften Kartoffeln. Die Frauen an der Essensausgabe trugen große weiße Hauben, hier und da blitzte ein Goldzahn, sie konnten freundlich sein, aber auch rigoros und biestig.

In Babuschkin sprachen uns oft Kinder an, wir waren ja an der Kleidung als Ausländer zu erkennen. Sie kannten das Wort »Kaugummi« und boten uns im Tausch kleine Metallabzeichen an, znatschki. Es waren vor allem rote Sterne und Lenins Kopf mit entschlossenem Gesichtsausdruck. Wie auch auf den vielen Büsten oder Denkmälern, an denen Moskau nicht sparte. Die Abzeichen hatten Nadeln zum Anstecken. Einmal, als wir durch die Stadt fuhren, bemerkte ich einen schlammbraunen Militärlastwagen vor unserem Bus. Die Plane war hochgeklappt, man sah einige junge Männer auf der Ladefläche und darunter den Schriftzug ЛЮДИ, Menschen. Generell waren die Konventionen hier andere, in diesem Fall die sprachlichen, der Menschentransport war keine Ausnahme: Was draufstand, war drin. An den Geschäften hingen Schilder mit den Wörtern »Brot«, »Fleisch«, nicht wie bei uns »Bäckerei«, »Metzgerei«. Im Puschkin-Museum hing auf den Toiletten die Prawda. Nicht zum Lesen, sondern anstelle von Toilettenpapier, das es aus unverständlichen Gründen in der Sowjetunion nicht gab. Die Zeitung war in etwa DIN-A5-große Stücke zerschnitten: rauhes Papier mit Druckerschwärze. Noch dazu einer Druckerschwärze, die erheblich geruchsintensiver war als unsere deutsche. Die Prawda stank und färbte ab. Die großen Zettel hingen an einem in die Wand gehämmerten Nagel. Waren das die Toiletten der Nation, die den ersten Kosmonauten ins All geschickt hatte?

Hier klaffte vieles auseinander: die Pracht der Metrostationen und die Schäbigkeit der Toiletten in öffentlichen Gebäuden, die Herzlichkeit der Menschen und die Rücksichtslosigkeit, mit der sie sich manchmal weigerten, einen zu bedienen. Im GUM, dem Staatlichen Universal-Geschäft am Roten Platz, in das Tausende Sowjetbürger aus anderen Republiken strömten, weil es dort Dinge gab, die man anderswo nicht kaufen konnte, lag in halbleeren Regalen billiges Zeug, das jeglichen Anspruch auf Qualität und Ästhetik zu verspotten schien. (Einige Jahre später fand ich diese minderwertige Qualität in Polen wieder.) Plastik war selten, und wenn es welches gab, dann wirkte es roh, unfertig. Die Damenstrümpfe, horrend teuer, erinnerten an alte Filme aus den dreißiger Jahren. Die Schuhe sahen aus wie selbstgemacht: das Leder grob, die Verarbeitung schlecht. Alles erschien wie eine Vorstufe zum eigentlichen Produkt: Das Papier war holzig, das Plastik kantig, das Holz unsauber gehobelt und ungenau bemalt. Es war etwas Grundlegendes: Die Dinge sahen anders aus, fühlten sich anders an und rochen anders. Auch das Eis: In einer krummen Waffel steckte etwas unförmig Weißes. Aber der Anblick täuschte. Das Moroshenoje im GUM, für das die Leute in einer langen Schlange eine halbe Stunde auf dem Roten Platz anstanden, schmeckte köstlich: cremig süß, nach Sahne – besser als das bei Presutti in Heilbronn und jedes andere italienische Eis, das ich je gegessen hatte.

Vielleicht waren es die krassen Gegensätze oder das Fremde, das mich anzog. Eine große Rolle spielte auch die Sprache, die mir von Anfang an gefallen hatte und die hier keine Theorie mehr war: Wir konnten uns mit den Menschen unterhalten, die zwar manchmal verschlossen und abweisend wirkten, sich beim ersten persönlichen Kontakt aber in herzliche, zugewandte Wesen verwandelten. Nach einer Woche war ich wieder zu Hause. Wie ich mich dort fühlte, was ich erzählte, weiß ich nicht mehr. Doch die Prägung war erfolgt, und die Faszination war von Dauer. Meine seelische Heimat ist im Osten, seit 1970.

ULRICH FRIES: LETZTE POSTKARTE VON EINER ANDEREN REISE

In SINN UND FORM 4/2019 veröffentlichte der Herausgeber von Friedrich Pollocks Schriften, Philip Lenhard, unter dem Titel »Adornos letzte Postkarte« einen Aufsatz, in welchem er Textmaterial vorstellt und interpretiert, das »bis jetzt gänzlich unbekannt« war und nun als Teilnachlaß Pollocks an der Universität Florenz aufgetaucht ist. Laut Lenhard gibt »der auf mehrere Kisten verteilte Bestand (…) Einblick in die Nachkriegsgeschichte der Frankfurter Schule sowie in Theodor W. Adornos Gefühlswelt«. Ohne Frage sind die bislang unbekannten Dokumente interessant, so auch der Brief, in dem Adorno Pollock gegenüber von einem Gefühl der Dankbarkeit spricht und erklärt, »daß ich, wären Sie nicht, mit großer Wahrscheinlichkeit zugrunde gegangen wäre«.

Das wäre Adorno mit Sicherheit nicht. Der saß 1937, bevor Horkheimer ihn nach Princeton holte, ›high and dry‹ im Merton College in Oxford. Über seinen Wohltäter heißt es bei Lenhard: »Neben Pollocks wissenschaftlicher Arbeit war aber auch seine Verwaltungstätigkeit von großer Bedeutung. Gemeinsam mit Horkheimer repräsentierte er über fast drei Jahrzehnte *das Institut* und schuf im Exil einen Hafen vor allem für jüdische Intellektuelle, die aus Europa entkommen waren. Pollock (…) half anderen Verfolgten, wo er nur konnte. Er kümmerte sich um Affidavits, besorgte Bürgschaften, zahlte Stipendien und Honorare aus, vermittelte Wohnungen und Jobs und war für Dutzende ein rettender Anker in einer schier ausweglosen Situation.«

Die Männerfreundschaft der ungleichen ›Frankfurter‹ wird wohlwollend dargestellt und en passant ein weiteres Mal die Legende vom wohltätigen Wirken des Instituts für Sozialforschung, zumal für Flüchtlinge aus Nazi-Deutschland, propagiert. Pollock selbst hatte in seinem »Memorandum for P. T., 1943« öffentlich gemacht, das Institut habe für die Unterstützung emigrierter Wissenschaftler zwischen 1933 und 1942 ca. 200 000 Dollar ausgegeben. Das wären heute inflationsbereinigt (je nach Konversionsverfahren) immerhin mehr als 3 Mio. US-Dollar.

Die 1973 erschienene Horkheimer-Monographie von Helmut Gumnior und Rudolf Ringguth berichtet, ohne aber auf die Hintergründe einzugehen: »Mit Ausbruch des Krieges verschlechterte sich die finanzielle Lages des Instituts. Das Stiftungsvermögen schrumpfte mehr und mehr zusammen, so daß Horkheimer schließlich an eine Verkleinerung, wenn nicht gar an eine völlige Aufgabe des Institutsbetriebs dachte.« Die finanziellen Schwierigkeiten hatten ihren Grund jedoch nicht im Kriegsausbruch, wie ein Blick ins Horkheimer-Archiv erweist. Und tatsächlich erschließt sich eine zusätzliche Bedeutungsebene von Adornos emotionalem Dankesbrief, wenn man auch die bereits bekannten Quellen befragt. Die ergiebigste, »Die Frankfurter Schule« von Rolf Wiggershaus, enthält auf ihren mehr als 700 Seiten deutliche Hinweise auf Eigentümlichkeiten im Umgang mit dem Vermögen, über das Pollock freihändig gebieten konnte. »Die finanzielle Situation wurde dem Kreis der festen Mitarbeiter [zu dem Adorno zählte] nie auch nur halbwegs offen und in überprüfbarer Form dargelegt. Wirklich eingeweiht war nur das *Interieur*: Horkheimer und Pollock. Teilweise eingeweiht war als eine Art Generalsekretär Löwenthal. (…) Pollock (…) bestimmte offiziell die Gehälter bzw. Gehaltskürzungen.« Löwenthal hat (viel) später erklärt, derlei Entscheidungen »wurden in Gesprächen zwischen Horkheimer und Pollock festgelegt und uns mitgeteilt«.

Nach gängiger Lesart geriet das Institut als Folge der New Yorker Börsenkrise ab Mitte 1937 in Bedrängnis und mußte seine Ausgaben drastisch einschränken, um in reduzierter Form weiterarbeiten zu können. Die Briefe aus dieser Zeit dokumentieren Wiggershaus zufolge »die Angst Horkheimers und seiner Frau, nicht über reichliches Geld verfügen zu können«. In einem Brief an Adorno fällt das Bemühen auf, sich über die eigene Verantwortung hinwegzutäuschen. Alle »ökonomischen Fachleute mit vollen Portefeuilles« seien in die Baisse hineingeraten, »infolge der außerordentlichen Vorsicht Pollocks« habe man keine Bankschulden, bedeuteten »die gegenwärtigen Vorgänge im Gegensatz zu sehr großen Teilen der amerikanischen investments keineswegs eine Katastrophe«. Der Kernsatz aber lautet: »Da unser Vermögen, seit es besteht, viel zu klein ist, als daß wir von den Zinsen leben könnten, sind die Kosten des gesamten Betriebs von den Gewinnen bestritten worden.« Das ist eine sehr eigenwillige, nicht nachvollziehbare Darstellung.

»Auch das Rezessionsjahr 1938 brachte keine Besserung«, schreibt Wiggershaus, »sondern drastische Verschlechterungen, an denen nach eigenem Eingeständnis vor allem Pollock selbst schuld war, der zwar in seinem Zimmer eine ganze Wand für die Notierung der Börsenkurse reserviert hatte, aber eine unglückliche Hand in der Anlage von Geldern besaß.« Horkheimer reagiert wie ein Kleinbürger, betrachtet das Ganze als ein mythisches Verhängnis – und versucht Löwenthal zu bewegen, 50 000 US-Dollar (heute ungefähr 1 Million US-Dollar) auf sein Privatkonto zu transferieren. Löwenthal lehnt mit Verweis auf die Statuten ab. Der Gedanke, Rat bei Erich August Nadel zu suchen, der das Weilsche Kapital bis Mitte 1935 verwaltet hatte und den in seiner Obhut verbliebenen Rest dieses Vermögens erfolgreich durch die Krise steuerte, kam weder ihm noch Pollock.

Entscheidend für das Verständnis dieses Zusammenhanges sind Vorgänge aus dem Jahr 1935, als Felix Weil aus familiären Gründen sein gesamtes Vermögen in zwei – allerdings unterschiedlich zugänglichen – Tranchen in das Stiftungskapital der Société Internationale des Recherches Sociales (SIRES) einbrachte. Weil gab die Kontrolle über diese Gelder auf, für die im Rahmen der Statuten nun Pollock als Präsident verantwortlich war. Allein die erste Tranche bestand aus 883 000 US-Dollar (in Form von 781,7 kg Feingold) und hätte 2018 (nach dem oben verwendeten Verfahren) einen Wert von 13 000 000 US-Dollar gehabt. Im Jahresbericht 1936 kann Pollock schon vermelden, daß im zweiten Halbjahr 1935 dieser Zufluß eine Rendite von ca. 100 000 US-Dollar generiert habe (mithin die Hälfte dessen, was er in den zehn Jahren von 1933 bis 1942 insgesamt ausgekehrt hat). Pollock weiter unter Punkt C der Tagesordnung:

»Die Vermögensverwaltung, welche dieses erfreuliche Resultat gezeitigt hat, erfordert begreiflicherweise ziemlich umfangreiche Massnahmen. (…) Zu diesen Massnahmen gehören nicht nur Börsenoperationen verschiedenster Art, sondern auch etwa der Erwerb von Grundstücken und andererseits die Errichtung einer selbständigen kleinen Aktiengesellschaft amerikanischen Rechts. (…) Der Präsident bittet in diesem Zusammenhang nicht nur um die ausdrückliche Genehmigung für alle (…) Transaktionen, sondern auch um Annahme der (…) vorzuschlagenden Ergänzung der Statuten, um eine einwandfreie Rechtsgrundlage zu schaffen. Dabei erklärt er ausdrücklich, daß die Vermögensverwaltung in dem Masse, in dem aufgrund sorgfältigster Beobachtungen durch unsere ökonomischen Büros eine Ermattung der wirtschaftlichen Erholung festgestellt werden kann, ein Uebergang zu wesentlich konservativeren Methoden der Vermögensanlage, unter Umständen sogar

unter Verzicht auf jegliche Verzinsung, erfolgen wird.«
To cut a long story short: Weils Versuch, die Finanzen des Instituts zu sichern, indem er das Kapital aus dem Familienvermögen herauslöste, damit der Fachkompetenz Nadels entzog und »vertrauensselig« (Weil) unter die Verfügung Pollocks (und damit Horkheimers) stellte, erwies sich als Desaster. Allerdings war die finanzielle Lage des Instituts zu keinem Zeitpunkt so schlecht wie von Horkheimer später dargestellt. Aber sowenig er und Pollock die Börse begriffen, so gut verstanden sie es, mit dem Popanz des drohenden Ruins die Verpflichtungen des Instituts zu reduzieren. In der Legendenbildung der Frankfurter Schule ist das Wissen um diese Vorgänge untergegangen, die jetzt von Jeannette Heufelder in ihrem Buch »Der argentinische Krösus« (2017) kohärent rekonstruiert wurden.
Der neunte Jahresbericht der SIRES von 1941 weist für das Jahr noch vier bezahlte Mitarbeiter in Europa aus: Hans Mayer, Hans Brill, Walter Benjamin und Andries Sternheim, die ersten drei als Stipendiaten, Sternheim als »Mitarbeiter«. Mayer schreibt später: »Das Institut hat weder seinen Pariser Sekretär Hans Brill noch seinen holländischen Mitarbeiter Andries Sternheim und dessen Familie vor der Verschleppung retten können. Es ist müßig zu fragen, warum das nicht zu ändern war.«
Das mochte Mayer 1982 so erscheinen. Doch seit 1991 ist das Schicksal Sternheims und seiner Familie – zumindest in den Niederlanden – durch die Dissertation von Bertus Mulder öffentlich bekannt: Sternheim war ab 1931 für den Standort Genf verwaltungstechnisch zuständig. Er gehörte zu den ersten Beiträgern der »Zeitschrift« und rezensierte regelmäßig Publikationen auf dem Gebiet der sozialen Bewegung und der Sozialpolitik. Pollock hatte ihn 1938 im Zuge der (wie gezeigt von ihm selbst verursachten, jedoch keineswegs in dieser Form notwendigen) Sparmaßnahmen aus Genf verdrängt, wo er eine Aufenthaltsgenehmigung für sich und seine Familie besaß. Er hatte ihn mit dem Versprechen weitergezahlter, wenn auch reduzierter Bezüge veranlaßt, seinen Rücktritt bei der SIRES einzureichen, diesen aber im April 1939 auf der Gesellschafterversammlung so verkündet, als wäre es Sternheims Wunsch gewesen, nach Amsterdam zurückzukehren. Das Protokoll hält fest: »With great regret the members [anwesend war auch Felix Weil, Sternheim nicht] accepted the resignation in view of the reasons explained by Dr. Sternheim and a vote of thanks was given for his honorary activities« (Minutes of the Seventh General Meeting of the SIRES, April 29, 1939).
Ein erster Versuch, Sternheim loszuwerden, war zuvor am Widerstand Horkheimers gescheitert, der ihn als zuverlässigen empirischen Sozialwissenschaftler schätzte. Doch dann schaltete sich Adorno ein, dem Horkheimer die Freizeit-Projektskizze zur Beurteilung gegeben hatte. Dessen Verriß der Vorlage ließ Sternheim in den Augen Horkheimers nicht mehr tragbar erscheinen. In der Folge zitiere ich die ganze Brief-Passage, um nicht dem Verdacht anheimzufallen, es würden Aussagen künstlich zugespitzt:
»Ich las auch das ganze Manuskript Sternheim. Ich dachte, es handle sich um einen zwar schreibunfähigen und beschränkten Mann, aber doch um jemand mit gelehrten Qualitäten oder wenigstens einer gewissen Materialkenntnis. Aber von alldem kann gar keine Rede sein. Vom Schriftstellerischen rede ich schon gar nicht und auch nicht von Ideen. Aber selbst die Minimalforderung, die Pollock einmal aufstellte, daß einer imstande sein müsse, den Inhalt einiger gelesener Bücher einigermaßen zusammenhängend und verständlich wiederzugeben, erfüllt er nicht. Es handelt sich nicht bloß um ein Produkt der tiefsten neurotischen

Dummheit, sondern es ist über weite Strecken (wo er nämlich ›Theorie‹ macht) völlig *unverständlich.* Daß durch ›Redaktion‹ geholfen werden kann, halte ich für ausgeschlossen; man müßte den ganzen Mann umredigieren. Wäre einfach die Qualität Sternheims in Rede, so würde ich wirklich nur für sofortige Liquidation optieren, ohne mich damit des russischen Antiintellektualismus verdächtig zu machen. Nun weiß ich wohl, daß das nicht geht. Ich weiß aber nicht, wie weit die Verpflichtungen St. gegenüber solche der Dankbarkeit oder solche der Taktik sind. Bestünden jene, so wäre nichts zu sagen oder [zu] tun; bestehen diese, so ist es zu fragen, ob noch ein dringendes taktisches Interesse vorliegt, und ob eine so rissige Fassade zu irgendetwas nutzt. Und ich wäre dann doch dafür, zu versuchen, ihn loszuwerden. Ich habe an folgende Wege gedacht: (1) stufenweise, allmählichen Abbau mit der Begründung, daß das Institut die Erforschung der Freizeit für hinreichend gefördert halte; (2) wegloben an Farquharson, der ihn ja kennt; (3) wegloben ans Arbeitsamt, obwohl ich dringend fürchte, daß dieses ihn an uns weggelobt hat; (4) (???) vielleicht ihn durch de Man in Brüssel unterbringen. Das wäre an sich der Ort für ihn; aber ich habe große Zweifel, ob der Herr Minister ausgerechnet für uns etwas tun wird. Das Institut in irgendeiner Weise an einem Buch Sts zu beteiligen, halte ich aus den allereinfachsten Prestigegründen für sehr *bedenklich.* Das ist nicht bloß langweilig wie gewisse Dinge, die wir machen müssen; es setzt uns der Lächerlichkeit aus, wofern nicht einer von uns der Sache sich ganz energisch annimmt. Ich denke, ich werde noch von Ihnen hören, wann und ob ich nach Genf soll (vielleicht kann man es mit ein paar Erholungstagen in der Schweiz kombinieren). Die Funktion, die ich hier aber am liebsten übernähme, wäre die des Abschlagteufels oder Henkers (NB auch die pure *Kenntnis* der Lage in den totalitären Staaten bei St. ist äußerst mangelhaft und wie alle diese Leute überschätzt er weit die Ideologie, nimmt sie auch für viel eindeutiger als sie ist).«

Horkheimer macht noch Anstalten, ihn zu verteidigen: »An der Stelle, die er damals bei uns bekleidete, hat er sich übrigens durchaus bewährt.« Aber im Juli 1938 haben Adorno und Pollock sich durchgesetzt, und Sternheim muß zurück in die Niederlande. Damit nicht genug: Einen Monat später teilt Pollock ihm mit, daß auch die zugesagten 200 US-Dollar nicht sicher seien, will dann die Bezüge um 50% kürzen. Im Oktober 1939 findet er eine Stelle als Direktor in einem Rationierungsbüro, sein Gehalt wird im September 1940 von 200 auf 250 niederländische Gulden erhöht, doch im November 1940 wird er wie alle jüdischen Beamten auf Veranlassung der deutschen Besatzer entlassen. Zeitgleich erhält er von Pollock Nachricht über eine weitere Kürzung seiner Bezüge. Sternheim ist verzweifelt, spricht in seinem letzten Brief an Horkheimer (28. Oktober 1940) vom »most terrible blow I ever received«.

Hier wurde der Plan einer schrittweisen Trennung umgesetzt – offenbar unter Verzicht auf Anstand. Es scheint geradezu ein Merkmal von Pollocks und Horkheimers Beschäftigungspolitik zu sein, daß sie unter Berufung auf hehrste Ziele oft niederste Praktiken anwendeten. Man kann das an verschiedenen Stellen bei Wiggershaus nachlesen. Daß ihre Nachfolger bis heute an deren Selbststilisierung festhalten – und selbst ihre Gegner diese Legendenbildung nicht durchschaut haben –, gehört in denselben Verblendungszusammenhang wie das Verschweigen des Schicksals der Familie Sternheim.

Martin Jay stellt 1976 in diesem Zusammenhang folgende Behauptung auf: »Einige Institutskollegen – Karl Landauer, Andries Sternheim und an prominentester Stelle Walter Benjamin – hatten sich trotz eindringlicher Aufforderungen und Bitten geweigert zu emigrieren, bis es schließlich zu spät war.« Die Aussage ist in zwei Punkten falsch: Schon am 24. Januar 1939 hatte Sternheim aus Amsterdam an Horkheimer geschrieben: »Wenn meine Frau und ich die freie Wahl hätten, so würden wir am allerliebsten Europa verlassen, um in einem andern Weltteil mit den Kindern ein neues Leben anzufangen.« Dieser Brief fand keine Aufnahme in die Briefabteilung von Horkheimers »Gesammelten Schriften«. Während Jay in seiner Arbeit noch regelmäßig auf Sternheim Bezug nimmt und ihn siebenmal erwähnt, ist auffällig, daß er 1986 im Literaturverzeichnis von Wiggershaus überhaupt nicht mehr auftaucht.

Als er an Horkheimer schreibt, haben Sternheim und seine Familie keine drei Jahre mehr zu leben. Sein Direktorengehalt wird ihm bis März 1941 ausgezahlt. Ob auch das Institut den reduzierten Betrag weiter auskehrte, konnte Mulder nicht ermitteln. Die willkürliche – aus Adornos Narzißmus, Pollocks Kaltherzigkeit und Horkheimers Egoismus geborene – Entscheidung, Sternheim aus dem sicheren Genf im Juli 1938 nach Amsterdam zu schicken und ihm dann seine Unterstützung zu kürzen, zerstörte seine materielle Basis, wie Mulder anschaulich darstellt. Daß man Anfang 1939 seinen Emigrationswunsch ignoriert, liefert ihn letztlich der Verfolgung durch die Nazis aus. Das ist die eine Seite dieser Geschichte. Mulder ist der erste, der sie erzählt. Er scheint zu vermuten, daß Sternheims Herkunft – ein nicht-deutscher Jude aus der Arbeiterklasse – der Grund gewesen sein könnte, warum man dem Holländer nicht hilft. Mulder wirft die Frage auf, weil er weiß, daß Pollock und Horkheimer auch noch in den Kriegsjahren über ausreichende Mittel für solche und andere Aktionen verfügten. Die Unterlagen, die dies belegen, liegen in Frankfurt und Amsterdam – seit langem. Weshalb sind sie, nach all den Jahren, noch nicht ausgewertet? Das ist die andere Seite einer Geschichte, eine, die auch Walter Benjamin betrifft.

Sternheim geht mit seiner Familie 1943 in den Untergrund, im Januar 1944 werden sie verhaftet. Das letzte Lebenszeichen, eine Postkarte, stammt aus dem März 1944: »Es ist anders gegangen, als wir erwarteten. Plötzlich Auschwitz-Transport, womit auch wir gehen. Wir sitzen im Zug, sind beide gesund und stark und guten Muts. Sind gut ernährt und bereit, alles zu erleiden.«

DETLEV SCHÖTTKER: SPRACHÖKONOMIE UND DESIGNÖKONOMIE

Die rhetorische Tradition der Wiener Architekturmoderne

Zu den verbreiteten Auffassungen über Architektur und Design der Moderne gehört, daß sich ihre Verfechter von der Tradition losgesagt hätten, um an deren Stelle das Programm klarer und funktionaler Gestaltung zu setzen. Zwar beriefen sich einige Protagonisten des Bauhauses auf die Arts-and-Crafts-Bewegung, die William Morris in England mit einer Firma für handwerklich solide Einrichtungsgegenstände initiiert hatte, doch reicht diese historische Orientierung nur wenige Jahrzehnte vor die Eröffnung der Institution 1919 in Weimar zurück. Der 1907 gegründete Deutsche Werkbund, der Morris' Programm für Industrieprodukte erneuern wollte, gehört durch personelle Verflechtungen bereits zur Vorgeschichte des Bauhauses.

Nikolaus Pevsner hat die Erneuerung der Gestaltung von Morris bis zum Bauhaus in seinem 1936 erschienenen Buch »Pioneers of the Modern Movement« (dt. 1957) erstmals dargelegt und damit eine Vorgabe gemacht, die von der Architektur- und Designgeschichtsschreibung bis heute nicht in Frage gestellt wurde, wie die Publikationen und Ausstellungen aus Anlaß des Bauhaus-Jubiläums zeigen. Dadurch verfestigt sich der Eindruck, daß Grundgedanken der modernen Gestaltung ein Phänomen des frühen 20. Jahrhunderts seien.
Schaut man sich die Ideen der Wiener Moderne an, die zeitlich und konzeptionell ebenfalls zu den Vorläufern des Bauhauses zu rechnen sind, dann ergibt sich ein anderes Bild. Denn einige ihrer Vertreter haben sich ausdrücklich auf frühere Epochen der Architekturgeschichte wie Antike, Renaissance und Klassizismus bezogen. Zu ihnen gehören der Publizist und Architekt Adolf Loos, der Sprachtheoretiker und Gestalter Ludwig Wittgenstein, der Architekt und Architekturkritiker Josef Frank und der Architekturhistoriker Emil Kaufmann.

Ihren Ursprung haben die Prinzipien der Klarheit und Übersichtlichkeit, die später unter dem Begriff der Einfachheit zusammengefaßt wurden, in der antiken Rhetorik. Deren Grundgedanken waren noch im frühen 20. Jahrhundert als Bildungsgut präsent, wie Gert Ueding in seiner »Modernen Rhetorik« (2000) gezeigt hat. Schon in der 340 v. Chr. entstandenen »Rhetorik« des Aristoteles heißt es, daß »der höchste Vorzug des Stils dessen Klarheit« sei. Diese soll das Anliegen des Redners deutlich und nachvollziehbar vermitteln. Zentrale Bedeutung hat der zweite Schritt der Vorbereitung einer Rede, die sogenannte »dispositio«, bei der es um die Ordnung des Stoffes geht. Alle weiteren Schritte von den Formulierungen bis zum mündlichen Vortrag können zur Klarheit beitragen.
Der römische Architekt Vitruv hat das Prinzip der Übersichtlichkeit auf die Baukunst übertragen. In der um 30 v. Chr. entstandenen Schrift »Zehn Bücher über Architektur« rechnet er die »dispositio« zu deren »ästhetischen Grundbegriffen«, weil sie eine »passende Zusammenstellung der Dinge« und damit eine »schöne Ausführung des Baues« gewährleiste. Darüber hinaus verlangt er für Darstellungen zur Architektur sprachliche Klarheit, übernimmt also in doppelter Hinsicht Grundsätze der Rhetorik. Vitruvs Schrift hatte über Jahrhunderte kanonische Geltung, da es sich um die einzige aus der Antike überlieferte Baulehre handelt, verlor aber ab Mitte des 18. Jahrhunderts an Bedeutung, nachdem in Paestum und auf Sizilien griechische Tempel entdeckt wurden, die in ihrer gedrängten Übersichtlichkeit zum neuen Vorbild der Architektur wurden.
Am Grundgedanken der Klarheit aber hat sich nichts geändert. Gegenwärtig ist er noch in jenen Formeln, die häufig zitiert werden, um Ideen der Architektur- und Designmoderne zu erläutern: »Form follows function«, »Ornament ist Verbrechen« und »Weniger ist mehr«. Geht man der Herkunft der Formeln nach, dann zeigt sich, daß sie ebenfalls eine lange Tradition haben, die zu Beginn des 20. Jahrhunderts aktualisiert wurde, um die Abkehr vom Ornament zu begründen. Dies geschah zunächst in Wien.

Die These »Form follows function«, die auch vom Deutschen Werkbund verbreitet wurde, nimmt die rhetorische Idee der Angemessenheit von Gegenstand und Darstellung auf. Sie stammt von dem in Chicago tätigen Architekten Henry Louis Sullivan und findet sich in einem 1896 publizierten Beitrag »Das große Bürogebäude, künstlerisch betrachtet«. Die Formel wird hier allerdings nicht aus Sprache oder Architektur, sondern aus der Natur abgeleitet. Diese galt schon in der Ästhetik der Aufklärung

als Vorbild für Einfachheit und Wahrheit, so daß ihre Nachahmung in den Künsten empfohlen wurde. »Ob wir«, so Sullivan, »an den im Flug gleitenden Adler, die geöffnete Apfelblüte, das schwer sich abmühende Zugpferd (...) oder die über allem strahlende Sonne denken, immer folgt die Form der Funktion.«
Adolf Loos war die Idee vermutlich bekannt, als er mit seinem Vortrag »Ornament und Verbrechen« ab 1908 durch mehrere europäische Städte zog. Zumindest hatte er die funktionalistischen Büro- und Verwaltungsgebäude von Sullivan und anderen Architekten in Chicago gesehen, als er sich zwischen 1893 und 1896 in den USA aufhielt. Einige stammen auch von deutschen Baumeistern aus der Schule Karl Friedrich Schinkels, die nach der gescheiterten Revolution von 1848 in die USA emigriert waren. Dort haben sie den sogenannten strengen Stil ihres Lehrers, der zur Erneuerung des Klassizismus führte, in eigenen Bauten umgesetzt.
Wenige Jahre nach Rückkehr in seine Heimatstadt Wien verbreitete Loos in Artikeln zur Kunst und Kultur der Gegenwart seine These, daß Verzierungen aus ökonomischen, kulturellen und gesundheitlichen Gründen verwerflich seien. Mit der Fassade des 1910 erbauten Hauses am Michaelerplatz gegenüber der Wiener Hofburg setzte Loos seine Auffassung erstmals in die Praxis um. Das Haus wurde wegen seiner Ornamentlosigkeit heftig angefeindet, enthält aber klassizistische Elemente, die auf eine Auseinandersetzung mit der Tradition zurückgehen.
Loos selbst hat in der erweiterten Fassung seines 1910 erschienenen Beitrags »Architektur«, den er 1931 in die einflußreiche Sammlung »Trotzdem« aufnahm, ausdrücklich darauf hingewiesen, daß er sich bei der Fassade dieses Hauses an Bauten von »1800« orientiert habe. »Ich mußte daher«, so schreibt er mit Bezug auf den Historismus, »dort anknüpfen, wo die Kette der Entwicklung zerrissen wurde. Eines wußte ich: ich mußte, um in der Linie der Entwicklung zu bleiben, noch bedeutend einfacher werden.« 1922 reichte Loos bei einer Ausschreibung zu einem Gebäude für die »Chicago Tribune« den Entwurf zu einem Hochhaus in Form einer dorischen Säule ein, das griechische Antike und technische Moderne miteinander verknüpfen sollte, aber nicht gebaut wurde.

Ludwig Wittgenstein knüpft in der 1921 erschienenen »Logisch-philosophischen Abhandlung« explizit an Ideen der Rhetorik an. Ein vielzitierter Satz aus der Vorrede lautet: »Was sich überhaupt sagen läßt, läßt sich klar sagen.« Die Formulierung wird in der Programmschrift des Wiener Kreises, die 1929 unter dem Titel »Wissenschaftliche Weltauffassung« erschien, als Grundgedanke »der spezifisch wissenschaftlichen Einstellung« bezeichnet. Wittgenstein kannte die Verfasser der Schrift wie Hans Hahn, Otto Neurath und Rudolf Carnap, die seine Überlegungen zu Sprache und Logik gelesen hatten – vermutlich in der deutsch-englischen Buchausgabe von 1922 mit dem heute gebräuchlichen Titel »Tractatus logico-philosophicus«.
Hier bezieht sich Wittgenstein auf eine Formulierung des spätmittelalterlichen englischen Philosophen William von Ockham, wonach »unnötige Zeicheneinheiten nichts bedeuten«. Der Umkehrschluß, also die These, daß zu streichen sei, was dem Verständnis nicht diene, ist in Ockhams Schriften zwar nicht zu finden, wurde aber unter der Formel »Ockhams Rasiermesser« zu einem Grundgedanken der Denkökonomie, die in der Erkenntnistheorie der Moderne, nicht zuletzt im Wiener Kreis, eine zentrale Rolle spielt.
Die Grundzüge der Denkökonomie hatte der Naturwissenschaftler und Philosoph Ernst Mach Ende des 19. Jahrhunderts während

seiner Tätigkeit an der Universität Wien in mehreren Schriften skizziert. Zwar haben seine Überlegungen verschiedene Deutungen erfahren, doch läßt sich als gemeinsamer Nenner festhalten, daß es sich hier um eine methodologische Maxime handelt, nach der einer einfachen Theorie der Vorzug gegenüber einer komplexen gegeben werden solle, da sie die Erkenntnis erleichtere.
Die Formel »Weniger ist mehr« ist von der Denkökonomie geprägt. Sie zielt nicht nur auf die gestalterische Praxis, sondern auch auf den intellektuellen Mehrwert von Reduktionen. Zugeschrieben wird sie Mies van der Rohe, der zwischen 1930 und 1933 Direktor des Bauhauses war, sie ist in seinen Texten aber ebensowenig nachweisbar wie bei Vorläufern und Protagonisten im Umfeld des Bauhauses, wie aus Fritz Neumeyers Buch »Das kunstlose Wort« hervorgeht (Neuausgabe 2016).
Man kann deshalb von einer Kollektividee der frühen Moderne sprechen, die Sprachökonomie und Designökonomie gleichermaßen umfaßt. Doch gibt es auch hier eine lange, auf die Rhetorik zurückgehende Vorgeschichte. Behandelt wird das Prinzip der Reduktion vor allem in Quintilians Werk »Ausbildung des Redners« (um 95 v. Chr.), dem umfangreichsten Lehrbuch zur Rhetorik in der Antike. Der Verfasser empfiehlt hier Kürze bei Erzählungen vor Gericht, weist aber auch auf die Gefahr überzogener Reduktionen, nämlich Unklarheit, hin: »Denn sagt man Überflüssiges, ist es lästig, streicht man Notwendiges, gefährlich.«
Wittgenstein hat die Idee der Klarheit auch auf die Gestaltung übertragen, als er 1926 mit Paul Engelmann, einem Schüler von Adolf Loos, ein Wohnhaus für seine Schwester in Wien entwarf, das 1928 gebaut wurde. In späteren Aufzeichnungen, die zu seinen Lebzeiten nicht veröffentlicht wurden, kam er mehrfach auf das Haus zurück und verallgemeinerte seine Auffassung. »Erinnere Dich«, so heißt es zu Beginn der dreißiger Jahre, »an den Eindruck guter Architektur, daß sie einen Gedanken ausdrückt. Man möchte auch ihr mit einer Geste folgen« (»Werkausgabe«, Bd. 8).

Anders als Wittgenstein hat sich Josef Frank ausführlich mit der Geschichte der Baukunst und ihrer Theorie beschäftigt, bevor er in Wien als Architekt und Raumgestalter zu arbeiten begann. Begleitet wurde seine Tätigkeit durch zahlreiche Artikel über aktuelle Fragen des Bauens, in denen Frank häufig auf Traditionen verweist (zusammengefaßt in der zweibändigen Ausgabe der »Schriften« von 2012). In einem dialogischen Text, der 1927 unter dem Titel »Vom neuen Stil« erschien, heißt es: »Stile werden erfunden, und der moderne stammt aus dem Jahre 1420. Das war meines Wissens das erste Mal, daß ein Architekt erklärte: ›Von heute an baue ich im modernen Stil‹.« Frank spielt hier auf einen Renaissance-Architekten an, über den er 1910 an der Technischen Hochschule Wien eine Dissertation mit dem Titel »Über die ursprüngliche Gestalt der kirchlichen Bauten des Leone Battista Alberti« vorgelegt hatte. Alberti, der als Redner ausgebildet wurde, hatte 1450 ein wegweisendes Werk mit dem Titel »De re aedificatoria« verfaßt, das er in Anlehnung an Vitruv ebenfalls als »Zehn Bücher über Architektur« bezeichnete. Doch geht er einen Schritt weiter als sein Vorgänger, wenn er sagt, »daß die klügsten und mäßigsten Männer (...) auch in der Baukunst Mäßigkeit und Sparsamkeit außerordentlich gebilligt hätten«. Frank greift den Gedanken in seiner Dissertation auf und bezieht ihn auf die aktuelle Loos-Debatte, indem er Albertis Auffassung mit der Palladios vergleicht. Bei diesem, so schreibt er, habe der »Grundsatz« der Eurythmie zu einer »völlig ornamentlosen Architektur« geführt. »So weit« sei Alberti nicht gegangen; vielmehr habe er »dem Ornament noch einen Platz« eingeräumt.

Auch Frank vertrat diese Auffassung. In seinem 1931 erschienenen Buch »Architektur als Symbol« heißt es in einem Abschnitt mit dem Titel »Was ist modern?«: »Modern ist ein Haus, das alles in unserer Zeit Lebendige aufnehmen kann und dabei doch ein organisch gewachsenes Gebilde bleibt.«
In dem zeitgleich erschienenen und häufig genannten Beitrag »Das Haus als Weg und Platz« bezog er sich auf Camillo Sittes Buch »Der Städtebau nach seinen künstlerischen Grundsätzen« von 1889, in dem der in Wien lebende Verfasser auf antike, mittelalterliche und frühneuzeitliche Ideen zur Stadtplanung zurückgreift, um diese für die Gegenwart fruchtbar zu machen. »Ein gut angelegtes Haus«, so Frank, »gleicht jenen alten schönen Städten, in denen sich selbst der Fremde sofort auskennt.«
In einem 1930 gehaltenen Vortrag bei der Tagung des Wiener Werkbunds, für den er zwei Jahre später die Internationale Werkbund-Siedlung organisiert, verweist Frank sogar auf die japanische Architektur, um für aktuelle Tendenzen des Bauens ein historisches Vorbild zu nennen: »Die Grundlagen unserer modernen Architektur, die Prinzipien, nach denen das neue Haus gebaut ist, sind also weder Stahl noch Eisen, noch Eisenbeton, sondern sein Vorbild ist das japanische Haus, das aus Holz gebaut ist, mit seinen verschiebbaren Wänden, vergänglich und leicht, beweglich und transparent.«

Mit Emil Kaufmanns Buch »Von Ledoux bis Le Corbusier«, das in Wien entstanden und 1933 erschienen ist, wurde die Vorgeschichte der Moderne erstmals Gegenstand einer architekturhistorischen Darstellung. Der Verfasser hatte 1920 an der Universität Wien eine Dissertation über »Architekturtheorie der französischen Klassik und des Klassizismus« eingereicht und war während der Arbeit auf die nur in Papierform überlieferten Entwürfe der französischen Revolutionsarchitekten gestoßen, die um 1800 die Bauweisen radikal zu erneuern versuchten, indem sie als Baukörper geometrische Formen ohne Ornamentik verwenden wollten. Diese Formen und ihre Kombination sollten zur Klarheit des Denkens beitragen; der rhetorische Grundgedanke wird damit zu einer architekturtheoretischen Idee. So schreibt Etienne-Louis Boullée, neben Claude-Nicolas Ledoux der wichtigste Vertreter der Revolutionsarchitektur, in einem Traktat, der erst Mitte des 20. Jahrhunderts wiederentdeckt und veröffentlicht wurde: »Was nun die regelmäßigen Körper für uns besonders hervorhebt, ist die Tatsache, daß ihre Regelmäßigkeit und ihre Symmetrie Inbegriff der Ordnung sind und daß in dieser Ordnung wiederum die Klarheit selbst liegt.«
Dieselbe Auffassung vertrat Le Corbusier seit Anfang der zwanziger Jahre in mehreren Schriften, die seine radikal reduzierten Gebäude begleitet haben. 1929 heißt es in »Feststellungen zu Architektur und Städtebau«: »Das Einfache ist das Ergebnis der Urteilskraft und der Auswahl; es ist das Merkmal der Meisterschaft. Sobald man sich vom Komplizierten löst, findet man die Mittel, die den Zustand des Bewußtseins offenbaren.« Obwohl Le Corbusier in der späteren Wiener Moderne anders als im Bauhaus nur eine untergeordnete Rolle spielte, hat Kaufmann die Verbindung zwischen ihm und den Revolutionsarchitekten hergestellt. Zwar argumentiert er architekturästhetisch, doch ist auch hier das rhetorische Prinzip der »dispositio« erkennbar, wenn er über die Entwürfe der Revolutionsarchitekten schreibt: »In der klassisch-barocken Kunst waren alle Teile innig verbunden, gleichsam aus einem Guß. Nun sind die Teile vereint, aber dennoch selbständig. (...) Die Verständigung der Teile ist das wichtigste Ergebnis des architektonischen Regenerationsprozesses vom Ausgang des 18. Jahrhunderts.«
Da Kaufmann nach seiner Promotion als Bankangestellter arbeitete und 1938 in die

USA emigrierte, wo er 1953 in ärmlichen Verhältnissen starb, ist bis heute unbekannt, ob er mit Vertretern der Moderne in Verbindung stand. Mit ihren Werken und Schriften war er allerdings gut vertraut, denn er erwähnt neben Le Corbusier auch Walter Gropius, Adolf Loos und dessen Schüler Richard Neutra, der 1923 in die USA ausgewandert war. Die Revolutionsarchitekten, so Kaufmann, hätten das »Leitmotiv« des »heutigen Bauens« vorweggenommen, wie es Gropius 1925 im ersten Band der Bauhausbücher unter dem Titel »Internationale Literatur« beschrieben habe: »Variabilität desselben Grundtypus durch wechselseitigen An- und Aufbau sich wiederholender Raumzellen«. Kaufmanns Buch war damit die erste historische Darstellung zu den geistigen und konzeptionellen Grundlagen der Architekturmoderne.

SEBASTIAN KLEINSCHMIDT: GÄNSE IM TRAUM

Letzte Nacht hatte ich einen Traum. Mir träumte, ich war zu einem Gänseessen eingeladen, zu dessen Ritual es gehörte, daß jeder bei Tisch eine Geschichte erzählt, die etwas mit einer Gans zu tun hat. Ich war der einzige unter den Gästen, der keine Geschichte wußte. So ist es immer in meinem Leben gewesen. Wenn ich aufgefordert wurde, etwas zu erzählen, überkam mich plötzlich Unlust und es fiel mir nichts ein. Der Tag der Einladung rückte näher, und meine Angst, nichts über Gänse erzählen zu können, wurde größer und größer. Das letzte Mal, daß ich etwas über eine Gans gelesen hatte, war im Tagebuch von Julien Green gewesen. Es war ein Satz über die Literaturkritik, und er lautete: »Der Wagen der Kritik wird von einer Gans gezogen.« Das hatte mir gefallen. Aber es half mir nicht weiter für das bevorstehende Abendessen.

Dann erinnerte ich mich, daß ich vor einigen Jahren im Zeit-Magazin ein Bild gesehen hatte, auf dem Anna Katharina Fröhlich in Italien in dem an einem See gelegenen Garten ihrer Mutter mit einer Gans abgebildet war. Die Gans war so strahlend weiß, wie die, die sie im Arm hielt, strahlend schön war. Und sie, Anna Katharina, war es ja auch, die mich aufgefordert hatte, eine Gänsegeschichte vorzutragen beim Festessen am Martinstag. Das einzige Wesen, das meine Not, über Gänse nichts erzählen zu können, verstand, war die Gans auf dem Foto. Denn plötzlich fing sie in meinem Traum an zu sprechen. Ich weiß, sagte sie, während sie es sich auf dem Arm ihrer Hüterin wohl sein ließ, ich weiß, daß du eingeladen bist zum Essen nach Berlin, ich weiß, daß du dort eine Gänsegeschichte erzählen sollst, ich weiß, wie schwer dir das fällt. Hab keine Angst! Es ist ganz leicht. Erinnere dich einfach daran, wo überall in deinem Leben du schon einmal einer Gans begegnet bist. Und dann erzählst du das.

Und plötzlich erinnerte ich mich, wie ich als Kind einmal über die Straße zum Nachbarn mußte, um Eier zu holen, und wie ich auf den fremden Hof kam und plötzlich eine Schar Gänse auf mich zustürmte mit vorgestreckten Hälsen und gelben Schnäbeln und wie sie alle wie im Chor zischelten und wütend waren, daß ich ihr Terrain betreten hatte. Ich dachte an meine nackten Waden, die sie gleich zwicken und zwacken würden, stand wie erstarrt und wagte mich keinen Zentimeter mehr weiter. Erst als die Nachbarsfrau gewahr wurde, was gerade geschah, kam sie aus der Küche gerannt, ergriff den nächstbesten Stock und verscheuchte das grimmige Völkchen, so daß ich zu guter Letzt meinen Auftrag doch noch erledigen konnte. Sonst wäre es noch passiert, daß ich außer

der Wut der Gänse auch den Zorn meines Auftraggebers hätte zu spüren bekommen. Denn das hatte mein Vater mit den Gänsen gemeinsam: den cholerischen Affekt. Die furchteinflößende Kraft des Unmuts.
Und dann erinnerte ich mich, wie ich einmal das Bild einer mecklenburgischen Malerin gesehen hatte, Anna Gerresheim ihr Name, auf dem ein Mädchen und ein Junge hinter einem Windschutz aus zerschlissenem Leinen dargestellt waren, die in der freien Natur Gänse hüteten. Die weißen Leiber der Gänse leuchteten nah und fern im blassen grünen Gras. Und noch mehr leuchteten sie unter dem tiefen schweren grauen Himmel. Und aus allem leuchtete eine Kindheit, die unwiederbringlich war. Und dann erinnerte ich mich an den kleinen Nils Holgersson, der, in einen Däumling verwandelt, auf dem Rücken eines reiselustigen Hausganters mit den Wildgänsen kreuz und quer durch Schweden zog. Nie wieder war das Land so schön wie aus der luftigen Höhe.
Und dann erinnerte ich mich daran, daß wir in der Schule einmal Wilhelm Raabes Erzählung »Die Gänse von Bützow« abgehandelt hatten. Im Traum nahm ich das Buch zur Hand und stieß auf die wundersame Szene, in der der Ich-Erzähler, ein pensionierter Lehrer, am Fenster seines Studierzimmers stand und auf den gegenüberliegenden Brunnen blickte:
»Das gellende, taktmäßige Gebimmel der Ausruferglocke traf mein Ohr; in der Mitte der Gasse stand, die Wichtigkeit seiner Stellung wohl kennend, Grävedünkel der Viertelsmann, entfaltete einen großen Bogen beschriebenen Papieres, und Gänse und Frauenzimmer versammelten sich im Kreise um ihn her, und die Passanten blieben stehen, lauschend, was ein hochedler Magistrat seiner guten und getreuen Bürgerschaft zu entbieten habe.
Und Grävedünkel der Präkone räusperte sich und verkündete:
›Wasmaßen der Gänse Geschrei und ärgerlicher Unfug, Gackeln, Zischen, Strohabfressen von Pumpen und Brunnen von Tag zu Tag überhand nehmen und insupportabel zu werden den Anschein bei allen wohlmeinenden und ruhigen Bürgern und Insassen dieses Weichbildes zu Bützow gewinnen, hat ein wohllöblicher Magistrat unter heutigem Dato beschlossen und publizieret anhierdurch, wie folget:
Pro primo, es soll niemandem, es seie Mann oder Weib, hinfüro vergönnet sein, seine Gans zum öffentlichen Schaden und Ärgernis frei nach ihrem tierischen Willen laufen zu lassen in den Straßen, Kehrwiedern, auf den Plätzen und Gängen, es seie denn, der Gänsehirt oder Junge führe und leite sie, wie es mit seiner Pflicht zu verantworten steht.
Pro secundo, es soll jedermann, es seie Mann oder Weib, vergönnet, gestattet und zugelassen werden, wie es von alters her Gebrauch ist, nach seinem oder ihrem Gebrauch, Nutzen, Umständen und Willen Gänse zu halten, Eier legen zu lassen, auszubrüten, zu schlachten und rupfen, in Ställen oder umschlossenen, wohl verwahrten Hofräumen, und niemand soll ihn oder sie hiebei in seinem oder ihrem guten Recht kränken, stören, hindern und vergewaltigen.
Pro tertio, es soll einem jeglichen, es seie Mann oder Weib, freistehen, seine oder ihre Gänse den Tag über einmal zum freien Wasser zu treiben und treiben zu lassen, und soll ihn oder sie auch hiebei niemand kränken und hindern.
Pro quarto, es soll hiemit eine städtische Polizei angewiesen sein, ein scharfes Auge zu haben auf jeden übelwollenden, ungehorsamen, nachlässigen Übertreter, es seie Mann oder Weib, und wird unserm Stadtknecht, Ausrufer und Viertelsmann Grävedünkel aufgetragen, jegliche ohne Aufsicht und Führung umherlaufende Gans ohne Ansehn der Person aufzugreifen, sei es mit

Gewalt oder List, sie in den Pfandstall zu treiben und zu inhaftieren bis auf weitere Verfügung und rechtlichen Spruch.
Also beschlossen und publizieret, – Bützow, am Donnerstag, den fünften November siebenzehnhundertvierundneunzig.

Dr. Hane, pro tempore
Bürgermeister.‹«

O, dachte ich, auch Gänse leben gefährlich. Nicht nur wir müssen aufpassen, sie sollten es ebenfalls.
Und dann entsann ich mich, einmal in Brehms Tierleben etwas über Gänse gelesen zu haben. Träumend griff ich nach dem alten Wälzer und schlug ihn auf. Da stand zu lesen: »Weshalb man die Gänse als dumm verschrieen hat, ist schwer zu sagen, da jede Beobachtung das Gegenteil lehrt. Alle Arten, ohne jegliche Ausnahme, gehören zu den klugen, verständigen, vorsichtigen und wachsamen Vögeln. Sie mißtrauen jedem Menschen, unterscheiden den Jäger sicher vom Landmanne oder Hirten, kennen überhaupt alle ihnen gefährlichen Leute genau, stellen Wachen aus, kurz, treffen mit Überzeugung verschiedene Vorsichtsmaßregeln zu ihrer Sicherheit. Gefangen genommen, fügen sie sich bald in die veränderten Verhältnisse und werden bereits nach kurzer Zeit sehr zahm, beweisen überhaupt eine Würdigung der Umstände, welche ihrem Verstande nur zur Ehre gereicht. Auch ihr Wesen ist ansprechend. Eine gewisse Herrschsucht und Zanklust läßt sich bei einigen nicht in Abrede stellen; die Mehrzahl aber ist höchst gesellig, obschon mehr unter sich, und die einzelnen Familien hängen mit inniger Zärtlichkeit aneinander.«
Das war doch was. Fortan sah ich die Welt der Gänse anders an.
Und nach und nach erinnerte ich mich an immer mehr Gänse, bis schließlich der ganze Hof meines Gedächtnisses mit ihnen bevölkert war. Ich fand mich kaum noch zurecht. Und hatte ich zuerst, je näher der Tag des Abendessens rückte, unter der Armut des zu erzählenden Stoffes gelitten, begann ich nun unter seiner Fülle zu leiden. Fast wäre ich vor Schreck aufgewacht. Da zum Glück stiegen die Gänse plötzlich wie auf Kommando alle auf, erhoben sich in die Luft und flogen unter sausendem Geräusch in den Himmel hinaus. Sie formierten sich zu einem langen schmalen Keil, und das schöne Himmelsornament zog langsam davon. Dann löste sich auf einmal die Ordnung auf, um sich alsbald zu neuer Gestalt zu fügen. Das war nun kein offenes Dreieck mehr, sondern ein Schriftzug. Er war schon weit entfernt und ich mußte die Augen zusammenkneifen, um ihn zu entziffern. Zwei Worte waren es und eine Zahl, ich hatte noch nie von ihnen gehört. »Nassauische Straße 7«, lauteten sie. Und da wachte ich auf.
Und wer noch immer behauptet, Träume könnten nicht wahr werden, Träume ließen sich nicht verwirklichen, der wird heute am St. Martinstag eines Besseren belehrt. Denn hier ist die Nassauische Straße 7, hier sind die Gastgeber Sibylle und Hermann R. und der Gästekoch Ijoma M. Und hier bin auch ich. Und eine der Gänse, von denen ich erzählt habe, ist in unserm Topf gelandet. Denn warum essen wir die Martinsgans? Weil, wie die Legende berichtet, sich der für seine Barmherzigkeit berühmte Heilige in Tours in einem Stall versteckt hatte, um der vom versammelten Volk, aber nicht von ihm selbst gewollten Wahl zum Bischof zu entgehen. Und es das Geschrei der Gänse war, das der Menge verriet, wo er sich verborgen hielt. Seitdem müssen sie dafür büßen.
Unsere Gans hat die Buße auf sich genommen. Alle anderen sind längst weitergeflogen Richtung Süden, über den Gardasee hinweg nach Afrika. Und nächstes Frühjahr sehen wir sie wieder. Bis dahin aber müssen wir uns stärken, damit wir heil über den Winter kommen.

ANMERKUNGEN

Günter Kunert (1929–2019), Schriftsteller, Mitglied der Akademie der Künste. Zuletzt erschienen der Roman »Die zweite Frau« und der Band »Zu Gast im Labyrinth. Neue Gedichte« (beide 2019). Siehe auch Sinn und Form 5/1990 und 2/2019.

Louise Glück, geb. 1943 in New York City, wo sie auch lebt, Lyrikerin und Hochschullehrerin. Auf deutsch erschienen die Gedichtbände »Averno« (2007) und »Wilde Iris« (2008). Aus: »Faithful and Virtuous Night« (2014). Copyright © Louise Glück 2014, used by permission of The Wylie Agency (UK) Limited. Siehe auch Sinn und Form 2/2017.

Kornelia Koepsell, geb. 1955 in Gießen, Psychoanalytikerin in Höchberg bei Würzburg. 2015 erschien der Gedichtband »Weißes Rauschen«. Siehe auch Sinn und Form 5/2018 und 1/2019.

Thomas Böhme, geb. 1955 in Leipzig, Lyrik, Prosa, Essays, lebt in Leipzig. Zuletzt erschienen der Gedichtband »Klavierstimmer auf der Titanic« (2018) und »Puppenkino. Kalendergeschichten für 365 und einen Tag« (2019). Siehe auch Sinn und Form 1/2015 und 5/2017.

Ernst Osterkamp, geb. 1950 in Tecklenburg, Professor emeritus für Neuere deutsche Literatur an der Humboldt-Universität zu Berlin. Für den Druck überarbeiteter Text eines Vortrags, der am 25. Mai 2019 auf Einladung von Frauke Berndt und Philipp Theisohn beim Kongreß »Welt Wollen – Gottfried Kellers Moderne« in Zürich gehalten wurde. Siehe auch Sinn und Form 2/2009 und 2/2010.

Durs Grünbein, geb. 1962 in Dresden, Mitglied der Akademie der Künste, lebt in Rom und Berlin. Zuletzt erschienen »Zündkerzen. Gedichte« (2017) und »Aus der Traum (Kartei)« (2019). Siehe auch Sinn und Form 3/2018 und 5/2018.

Martin Kessel (1901–1990), deutscher Schriftsteller. Die Briefe liegen im Deutschen Literatur Archiv Marbach, der Abdruck erfolgt mit freundlicher Genehmigung des Schöffling Verlags. Offensichtliche Schreibfehler wurden stillschweigend korrigiert, Unterstreichungen kursiviert.

Till Greite, geboren 1983 in Hamburg, forscht im Rahmen des PhD-Net »Das Wissen der Literatur« am Institut für deutsche Literatur der Humboldt-Universität zu Berlin.

Thomas Ehrsam, geb. 1954 in Bern, Germanist, bis 2014 Bibliotheksleiter in Zürich, lebt in Feldberg/Mecklenburg-Vorpommern. Veröffentlichungen u.a.: »Keiner wage, mir zu sagen: Du sollst! Thea Sternheim und ihre Welt« (2015) sowie »Friedo Lampe. Briefe und Zeugnisse in zwei Bänden« (Hg., 2018). Siehe auch Sinn und Form 1/2017.

Rumiana Ebert, geb. 1945 in Plowdiw (Bulgarien), Lyrikerin, Übersetzerin, Herausgeberin, promovierte Chemikerin, schreibt auf Deutsch, lebt in Berlin. Zuletzt erschienen die

Gedichtbände »Ecken und Ovale« (2013), »Mitlesebuch 135« (2016) und »Reflections in a Well« (2019, mit Tzveta Sofronieva).

Wolfgang Matthias Schwiedrzik, geb. 1940 in Schlesien, freischaffender Publizist, Dramaturg und Verleger, lebt in Neckargemünd und Wien. Zuletzt erschienen: »Felix Hartlaub: Don Juan d'Austria und die Schlacht von Lepanto« (Hg.) und »Ricarda Huch: Das Vermächtnis« (beide 2017). Druckfassung des am 16. November 2018 gehaltenen Eröffnungsvortrags bei der von der Stiftung Adam von Trott e. V. ausgerichteten Tagung »Suche nach einem ›neuen Deutschland‹ – die ›Gesellschaft Imhausen‹ und die geistige Erneuerung nach 1945«. Siehe auch Sinn und Form 6/1993.

Bohumil Hrabal (1914–1997), tschechischer Schriftsteller. Auf deutsch erschienen die meisten seiner Bücher im Suhrkamp Verlag. Aus »Dopisy Dubence« (1995). Siehe auch Sinn und Form 2/2019.
Erläuterungen: S. 823 *Dubenka* April Gifford, Slawistin an der Stanford University, auf deren Einladung Hrabal Anfang 1989 eine Lesereise durch die USA unternahm. Dubenka ist der Diminutiv von »duben« (April); S. 825 *Ich bin wetterkrank ...* Im Original auf deutsch; S. 826 *hatten die Partisanen* Autobiographisches Ereignis, Grundlage der Novelle »Reise nach Sondervorschrift, Zuglauf überwacht« (1969); *Karel Hynek Mácha* Dichter der tschechischen Romantik (1810–1836); S. 828 *Anežka Hrůžová* Der angebliche Ritualmord löste 1899 ein Pogrom aus, später stellte sich heraus, daß die junge Frau von ihrem Bruder getötet wurde; *Detroit ... abgebrannt* Bezieht sich vermutlich auf die als Devil's nights bekanntgewordenen Gewaltausbrüche, bei denen es immer wieder zu Großbränden kam; S. 829 *»unser Prag bekommt ihr nicht«* Zeile aus dem Lied »Wem gehört Prag? Uns« des im KZ Mauthausen ermordeten Kabarettisten Karel Hašler (1879–1941); S. 830 *White Horse* Stammkneipe von Dylan Thomas und anderen Schriftstellern und Künstlern in Greenwich Village, New York; S. 831 *Jan Palach* Student der Karlsuniversität, 1969 Selbstverbrennung aus Protest gegen den Einmarsch der Warschauer-Pakt-Truppen; *Rudé právo* Tageszeitung der Kommunistischen Partei; S. 832 *Susanna* Susanna Roth (1950–1997), langjährige deutsche Übersetzerin Hrabals und Begleiterin auf seiner USA-Reise; *Karel Pecka* Schriftsteller (1928–1997), wegen versuchter Republikflucht 1949 zu elf Jahren Arbeitslager verurteilt.

Jehuda Amichai (1924–2000), eigentlich Ludwig Pfeuffer, deutsch-israelischer Dichter, geboren in Würzburg, 1935 Übersiedelung ins palästinensische Mandatsgebiet. Im Januar 2020 erscheint unter dem Titel »Offen verschlossen offen« eine Auswahl seiner Gedichte auf hebräisch und deutsch im Jüdischen Verlag im Suhrkamp Verlag.

Tatjana Arquint, geb. in Jekaterinburg (Rußland), Slawistin und Kunsthistorikerin, lebt in Zürich.

Renate Schmidgall, geb. 1955 in Heilbronn, Übersetzerin aus dem Polnischen, lebt in Darmstadt. Siehe auch Sinn und Form 3/2013 und 3/2016.

Ulrich Fries, geb. 1949 in Flensburg, Kaufmann, promovierter Germanist, Mitbegründer des Johnson-Jahrbuchs, verschiedene Projekte und Publikationen zum Werk Uwe Johnsons.

Arbeitet an einem Buch zur Geschichte der Frankfurter Schule. Der zitierte SIRES-Rechenschaftsbericht 1936 befindet sich in der Universitätsbibliothek J.C. Senckenberg der Goethe-Universität Frankfurt am Main, UBA Ffm Na1, 248.

Detlev Schöttker, geb. 1954 in Vienenburg/Harzvorland, Professor für Neuere deutsche Literatur an der Humboldt-Universität zu Berlin. Zuletzt erschienen die Anthologie »Ästhetik der Einfachheit« und der kommentierte Briefwechsel zwischen Ernst Jünger und Joseph Wulf (beide 2019). Siehe auch Sinn und Form 4/2011 und 5/2013.

Sebastian Kleinschmidt, geb. 1948 in Schwerin, 1991–2013 Chefredakteur von Sinn und Form, lebt in Berlin. 2017 erschienen »Dieter Janz, Nebensachen. Ansichten eines Arztes« (Hg.), 2018 »Spiegelungen«. Siehe auch Sinn und Form 4/2017 und 1/2018.

Alle Beiträge sind, soweit nicht anders angegeben, Erstveröffentlichungen oder Erstübersetzungen.

JAHRESINHALTSVERZEICHNIS